暮光故事

Twilight Stories

［英］玛乔丽·鲍文 —— 著
魏 兰 —— 译

上海文艺出版社
上海故事会文化传媒有限公司

编委会

总策划 夏一鸣

主 编 黄禄善

副主编 高 健

编辑成员（按姓氏拼音为序）

蔡美凤 高 健 胡 捷

黄禄善 吴 艳 夏一鸣 杨怡君

名家导读

/邹文华

邹文华，女，江西樟树人，文学硕士，教育学博士，上海翻译家协会会员。2017年获英国皇家语言学会Diptrans翻译硕士文凭，现为上海体育学院国际教育学院教师，主要从事体育社会学、体育高等教育管理等相关研究工作。已出版《城堡》《大路条条》《小公主》《1860年华北战役纪要》《香烟、高跟鞋及其他有趣的东西：符号学导论》《黑衣新娘》等多部译著。

生活在平行世界的孪生姐妹，尽管生前彼此不睦却以一种离奇方式同时死去；不能为丈夫生育子女的"遗孀"——斯皮特菲尔夫人，因丈夫的意外离世而极度愤怒和仇恨，导致心理扭曲，最后被丈夫腐烂的尸骨所诅咒，而她自己也成了别人的诅咒和禁忌；一个被暗恋对象谋杀的漂亮小演员安布罗辛用托梦的方式指控了谋杀者；同样被人谋杀的"安·莉特"利用自己的遗像来向谋杀她的凶手复仇；被渣男骗取真心和财产，最后惨死在修道院的克洛达赫夫人；因受诅咒而活了几百年的弗洛伦斯·弗兰纳，最终仍被情人的灵魂所杀害……

这些都是玛乔丽·鲍文《暮光故事》——一部聚焦了当时社会女

性不幸命运的超自然恐怖小说——中的女性形象,可怜而悲惨。

玛乔丽·鲍文,二十世纪初英国著名女性小说家,原名玛格丽特·加贝尔拉·坎贝尔,1885年11月出生在英国南部的汉普郡。鲍文童年不幸,在她年纪尚小时,父亲因酗酒离家出走,后暴毙伦敦街头。她和妹妹与母亲相依为命,生活贫困,缺少关爱。长大后,她在伦敦大学学院斯莱德美术学院学习,后来到法国巴黎深造。她有过两次婚姻,养育四个孩子。1952年,鲍文从床上跌落,导致严重的脑震荡,当年12月23日在伦敦肯辛顿圣查尔斯医院病逝。

鲍文一生多产,出版了一百五十余卷小说,其中大部分以爱恨、死亡和厄运为主题,并融合了科幻、灵异、恐怖小说的要素,深受通俗小说爱好者的追捧。她的处女作是在十六岁时创作的,一部以中世纪意大利为背景的暴力历史小说——《米兰恶霸》。这部小说因其创作水平之高,题材之男性化而被怀疑不是一位十六岁的少女创作而遭多家出版社拒绝,最后历经坎坷才得以出版,并一炮而红。此后,鲍文笔耕不辍,创作成果源源不断,写作成为她家里的主要经济来源。故此,鲍文曾戏称自己是一个"为生计而写作的女人"。

鲍文创作的体裁广泛,涉及到历史小说、谜案小说、超自然短篇小说等多个类型。鲍文的小说笔触细腻,语言生动,广受文学评论家的好评,更受哥特恐怖小说热爱者的追捧,许多同时期和后来的英国小说家,如格雷厄姆·格林、弗里茨·莱伯、杰西卡·萨尔蒙森等都深受其影响。

《东方快车》作者格雷厄姆·格林曾经这样评价玛乔丽·鲍文的作品："不要指望成年时读的书对你的写作产生影响，但是玛乔丽·鲍文的作品，即使在年少时阅读，也会深受影响。"恐怖小说评论家罗伯特·海吉称玛乔丽·鲍文是"二十世纪伟大的超自然小说家之一"。当代著名小说家杰西卡·萨尔蒙森在讨论《最后的花束》时，称鲍文的表现手法"时尚而忧郁，戏剧性达到了最高程度"，并表示"在其他人手中仅仅是俗气或粗俗的东西，经过玛乔丽·鲍文的手，就变成了一种卓越的艺术，令人不寒而栗，又充满诱惑"。澳大利亚《信使邮报》将她描述为"我们现代小说家中最优秀的人之一"。

与其他灵异小说不同，玛乔丽·鲍文在她的超自然恐怖小说中，用细腻的笔触和优美的语言，刻画了在残酷不公的社会中苦苦挣扎的女性，深入社会的根基，探寻社会黑暗的本质。她通过一个个或恐怖或灵异的故事，赋予这些女性一股超自然力量，与现实抗衡，挣脱处处受限的桎梏，实现女性梦想的自由与解放。可以说，故事《最后的花束》中莱萨奇夫人对妹妹说的那番话，也正是鲍文想透过她笔下的女性发出对这个社会的宣言：

"我敢说你一定认为我堕落了，但是请收起你的怜悯心。我很成功——我一直都很成功。在某种程度上，我战胜了一切，战胜了束缚女性的惯例和传统，战胜了导致她们浪费心灵和生命的愚蠢情绪，战胜了一切将女性的生命消耗殆尽的责任和义务。是的，"她重复道，声音变得尖锐刺耳起来，"我在各方面都很成功，是个胜利者，我请你不要用怜悯的眼光看我，也不要觉得我会有任何遗憾，不论是过去还是未来。"

阅读小说，不仅可以让你体验到超自然恐怖故事所带来的那份刺激，还会让你体验到一位女性作家细腻、优美的笔触，同时也会让你陷入对女性境遇的思考。如你碰巧又是一位女性读者，或许还会有不一样的收获，因为你也是社会中的"她"们。

Contents

最后的花束　1

斯皮特菲尔夫人　32

安布罗辛的金发　65

隐藏猿　93

安·莉特的复仇　117

皇冠德比盘　137

艾尔西的孤独午后　155

克洛达赫夫人 185

弗洛伦斯·弗兰纳里 214

凯克西 242

招牌画师和水晶鱼 263

素材 287

最后的花束

巴黎一家高档酒店的私人客厅里,马塞尔·莱萨奇夫人和凯齐亚·福恩斯小姐爆发了激烈的争吵。这次见面一开始很尴尬,但还算有礼貌,随后两人都怒气冲冲,最后演变成无休无止地相互指责。两人多年来心中郁积的厌恶、蔑视、愤怒统统涌上了嘴边,被羞辱后,两人越发激动,争吵愈演愈烈,开始不断互相辱骂。

莱萨奇夫人是一位时尚的女演员,她身着一件深红色、蓝色交错的褶边丝绸长裙,一顶深红色羽毛装饰的小帽子戴在她光滑的卷发上,显得精致而优雅。她戴着白色小山羊皮珍珠扣手套,手腕上挂着金色网眼布的收口小手袋,连阳伞的伞柄都是象牙雕刻的。她耳朵上戴着真钻石,脖子上系着昂贵的蕾丝丝带。她所有的动作都很得体、训练有素,但同时又急躁而憔悴。

福恩斯小姐穿着一件丑陋的棕色旅行连衣裙,装饰着黑色的穗带。灰色的头发罩在雪尼尔发网里。她的手势粗鲁,声音刺耳。

这两个女人没有任何相似之处可言,却是孪生姐妹。她们有十年没见面了。

由于憎恨,又加上一点邪恶的好奇心,福恩斯小姐来到了巴黎;出于同样的原因,莱萨奇夫人也来到她妹妹的旅馆拜访。十年没有任何联系,两人的第一次交流已经算很有礼貌了。福恩斯小姐发了一份相当友好的便条,不经意地提到她要在巴黎待几天,并附上旅馆名字,还特地加上一句,这么多年后,如能再次见到玛莎,她将非常高兴。

莱萨奇夫人一时心软,便写了回信,略显热情地接受了这恢复关系的邀请,断绝关系这么久了,差点就要完全遗忘了。

两人见面,一开始还碍于礼节,但很快便开始了激烈的争吵。两个女人都不能原谅对方的存在。凯齐亚·福恩斯小姐在这位女演员身上看到了她作为一个女人无法拥有的一切。她钦佩、嫉妒、厌恶这种利用各种机会不露声色地显摆的恶习。在这个成功的放荡者——她的孪生姐姐身上,凯齐亚·福恩斯看到了她一直想成为的那种女人。意识到这一点,多年来郁积的愤怒达到了高潮。与福恩斯同样怒火中烧的还有玛莎,这个自称马塞尔·莱萨奇的女人。在这个头发灰白、声音刺耳、肤色单调、衣着笨拙的普通女人身上,玛莎看到了原本的自己:不矫揉造作,不用时刻保持优雅,不需要昂贵的服饰,不涂脂抹粉、描眉画眼。她原本也是这样的女人。

的确,她设法使自己看起来像三十岁,而凯齐亚看上去绝对有五十岁,但她们是双胞胎,都是四十五岁。此时,这位女演员觉得旅馆客厅的红色毛绒地毯和镀金上写满了"四十五"。

两人的激烈争吵终于暂停了,由于过于激动,两人都疲惫不堪。她们无力地坐下,眼盯着对方,心里却都在想:"不能让我的任何朋友知道这个可怕的女人是我的妹妹(姐姐)。"

"否则我就完了,"女演员心想,"每个人都会知道我实际已经很老了。一个丑陋、邋遢、中产的中年妹妹!我会受人嘲笑,最终不得不离开巴黎。她为什么来这里?为什么我这么傻,竟然来见她?"

福恩斯小姐心想:"如果斯蒂伯德有人看见她,我就完了,就再也抬不起头了。一个人尽皆知、衣着暴露、浓妆艳抹的荡妇!我一定是疯了才来的。"

女演员率先缓过神来。她的愤怒已经演变成一种挥之不去的恐惧,她担心巴黎有人会知道这个可怜的英国乡巴佬是她的孪生妹妹。

莱萨奇夫人的敌人虎视眈眈,她也对未来充满恐惧。她之前巧妙地建立起来的关于她自己的传说，会因为福恩斯小姐的存在，哪怕只是一些低声的议论，而毁于一旦。

于是，她扯着白色手套上的大珍珠，用一种艺术化的口吻说道：

"我们吵架真是太愚蠢了。你不该来，我也不该见你。现在，我们把能想到的所有不愉快的话，都说完了，我们最好试着再次忘记彼此。"

"我希望我能忘记，玛莎，但你很清楚，有些事不是想忘记就能忘记的……多年来，我一次又一次地试图忘记你，但没有用。你总是在我的脑海中浮现，有时是在我工作时，有时是在我祈祷时。"

莱萨奇夫人不自在地笑了。她越考虑，越觉得妹妹必须立刻悄悄地离开巴黎。

"好吧，我也没办法，不是吗，凯齐亚？你一定是有点病态。我不能说我从没想到过你，因为这很正常。我现在要说的是，你让我很紧张。"

"你太无礼了。"福恩斯小姐针锋相对。她干燥的嘴唇颤抖着，松弛的脸颊苍白无比。

"我不认为这是无礼。我十六岁时离家，从那以后我经历了各种各样的冒险。"

"你的任何经历都和我无关。"福恩斯小姐说。

"希望没有！"这位女演员微笑着说，那自满的笑容令人发狂，"你不会理解的。这些完全超出了你的经验范围。但是，正如我所说的，我十六岁时就离家了，一想到你在斯蒂伯德每天都待在同一个地方，做的每件事都和妈妈以前做的一样，甚至和奶奶之前做的也一样，日复一日，这实在是太可怕了。"

"你应该换个说法，"福恩斯小姐打断了她，"带着荣誉感和责任感过着体面的淑女生活。"

"你竟然这么说？"莱萨奇夫人露出恶毒的微笑，问道，"你不知道这听起来有多让我震惊吗？我为你感到难过，你从来没有勇气挣脱。"

福恩斯小姐站起身来，走到窗前，透过那浆得硬邦邦的白色蕾丝窗帘望向下面狭窄嘈杂的街道，看着一个面包师的儿子把一条条长面包放进手推车里。她想说出那些她不吐不快的话，而且是极其平静地说出那些话，那效果才会是致命的。她知道，也许什么也不说会更好，但她还做不到这么克制。

显然，她必须把她对这个孪生姐姐的所有想法从她的内心和灵魂中一股脑释放出来，做个彻底了断。

这一时的平静，倒正是莱萨奇夫人所希望的。她为这场令人筋疲力尽、粗俗的争吵感到后悔，她后悔自己没有更大的控制权。她很久没有这么生气了；总的来说，她是一个心地善良的女人，不经常生气。她的生活很轻松，信手拈来的成功、淡泊如水的友谊以及从不缺少的奉承；她不和不认同她的人接触，因此这次粗暴的会面令她感到憎恶。

她也站起身，并没有去窗前，而是走到镜前。对着镜子，她优雅地整理了一下平滑的卷发。这卷发原本也许和她妹妹粗糙的头发一个颜色，但现在经过精心烫染，呈现出柔亮的赤褐色。她从手提包里取出口红和散粉，涂好嘴唇，修饰好妆容；她只要照镜子就会焦虑，但从未如此焦虑过。对自己这张美丽的脸庞，她一直都很满意，但现在她似乎看到了丑陋的皱纹、难看的肤色、不断浮现的细纹和松垮的皮肤，这都是她刚刚在对面孪生妹妹脸上看到的，她不由得害怕，担心不已。

她走上旅馆的楼梯时，心里曾乐开了花："我想凯齐亚现在看起来一定像个可怜的懦夫。"

但她真没想到凯齐亚会有如此表现。

在她们吵架的整个过程中，她在她对面这个普通女人的脸上看不到任何吃惊或者羡慕的目光。她一直在想："她的年龄和我一样大。"当然，没有人会意识到她们之间有任何相似之处；服装、粉底、彩妆和后天的优雅完美地装扮了这位女演员。虽然她们是孪生姐妹，但她们的性格完全不同，一直以来都是如此，但事实上她们确实是孪生姐妹。莱萨奇夫人知道，她一定要让凯齐亚离开巴黎并且永不回来，否则她一定不能安心。

因此，她凝视着镜中的自己（至少她的身材很好，穿衣品味也很好），紧张、焦虑地思考一番后，逐渐放下心来。她转过身来，试图和解：

"让我们至少礼貌地道个别吧,凯齐亚。我希望你没有恶意。我们见面是个愚蠢的错误。你什么时候离开巴黎?"

福恩斯小姐从窗口转过身来。她觉得自己现在能控制好情绪,能清晰地表达自己的意思,不再被愤怒冲昏头脑,一味地辱骂。

"我不觉得我来巴黎是个错误,"她故意说道,"我觉得我应该来。正如我所说,多年来我一直在想你。你知道,我一个人住,当然,还有很多事要做,我从没闲着。但是除了你之外,我没有其他亲人。玛莎,你想说什么就说吧,我们是孪生姐妹,我想我们之间应该有某种联系,"她停下来补充道,"即使是仇恨。"

"仇恨,"女演员优雅地耸了耸肩,重复道,"这个词不太好吧,不是吗?你为什么要为我操心?我向你保证,我不恨你。"

"哦,不,我觉得你很恨我,"福恩斯小姐说,"你恨我,玛莎。我们刚才谈话的时候,我看到你眼中充满了仇恨。你觉得我又老又丑,还是你的孪生妹妹。"

"你把我看得这么透彻吗?"莱萨奇夫人笑着说,脸色在精致的妆容下,显得有些苍白,"嗯,也许我脑子里确实有这样的想法。你看,凯齐亚,你对自己放任自流,这让你看上去比实际年龄大十五岁。我看你还相当享受这种状态。"

"我顺其自然,"福恩斯小姐回答,"上帝把我造成什么样,就是什么样。我的发色是你的头发该有的颜色,你的脸卸了妆,和我的看上去没什么两样。"

"那也不一定,"莱萨奇夫人说,"我们有不同的想法,不同的打算。我们的生活完全不同。我想,就算我们一丝不挂地站在一起,也没有相似之处。"

"是吗?嗯,我想如果我们脱光衣服,人们应该会知道我们是双胞胎,但我不想争论这个。我也不想听你的生活,那一定是卑鄙、恶心的。正是想到了你的生活有多可怕,我才来了这里。我觉得拯救你是我的责任。"

"哦,真可怜,"女演员喃喃地说,她拿起她的金网袋和象牙柄阳伞,"你真的是既荒谬又可笑。拯救我?从什么中拯救我?"

"你很清楚我的意思,我真的很想拯救你。正如你自夸的那样,我对世界的了解的确不如你,但我知道,像你这样的女人,一旦青春不再,意味着什么。我想你一个子儿都没存下吧?"

"没有,我还欠了债。"女演员微笑着说。

"我就知道会这样。当你再也接不到角色,也交不到朋友,你打算怎么办?"

"那是很多很多年以后的事了,"莱萨奇夫人回答,"你不必担心我的未来,我亲爱的凯齐亚。等我真的老了,我也会——"

"你打算怎么办?"福恩斯小姐急切地向前探身。

"我当然会悔过。要么嫁个老实人,去乡下生活,要么进修道院。你知道我是罗马天主教徒吗?"

福恩斯小姐浑身一颤。

"你是我们家第一个。"她满含悲痛地说。

莱萨奇夫人笑了。她感到不安,想逃跑。

"你来巴黎就为了对我说这些蠢话吗?"她说,"你这是在浪费时间和金钱。"

"不论时间还是金钱,我都多得是。"福恩斯小姐回答,"塔利斯奶奶去年去世了,她把她所有的财产都留给了我。本来有一半的钱是属于你的,如果你不是现在这样一个女人。但如果你能改变你的生活方式,我会把本该属于你的那份还给你。"

"你是想说忏悔吧,凯齐亚。这是绝不可能的。我们连使用的语言都不一样。我不要塔利斯奶奶的钱,也不要你的。你必须得承认,"她继续说着,语气冰冷,"你很幸运。而事实是,我确实走了'交际花'之路,我想你会这么叫吧?你拥有了一切,不是吗?房子、土地、金钱、父亲的财产、母亲的财产、塔利斯奶奶的财产。你死后要把它们留给谁呢?"

"给慈善机构,"凯齐亚·福恩斯厉声回答,"每一分钱都会留给需要帮助的人。正如我刚才所说,如果你离开舞台,离开巴黎,我已经准备为你准备好你所需要的一切。"随即,她语气一转,补充道,"你从来没有想过家吗,玛莎?"

莱萨奇夫人陷入沉思。这些话确实让她回想起了某些破碎的梦境和奇怪的怀旧时刻。她十六岁时就在假期离开家,跑到一个女同学家里。她和附近驻扎部队的一名中尉私奔了。他们去了印度,三年后她不幸离婚。她第二任丈夫酗酒、家暴,这次他们分居了,但没有离婚。然后,她与法国演员阿德里安·莱萨奇交往了很长时间,他教她法语和艺术,从此以后她就进入了文艺圈,并想方设法地巩固她的地位。她勤奋、聪明、才华横溢,性格中散发着特有的魅力和光辉。

她戴着一顶帽子,帽上垂纱拂面,手里拎着一个小箱子,逃离了斯蒂伯德,这似乎是很久以前的事了。那是一个初夏,她匆匆穿过厨房花园,从杏树旁的红砖墙的后门逃了出去,她还记得那里醋栗丛开花的香味。

想家——英国乡村十六年的时光!她仍然记得午后阳光明媚、安静,厨房里总是飘出热果酱的味道。

福恩斯小姐目光热切地望着她。

"你想家了,"她说,"你想家了,玛莎,你为什么不回来?"

莱萨奇夫人迅速抬起头来,似乎想弄明白这是不是表达爱的口气。

爱？这怎么可能呢？怎么可能有任何爱意或是亲切的感觉？好奇、嫉妒，化作仇恨，从凯齐亚暗淡的棕色眼睛里流露出来。莱萨奇夫人知道她自己眼中也是一样。是的，她也嫉妒。凯齐亚的生活和性格令她羡慕；看着妹妹，她便会想到她失去的东西；而凯齐亚看着姐姐，也会想到她所缺失的。

看到别的女人身上有自己所没有的东西，每个女人都会嫉妒、憎恨——这是一种复杂而可怕的情绪。

这位女演员故作轻松地说道："回去！不可能！你知道的。你也不会想让我回斯蒂伯德的。"

"是呀，我当然不想，"福恩斯小姐表示认同，"你说得很对，这将是一个难以忍受的丑闻。除非可以编出什么故事来，或者你忏悔自己的罪行。"

莱萨奇夫人笑了："我想你真是疯了，以为我会编造一个故事，或者忏悔我的罪行，就为了回去让你日复一日地折磨我！我想我们都疯了。我们还是谈些真实的事情吧。"

她语气非常坚决，比起刚走进这间毛绒地毯的镀金会客间时，少了些矫揉造作。虽然她没意识到，但她刚刚的举止确实不像这些年的她，反而更像她妹妹，这多年没说的语言，也令她倍感亲切，她表现得更像凯齐亚——手势明快，表情直率。

"我不会回去。我不会要塔利斯奶奶的钱。我也不想再见到你了。如果你再来巴黎，请不要打扰我。"

她紧紧抓着象牙柄的阳伞，紧得仿佛可以握碎伞柄。凯齐亚·福恩斯非常好奇地看着她。

"我敢说你一定认为我堕落了，但是请收起你的怜悯心。我很成功——我一直都很成功。在某种程度上，我战胜了一切，战胜了束缚女性的惯例和传统，战胜了导致她们浪费心灵和生命的愚蠢情绪，战胜了一切将女性的生命消耗殆尽的责任和义务。是的，"她重复道，声音变得尖锐刺耳起来，"我在各方面都很成功，是个胜利者，我请你不要用怜悯的眼光看我，也不要觉得我会有任何遗憾，不论是过去还是未来。"

福恩斯小姐听了这番夸夸其谈，笑容中的轻蔑更加明显。

"最后呢？"她问道，"结局是什么？"

"我请你不要担心这些，凯齐亚。我敢说，我最后会活得和你一样舒适愉悦，至少，还有很长一段时间。"

"你的生活并不像你想象的那样有保障，"福恩斯小姐说道，"给你发信息的时候，我来巴黎已经两三天了，我先做了点调查，看了一些报道。你已经不像以前那么受欢迎了。尽管你不愿正视，但人们确实觉得你老了。"

这位女演员苦笑了一下。

"像我这样的女人永远不会老。"

"噢,这说起来很容易,玛莎,而且绝对能安慰你自己。你四十五了,不久就五十了。年轻的女性一大堆,我知道你现在得不到以前那样的好角色了。男人们也不像以前那样追求你了,以前那一两个富有的'保护者'也弃你而去了。你是这样称呼他们的吧?你现在和年轻的男性在一起,事实上是非常年轻的男孩。"

"你一直在监视我!"莱萨奇太太叫道,她脸色铁青,"这就是你们这些自称诚实可敬的人干出的事!"

"不,我没有监视你,玛莎。找到这些东西并不难。从裁缝师、香水商、剧院大堂那里,随便说几句话就知道了。哦,我见过你两三次。你表现得很好,但你越来越累了,不是吗?很累。"

"你的话真可笑,嫉妒我了吧。我们俩都风华正茂。你不必把自己打扮得像个老妇人。如果你曾经活过,你就不会这样做,因为你的一切都已经被榨干了——你还未开花就已凋零。"然后,在绝望中,莱萨奇夫人几乎带着恳求的口吻又补充道,"你为什么就不能让我一个人待着?我已经好多年没想到你了。看到你的便条的时候,我确实有那么一点感动。"

"你这几点说得都不对吧,"凯齐亚·福恩斯打断了她的话,话语中蕴含的力量让莱萨奇夫人一下子安静下来,"你知道,你曾反复想起我,想起我所过的生活,想起你自己的童年,想起我们的父母,想起我们的邻居和朋友。是的,我们是双胞胎,我们之间有某种亲缘关系,在某种程度上,我们确实能知道彼此的想法。我知道,你认为我一直对你造成困扰,就像你一直困扰着我一样。这是事实,不是吗,玛莎?"

女演员威胁性地向前走了半步,耸耸肩,拽着珍珠,向上提了提她的白色手套,阴沉地承认:"是的,我就是这么觉得。你一直困扰着我。这就是我来的原因。但是这又怎么样?我们为什么要谈论、考虑这个?"

"你说的另一点也不是真的,"福恩斯小姐继续走近另一个女人,"你来这里并非出于感动,你恨我就像我恨你一样。一想到我生活在斯蒂伯德,你就不能忍受;而一想到你生活在巴黎,我也同样无法忍受。"

"有时候我确实会烦躁不安,"莱萨奇夫人承认,"但我不知道为什么会这样。我们是姐妹——双胞胎姐妹,这纯属偶然。我们是完全不同的两类人。"

"我在想,"凯齐亚·福恩斯痛苦地说,"也许,我们真的是同一类人,只有把你的一面和我的一面组合在一起,才是完美的组合。可是,谈论这些也于事无补。我现在至少活得是我自己,而你却迷失了自我。我完全有权蔑视你,但你根本无权蔑视我。你从小就是个坏女人——坏女儿、坏妻子,从未履行任何责任或义务,而我做了所有我该做的一切。"

莱萨奇夫人用嘲弄的口吻重复着这些话:"做了所有我该做的一切,可怜的凯齐亚!"

"你尽管嘲笑吧,但我留了下来。我照顾母亲,照顾父亲;该结婚的时候没有选择结婚,因为这意味着抛下他们。我本来也有很多想实现的事情,但我那会儿根本顾不上想这些。父母亲去世后,我对斯蒂伯德产生了一种责任感,我要为我们家族的名声、地位负责。"

莱萨奇夫人发出一阵歇斯底里的笑声,打断了福恩斯小姐,转身向门口走去。

"我真的觉得如果我继续待在这里听你说话,我会发疯的。你赶紧离开巴黎吧,以后请不要再联系我了。"

"不会的,"福恩斯小姐酸溜溜地说,"我再也不想见你了,太可怕了。但最糟糕的是,我仍会不由自主地想起你。"

"希望不会。"

莱萨奇夫人把手放在门把手上。这两姐妹怒视着对方,出于愤怒,在这种完全不自觉的状况下,她们俩看上去是如此相像。虽然这位女演员是染过的卷发,而凯齐亚·福恩斯是老气的灰白头发,但这些似乎只是微不足道的细枝末节,完全不影响两人的相像。

"你今晚有演出吗?"福恩斯小姐问。

"是的。我不希望你来。如果知道你在看，我会紧张的。"

"我和你说了，我已经看过两次你的演出了。我不会再去了。我猜会有人送花给你吧？"

"应该会的，毕竟这是一个相当特殊的环节。为什么要问这个？"

凯齐亚·福恩斯没有说话。她以前也种花，一生种了很多花。乡村婚礼、葬礼、穷人、病人、慈善机构、教堂节日，她都会赠送鲜花；她用一捧捧、一篮篮的鲜花，装饰自己的房间。但她从来没有收到过别人送的一支玫瑰或一朵百合。而玛莎，她这一生都在接受别人献花。

"好吧，"她说，"你知道，每一次亲吻都有可能是最后的吻别。你有没有想过，一束鲜花也可能是最后道别的花束？"

"是的，我想过，"女演员冷冷地回答道，"我们的确有很多相似的想法。没关系，亲爱的，我敢说，我会如你所说'及时悔过'的。就像我说过的，我会嫁给一位最有钱的老人，尽我所能为他料理家务；或者，我会进修道院；又或者，我会突然暴毙。任何一种情况下，我都不会再有亲吻和花束了。这样你满意了吧，凯齐亚？"

"满意？我不知道。但是我想你现在的生活已经到头了。我会看报纸的，玛莎——法国报纸。"

"无论我做什么都不会登在报纸上，"莱萨奇夫人笑着说，"我会让它成为一个秘密。"

"那我怎么才能知道呢？我不想让你给我写信。我不想让斯蒂伯德的人看到一封法国来信。"

"哦，我不会给你写信的，但你会知道的。我会把我最后一束花送给你，凯齐亚。"

她拉开门，戏剧表演一般飞快地离开了。

凯齐亚·福恩斯坐下来，浑身颤抖；她的手掌和前额潮湿。这次会面太令人生气了！这次巴黎之行简直就是噩梦，真是个错误！多年来萦绕在她心头的好奇心，这次都得到了满足。多年来她单调、有序、平静的生活中，总是冒出这样一个问题：玛莎是什么样的人？有时在半夜醒来，明明梦到的内容完全不相干，但她会坐起身，自言自语，喃喃地念叨："玛莎现在在干什么？她会穿什么衣服？她现在的情人是谁？她扮演什么角色？有多少人在为她祝酒、送她礼物？她长什么样？她有多少钱？"所有这些问题就像黑暗中射出的一支支箭矢，刺进她的身体。她觉得相比于玛莎富丽堂皇的生活，自己的生活既贫苦又卑微；但与此同时，她为自己高尚的品德感到极度自豪，而对孪生姐妹的无耻恶性感到极度蔑视。这极度的矛盾，令她抓狂。

斯蒂伯德没有人会提起玛莎。她离家出走已经将近三十年了，福恩斯小姐希望她就此被人遗忘。当然，许多人坚信她已经死了，而更多的人，即使偶尔在报纸上看到这位著名女演员的名字，也不会把马塞尔·莱萨奇这个名字和玛莎·福恩斯联系在一起。但在她的孪生妹妹心中,她一定还活着,活力四射,令人恼火,直到这种压抑的情绪无法再忍受,福恩斯小姐找了个还算说得过去的借口,离开了斯蒂伯德,来到巴黎,寻找并真真切切见到了玛莎。

现在,一切都结束了,这次重要的会面不过是一场相互指责,一场痛苦而丢脸的争吵,她那混杂着蔑视和嫉妒的深沉情感再度激化。她僵硬地坐在红色长毛绒帝国椅上,头靠在椅背上,闭上眼睛,想象着自己化身为玛莎。

她看到自己变成马塞尔·莱萨奇夫人,从她的小汽车里迈步出来,车前有一位穿着漂亮制服的时髦司机,她的身旁还有一位穿着考究的绅士。她看到自己穿行在鹅卵石铺成的巴黎街道,笑容灿烂,喋喋不休,不时和熟人点头示意,然后来到她豪华的公寓。

为什么玛莎没有邀请她去她的公寓?为什么自己没有坚持要去?就是因为缺乏勇气。这个姐姐让她感到羞耻,而她同样也为自身感到羞耻。她不知道在玛莎精致的公寓里会遇到什么人,更不知该如何应对。

啊,那座小房子会是什么样?一定和斯蒂伯德大不相同。凯齐亚确认无疑。那里一定摆满了镀金家具、绘画、雕像,这些肯定都是情人送的礼物。这些情人都是谁?是做什么的?凯齐亚·福恩斯听到过不好的谣言、丑闻的故事。不知道是他们中的哪一个。但那又有什么关系呢，情人都有，她可以随心所欲地想象。

她睁开眼睛，直起身子。她发现，幻想和孪生姐姐交换身份是一种危险的消遣。明天她就回英国，回斯蒂伯德去。至少从表面上看，一切都会恢复原样。她无法迅速忘记，也许她永远也不会忘记在这间充满憎恨、花俏俗气的房间里的会面，那里都是艳俗的家具，铺着红色毛绒，镀着金，还有一面巨大的镜子，上面雕刻着粗糙的花纹，从天花板直垂到地上。姐妹俩谁也不会影响对方，她们的悲剧是双方谁也忘不了谁。

她的最后一束花！

她那是什么意思？她怎么能说这么荒谬的话？

"把她的最后一束花送给我！"凯齐亚·福恩斯很激动，这句话一直萦绕在她的脑海中。她一生中从未收到过花束，现在要接受的那束花，竟然意味着她姐姐罪恶生活的终结！这个想法令人气恼，让人觉得既可笑，又可恨。

福恩斯小姐第二天离开了巴黎。在去车站的路上，她不时瞥见姐姐黑红相间的海报，她看上去美丽、诱惑、优雅，微笑着注视着她，这让她很生气。在其中一幅海报上，她手捧一大束鲜红的玫瑰，花外面裹着白色的硬纸。福恩斯小姐盯着那幅生动的海报，海报中人的鼻子和下巴和她出奇的相似。她痛苦、烦躁地重复着："她的最后一束花！

她最后的花束！"

凯齐亚·福恩斯在斯蒂伯德生活得很好。她拥有权力、金钱、地位，有要参加的活动，也有闲暇时间，而所有这些东西的价值正是按照这个顺序排列的。

无论是在家里还是在村子里，没有人会质疑她的权威；不论是管理庄园还是全面监管穷邻居们的事务，她从不担心会有人反对她。她仁慈、善良，她觉得这些事情都能体现她的美德，而且她很早就开始注重这一点了。都铎时期的木料和砖块，十八世纪的石头贴面，古典的门廊和窗户——这座美丽的帕拉第亚庄园对她来说太大了，她一人独居，很少娱乐。但是她不肯关掉任何一个房间，依旧雇用很多仆人，把一切打理得井井有条，就好像这座房子初建成时，所有的仆人都住在宽敞的两侧翼楼一样。她除了对自己家各项事情事无巨细地亲自监管，还对仆人、租客、穷邻居，他们所有事务进行亲力亲为的监督。只有这样，她的日子才不至于空虚，她才不会感到孤独。

多年来，她一直过着这种积极、权威的生活，没有任何烦恼，除了想到玛莎在巴黎。自从她来到巴黎见到玛莎，这种想法就一直在膨胀，就像真菌在一棵健康的树上蔓延，一旦感染一小片，便会迅速扩散到根部、枝丫，直到树木失去树液和活力，到了第二年春天，就再也长不出叶子了。

凯齐亚·福恩斯没有对象可以倾诉姐姐的事，她只能日日夜夜在内心思考着这个人。这个人是如此陌生，但又是她自己不可分割的一部分，在遥远的他乡过着与她自己完全不同的另一种生活，然而，她的生活在很大程度上展现了自己从未展现过的东西。她不会再见她了，也不会再和她通信。某一天，她也许会在报纸上读到马塞尔·莱萨奇夫人退休或去世的消息；可能是因为她结婚了，也可能是因为她进了修道院，从此不见踪影。莱萨奇夫人，如果她读英文报纸的话，可能只能读到一件关于她的消息，那就是她的死讯和葬礼。她就葬在离斯蒂伯德很近的教堂墓地，除了玛莎，其他所有福恩斯家族的人都会葬在那里。

家族庄园将赠予一个远房表亲，他不姓福恩斯；凯齐亚的存款将捐给教会和慈善机构。自此，两姐妹的存在，可以说，便从地球上消失了。英国教堂墓地的所有家族成员中，只有凯齐亚的名字，而在某个巨大的巴黎公墓中，马塞尔·莱萨奇这一艺名赫然在列。凯齐亚总会想，她们俩谁会先死？哪一个会在报纸上读到另一个的死亡通知？如果她得知巴黎的另一个自己已经消逝，或者玛莎得知在斯蒂伯德老家度过后半生的另一个她已经离世，那会是什么感觉呢？

凯齐亚·福恩斯总想搞清楚她对姐姐的感情，从某种意义上说，她想搞清楚内心深处一直以来对姐姐嫉妒和仇恨的原因，但她做不到。

每当这时，她就会变得既困惑又叛逆。她确信她确实瞧不起玛莎，鄙视玛莎是一个不正经的女人，但她又不得不承认，玛莎有很多她想拥有的东西，有她愿意付出很多去感受的经历，有她非常想要尝试的冒险。

她相信玛莎对她也是同样的感觉；在那顶镶着深红色鸵鸟羽毛的优雅小帽子下，从她那双化着浓妆的黑眼睛里，她非常肯定，她看到了遗憾和嫉妒！

玛莎当然有遗憾，她已经失去了英国淑女的身份，她已经不再是斯蒂伯德的一员，斯蒂伯德已经和她没有任何关系。她羡慕凯齐亚，羡慕她选择枯燥、单调生活的勇气，羡慕她坚守职责的尊严，羡慕她自我牺牲的精神和简单朴素的礼仪，即使是最下流、最轻浮的人，也会对她，凯齐亚·福恩斯小姐，心生敬意。

这种对玛莎的痴迷，她原以为见到她本人后就会消除，但是事与愿违，这种痴迷与日俱增，她几乎要无法忍受了。

"我想这会持续很多年，"她心慌意乱地想，"我曾想象她和我一起坐在桌子旁，肩并肩穿行在花园里，甚至穿过树林、果园；到村子里来拜访我，晚上住进我的卧室。但我脑海中的她仍是她离开时的样子——一个身穿细棉布长袍、脚蹬鹿皮拖鞋的小姑娘，她有长长的卷发，戴着草帽。嗯，我已经摆脱了那个形象，完全换了个形象。我现在见到她了，在巴黎酒店那间令人厌恶、到处是红色毛绒和镀金的会客厅里，身着那俗不可耐的蓝红变色丝绸，浑身缀满了钻石——是的，我相信那条蕾丝花边上缀的钻石是真的，我相信那都是真的，她的胸部，染了的头发，浓妆艳抹的脸，还有那顶别着深红色羽毛的小帽子，优雅地戴在她的卷发上；我必须承认，她当时看上去不超过三十五岁，但在会面结束时，她看起来和我一样老。是的，我现在脑海里的她就是这样，挥之不去。我不知道该怎么办，我一定是生病了。"

她很想知道玛莎会不会时常想到她——在剧院里，在她精致的公寓里，在她小型晚餐聚会中，开车到博伊斯时，会不会也能想起她，凯齐亚·福恩斯，穿着一件由当地裁缝剪裁的朴素连衣裙，灰色的头发罩在雪尼尔网里，面色苍白，眼睛呆滞，腰间挂着钥匙，手里拿着账本或收据，从酒窖来到壁橱，从厨房走到奶牛场，穿过那一间间打理整洁、无人使用的漂亮房间。

"这太怪诞了，简直荒谬。"她试图用自己坚强的意志力摆脱这种痴迷，一边压抑着，一边又燃起干劲，投身于高尚的事业。

她的慈善事业规模相当可观，她也非常慷慨；她分发毯子、煤炭、药品和食物，连牧师都看不下去了，说她过于溺爱他的教区居民。她为教堂买了一架新的风琴，其实她对音乐一窍不通。她在挂着绿帘的高长椅上，一跪就是好几个小时，但其实她对祈祷一无所知。

她开始给姐姐写信，写了几封正式的书信，询问她的健康状况，以及她正在演的戏剧，东拉西扯，就想问问她的现状。

但她一封也没寄。

到了九月份，她感到轻松多了，她惊喜地发现，那"幽灵思绪"（她自己偷偷这么叫的）已经不再出现了。当然，她没有忘记玛莎，但这位女演员的形象在她脑海中变得模糊，逐渐淡去。当她专心做事或进行户外活动时，接连几个小时，她根本不会想到这位穿着华丽蓝红渐变塔夫绸长裙、戴着深红色羽毛小帽子的女人。

她开始不再好奇玛莎如何打发时间，不再翻来覆去地思考这些，她对那些传闻并不了解，对她的生活片段一无所知，她只是个陌生而又亲密的人。她不再对玛莎的卖弄风情、种种罪行感到惊叹，不再去分析她的大红大紫。她觉得自己现在的状态才是她应该保有的，这使她感到十分宽慰。一直以来，在她看来，像她这样善良、纯真、无可指责的人，只要一想到毫无价值、堕落、可鄙的人，就一定要感到不安。可这凭什么？

当然，她彻底地自我牺牲，得到的回报至少应该是心灵完全平静。"上帝应该注意到了这一点。"她想。现在她感到上帝已经这样做了，因为当她真的想起她姐姐时，画面是模糊的、带有同情心的。她仍会在夜里突然醒来，警觉、愤怒，等着关于玛莎的想法出现。但现在，这里是空荡荡的，只有那宽敞、漂亮、安静的卧室，秋夜的满月透过没有关紧的百叶窗照射进来,处处都给人一种安全感。她当然会想到玛莎,但只是一个远在他乡、一点也不关心她的人。

她心满意足地躺在大床上,想着她在斯蒂伯德所拥有的一切,她的家具、银器、照片和瓷器;马厩里有她的马,公园里有她的木材和牛羊;她的农场,存货充足,繁荣兴隆。她的一切,带给她荣誉和尊严,彰显她的重要性。这些都没玛莎的份。三十年前,玛莎从这一切中逃走了,当时她穿过一个散发着醋栗香味的花园,溜到了她那一文不值的年轻士兵身边,但是没多久他就变心了。

在九月的第一个星期,凯齐亚·福恩斯小姐正在查看泡菜、酱汁和调味品的制作,这些都以未成熟的水果为原料。自她十岁左右开始帮助母亲做家务以来,一年中不同时间的腌制、蜜饯、果酱和酿酒,凯齐亚小姐从未缺席。碗柜、壁橱里装满了她的产品,斯蒂伯德的新闻报道也都是关于她的产品的;香水、乳液、蜜饯、香油、芳香剂、甜水、洗衣液、糖果,她这一辈子也用不完,堆积在黑暗中,散发出夹杂着霉味的香气。

今年,这项工作最后一天结束时,凯齐亚·福恩斯小姐突然感到疲倦,似乎要生病了。日落时分,她来到花园里,疲惫不堪,但她并不在意,不想休息。傍晚,万里无云,金色的阳光铺天盖地,在这种夕阳的光芒下,景色焕然一新;空气中充满了秋天的香味,蜜饯锅里酸酸甜甜的气味从屋子里飘了出来，夹杂着辛香料的气味和加糖水果的甜味。

这栋大房子里一片寂静，一天的劳作过后，大家都休息了。在宽阔整洁的花园里，除了凯齐亚·福恩斯小姐之外，没有其他人。她不停地用一块精致的手帕擦着手指上最后几滴糖，她感到既兴奋又恐惧，但她一点也没有想到玛莎。她来到药草园，发现这里各种各样的植物，不论热带的还是寒带的，喜湿的还是喜干的，在温暖的环境中都能蓬勃生长。这一年一切都长势喜人，似乎每种水果都将获得丰收，凯齐亚·福恩斯小姐已经不记得有多久没有见到所有水果都获得丰收的景象了。她浑身发抖，在种着百里香、迷迭香和薰衣草的花坛旁的圆形石椅上坐了下来。金色的光芒越来越强，白银都变得黯淡无光，这就像一盏灯在熄灭前的最后一刻会发出耀眼的光芒，太阳在最终下沉前，也发出更为强烈的光芒。

凯齐亚·福恩斯小姐感觉自己以前从未见过如此强烈的光线。她坐在石椅上，在迷迭香、薰衣草、马郁兰这些高大而暗淡的植物中，她感到有些混乱，有种头晕目眩的感觉。每当雷暴天气到来之前，她就会产生这样的感觉。她的目光集中在对面花坛的一棵大玫瑰花树上，它看起来异常高大，长着不常见的红色巨刺。现在这丛灌木上没有花朵，但她知道它开着深红色的花，最后一朵花大约是一周前凋零的。

她当时想的不是玛莎,而是她在巴黎坐车去车站时看到的一张海报,贴在一堵丑陋的砖墙上。一位有着与自己相似的鼻子和嘴巴的女演员,手里捧着一大束深红色的玫瑰,裹着白色的包装纸。花园过于巨大了,天空也过于广阔了,夕阳发出强光,这一切都强烈地刺激着凯齐亚·福恩斯小姐的感官,令她晕眩。

她转过身,朝房子走去,像要寻求一处避难所。她还没走到大露台,就看见新来的帮厨女佣萨拉朝她急急忙忙走来。

福恩斯小姐皱了皱眉头。萨拉的职责不是跑腿,也不是给她传口信,她穿着印花连衣裙,系着白色围裙,本不应该出现在花园里。围裙有点黏糊糊,她刚刚应该在帮助制作蜜饯。

凯齐亚·福恩斯小姐加快脚步,正打算责备两句,但萨拉说的话太奇怪了,她把到嘴边的责备之词又咽了下去。

帮厨女佣说话有些气喘吁吁,她说,她当时正站在厨房门口洗最后一口锅,一抬头,就见一位女士站在菜园前。她盯着萨拉,微笑着,一句话也没说就转过身,穿过女贞树篱上的大门,朝房子走去。萨拉跟了上去,但一转眼就不见她的踪影。然后,她就看见福恩斯小姐站在远处,她原以为小姐会知道这个陌生人。

"这有什么奇怪的?"凯齐亚小姐开口就问,"只是某位迷路的客人,没找到前门,错走到厨房的侧门。萨拉,我不觉得有什么奇怪的。"

"但是她太古怪了,夫人,她不像这里的人。"

"她什么样子,孩子?不要说那么多没用的。那位女士长什么样?"

"她穿得很漂亮,夫人,倒是有点您的样子。"

"有点我的样子?你什么意思,孩子?能说得更明白些吗?你是说她长得像我吗?"

她这严厉的态度令帮厨女佣有些手足无措。

"她有点像您,夫人。我不知道。她让我想起了您。她手里捧着一大束花。"

福恩斯小姐抿紧了双唇。

"去做你的事吧,萨拉。这位女士无疑已经进了屋子,她在等我。"

支走了女佣,福恩斯小姐缓缓地向露台走去。

这么说,玛莎来斯蒂伯德了。现在,为什么?以怎样魔鬼般的心情呢?是嘲弄,还是怨恨?她是要结婚,还是要进修道院?她终于离开了舞台,离开了她那可耻的生活吗?福恩斯小姐一股热血涌上头来。玛莎来了,带着花束来了。

最后的花束?

"我想她是想羞辱我,到处制造丑闻和话题;也许她所有的钱都丢了,说不定,她可能还得依靠我。"

凯齐亚·福恩斯小姐心里充满了仇恨,她走进房里,那里似乎比平时更加安静。如果玛莎从厨房的侧门离开，穿过女贞树篱上的大门，然后就看不见了，那她一定是从前门进来的。于是，凯齐亚·福恩斯小姐直接来到前门，向大厅里看了看。

里面空无一人。

"即使过了这么多年，我想她仍会对那个地方记忆犹新的。她可能去了绿厅，以前她常坐在那里和妈妈一起上课。"

于是，福恩斯小姐打开了绿厅的门，这间屋子一直有人清洁、打扫、除尘，一尘不染，但早已关闭，不再使用。深绿色板条百叶窗现在关上了，夕阳的强烈光线经百叶窗遮挡后，变得柔和，似粼粼波光，仿佛置身水下。

墙壁被漆成了老式的暗绿色；地毯是绿色的，华丽的窗帘和椅子上覆盖的锦缎也是绿色的。一切都与过去玛莎和凯齐亚母亲在那里上课时一样。

那里有她们做过功课的桌子，有她们练习过的钢琴，墙上还挂着一些水彩画，是她们一起画的苔藓玫瑰、鸟巢里的鸟蛋和大白兔。

房间里有一股麝香的味道，凯齐亚小姐的头脑不是很清醒，她所有的感觉都有些模糊，她想："我明天必须把百叶窗打开，晒晒阳光，通通风。我已经记不清这间屋子有多久没人使用了。"

这时，她看到玛莎紧靠着一扇房门站着，扭头望着她，双手僵硬地捧着一大束深红色的玫瑰,就像她坐车去巴黎火车站的路上看到的海报一样。

"玛莎,"福恩斯小姐冷冷地说,"你终于回家了。就为了把花束送给我?"

马塞尔·莱萨奇夫人仍然面带微笑,一言不发,戴着精致手套的双手递出深红色的花束。

凯齐亚·福恩斯接过玫瑰,当她接过玫瑰时,所有的玫瑰都化作鲜红的血液,消失在她的怀抱。

凯齐亚·福恩斯小姐被发现死在绿厅里,她和她的双胞胎姐姐玛莎经常在那里和母亲一起上课。她摔倒了,头撞上了竖琴,这是她小时候弹得很好的一种乐器。

她被发现时已经死了几个小时。医生说她的心脏非常脆弱,一直不敢告诉她实情。最近,她因大量的工作而疲惫不堪,那天还在厨房里劳作到很晚。她失去意识后,摔倒了,撞在竖琴上导致死亡。

这件事没有什么神秘之处,也没有多少悲伤。

帮厨女佣萨拉不敢告诉任何人关于那位拿着花束来到厨房门口的女士的事。她担心她会被人们看成一个爱编故事的、不忠诚的女孩,她不想惹麻烦。

巧合的是,马塞尔·莱萨奇夫人与她的孪生妹妹是在同一时间去世的，死状凄惨。

她最近在挑选爱人方面变得相当出格，在九月的那个晚上，她把一个一文不名的年轻浪子带回了自己的公寓，这段时间他一直对她极尽奉承。

在这个特别的夜晚，他们之间发生了什么事，没有人确切地知道，但也不难猜测，因为第二天早上，人们发现她被谋杀了，她的房间被抢劫一空，所有的珠宝都被偷走了，除了一大束随意扔在她胸前的深红色玫瑰，什么也没有留下，玫瑰沾满了她的鲜血，斑斑点点，滴着血。

斯皮特菲尔夫人

在一片枞树丛中坐落着一座没有屋顶的房子。枞树黑蓝色的大叶子遮天蔽日,而屋旁更有一棵巨大的柏树,令这里阴暗无比。谁在这简陋的灰石头房子旁种了这样一棵阴暗诡异的树?阴郁的气息扑面而来。也许,因为心碎、悔恨,某人误将圣地的一个细长的白玉圆锥装在口袋里带到了这个偏僻的地方。但由于他道行不够,突然,魔鬼破锥而出,在这片闹鬼的树林中追赶他。

这座泛着蓝色的花岗岩房子没有屋顶;破碎的壁炉里,长满了刺人的荨麻;坍塌的门口处长出一棵白蜡树树苗———一种不吉利的树;窗户处都无遮无挡的,连着外面黑暗的树林;沿着破旧的台阶依然可以登上塔顶（比房子更古老，建造得更坚固），每一处石缝都长满了野草，即使从塔顶，也看不到任何风景，只有冷杉树顶的枝叶和柏树平展的树枝，枝丫间苍白的天空显得格外孤独，遥不可及。

这是一座遗孀房吗，它所依附的大宅邸已经消失了。荒芜的庄园里，只能从一片平整的草皮斜坡，看出梯田草坪向人工湖倾斜的位置；一排萧瑟的古栗树显示着那曾经的宏伟大道，直通大理石砌起的庄严的大铁门入口。

许多遗孀在将大宅邸的钥匙交给儿媳妇或继承人的妻子后，便退居到这座遗孀房中生活，直到死亡。但有一段时间，它被关闭了，而在庄园的另一端，重新建起了一栋嫁妆房。

这是因为斯皮特菲尔夫人，据说没有人愿意住她住过的旧房子。大家对这所房子避之不及，于是房子便破败了。后来大宅邸被拆除，取用建筑材料，但那座古老的遗孀房却被留了下来……倒不是因为那里闹鬼，而是人们完全没想起那里。那时候，关于斯皮特菲尔夫人的故事已经没什么人提起了，可能只对传说有些许印象，现在它已经完全被遗忘了。

没有人知道她埋在哪里，有人说就埋在长满荨麻的破败壁炉中，她以前常常坐在那边上；有人说埋在旧陵墓所在地的砖石堆下；有一点可以肯定的是，她没有和丈夫的亲属一起安息在庄园边缘孤零零的小教堂里。这座教堂矗立在白色的墓碑之间,如同一个老牧羊人站在拥挤的羊群中。

我不知道她是什么时候出生的,即使知道,我也不想透露这个故事的日期,都是很久以前的事了。故事就像一件旧针织衫上的纱线一样,褪色后,变成了统一的灰绿色和靛蓝色,上面还布满了栗褐色的斑点或纹路,有狐狸纹的,有豹纹的。

为什么我要讲斯皮特菲尔夫人的故事?我徘徊在这座古老的遗孀房之内,光线穿过柏树的枝丫,照射在古老的黑色石头上,上面布满了常春藤顽强的卷须和光滑的叶子,为什么我会如此清晰地感受到这一切?

斯皮特菲尔夫人结婚时已不年轻,她骄傲地走进庄园引以为豪的大厅,这里的一切都重新装饰,只为迎接她的到来。乡绅深爱着她,用其他人的话说,"被她牢牢抓在手心"。

人们从一开始对她就只有恶意的评论。她的家世和过往都秘而不宣,有人说她来历不明,是个戏子,但这些都无从证实,而她自身却很有教养。

然而,她对待仆人和佃户的雷霆手段,几乎立刻便为她赢得了"斯皮特菲尔夫人"这个称呼。很快没有一个下人不憎恨她,在她管理这座大宅邸期间,鲜有地位相当的客人来访,她挡在她丈夫和他所有的老朋友之间。乡绅是个好脾气的人，倾其所有讨妻子欢心。她什么都要用最昂贵的，只见她乘坐一驾崭新的镀金马车来到教堂，在长椅上坐下，身上那条樱桃色的绸缎裙衫闪闪发光，似乎完全不把这庄重、威严的场所放在眼里。

她软弱的丈夫身旁有两个人会关心她，其中一个是位名叫艾格尼丝的年轻女子。在这个富庶之家，她的身世非常凄惨，她不是这里的仆人，只是寄住在这里。对夫人的傲慢和任性，她唯命是从，她没有经济来源，即使有些专横行为难以忍受，也不能离开。人们都觉得她是乡绅的女儿。虽然乡绅从未承认，可背过其他人，他对她很温柔。很明显，她是个孤儿，孤立无援，孤苦伶仃，完全受施舍她的人摆布。她长得很漂亮，人也很温柔，而且没什么想法，过得很快乐。她性格软弱，除了做家务，什么也不会。

另一个关心斯皮特菲尔夫人的人是管家詹尼斯顿先生。虽然他和大家都很合得来，但大家都怀疑他做过见不得人的勾当。这个中年男子，长相丑陋但举止优雅，对主人尽心尽力。在国外，他曾装模作样地对斯皮特菲尔夫人暴躁的脾气和贪婪奢侈的行为进行指责，但人们相信他们两人彼此非常了解。

基本上大家都这么想，这位夫人的强烈愿望是要个孩子，用一个继承人来维持她的地位，保证她的未来。可她的肚子一直没有动静，这使她本就暴躁的性格变得更加极端。法定继承人，她丈夫的侄子威廉·加内特先生，便成了她的眼中钉，威廉从来不敢到庄园拜访。那些心怀怨恨的仆人密切注视着她的一举一动，他们认为，只要有机会，她一定会随便找个孩子来，眼也不眨地说成是自己的。

她或许真的在期待这样一个机会，但一天，她丈夫在狩猎时发生意外，奄奄一息地被抬了回来，这一噩耗打碎了她所有的希望。

她跑进安置丈夫的接待厅，脸上满是惊恐。女艾格尼丝跪在乡绅身边，西斜的太阳从巨大的窗户倾泻进来，照在她的白裙上，她的痛苦，那可怜的、孩子般的恐惧，在夕阳下一览无余。

"记住，"这将死的老人缓缓低语，"要非常小心地保存好我给你的东西，艾格尼丝。"

斯皮特菲尔夫人把女孩拉到一边，低头盯着她的丈夫；最后一缕晚霞为她头上的黄丝带涂上了一抹红色。

"我不行了。"他低声说，他那肥胖、苍白的脸上挂着抱歉的微笑。

"我永远不会原谅你！"她发疯般叫喊着。

旁边的人惊恐地把她拉出房间，艾格尼丝默默地回到老人身前，绞着双手垂泪。

好吧，这个骄傲自私的女人的统治结束了，她成了"遗孀夫人"，必须去遗孀房。她并不贫穷，她从婚姻协议里得到一大笔钱，但是作为一个没有子嗣、住遗孀房的寡妇，看着其他人成为大宅的主人，你可以猜到这对这个凶猛的家伙意味着什么。

葬礼那天，她把颤抖的艾格尼丝叫到身边。

"我丈夫叫你这么小心保管的是什么？"

"一张债券，夫人。一千镑，等我成年才可以兑现。"看到对方怒气冲冲的样子，哭泣的女孩补充道，"这是我唯一的财产，夫人！"

"对于像你这样一个慈善机构来的臭丫头来说，这可是一大笔财富！可你只有十八岁，谁来照顾你，给你这个又懒又笨的孩子吃穿呢？"

"的确，我不知道。但巴顿先生（这是她给这个教区的牧师起的名字）说，他也许会收留我。"

"那可不行，这会显得我不近人情。你和我一起去遗孀房，把债券给我，我来保管。"

艾格尼丝说，债券已经交给巴顿先生，和教堂的文件锁在一起了。

"狡猾的小荡妇！"斯皮特菲尔夫人叫道，一拳打在女孩的脸上，但是她也不再坚持了，因为她还有别的事情要做。乡绅下葬的那一天，威廉·加内特就宣布他要立即搬进大宅。

"让他再等一个星期，"寡妇愤怒地说，"早一天也不行。"

他给了她足够的耐心，但令他没想到的是，当他来到这座豪宅时，它已经被席卷一空。挂毯、瓷器、盘子、画都被搬进了遗孀房。马厩里只有几个可怜的马夫——由于一场无法解释的事故，马厩突然着起了大火，烧毁了马车。玻璃温室的门窗没有关好，一场严寒摧毁了橘子树和其他昂贵的灌木。

加内特先生立即诉诸法律，虽然他最后赢了官司，但财产已无法追回。有些被寡妇变卖了，有些被藏匿了。管家埃德蒙·詹尼斯顿在这中间帮了她大忙，随即这位管家便被这位新乡绅解雇，他转身就到寡妇那里工作了。

不难想象，加内特先生（一个快乐的年轻人）款待镇上朋友的大宅和斯皮特菲尔夫人生闷气的遗孀房之间，充斥着强烈的敌意。

故事的这一部分比较黑暗，充满了邪恶的激情、激烈的思想斗争、苦难的黑色冲突，令人无法一一分辨。

你可能会以为，因为失望和愤怒，这个女人会进城或离开这个国度。但是，像许多复仇的灵魂一样，她选择留在失败的地方，要在荣耀被剥夺的地方折磨她的继任者。

似乎因为她，威廉·加内特先生的生活变得不堪忍受，他原本天性快乐，现在变得痛苦、愤怒，复仇的火焰在心头熊熊燃起。她给他造成的最大的折磨就是，她通过一些小手段，暗地里造谣诽谤，拆散了他和富有邻居家的可爱女儿的姻缘。

每每说起这一件事，她都会感到极度满足，而他的怨恨也达到了顶点。

有一段时间，她对可怜的艾格尼丝倒是很满意，她把艾格尼丝变成了一个像种植园里的奴隶一样只知道辛苦劳作的奴仆。

这个温顺的女孩，忍着内心的悲伤，跪在如今荨麻丛生的壁炉旁，为这悍妇扣上鞋带扣，又或者在炉火前举着镜子，照着悍妇闷闷不乐的面孔。

想象一下：潮湿的石头上闪烁着火焰，波斯布上盛开着香芹和酸叶草，浓密的树影下温暖明亮，这不是很奇怪吗？这里虽说没人见过鬼，但肯定有蹊跷。

这些人现在都迷失在无尽的永恒中，但奇怪的是，就连我也会回想起他们的故事，这些故事回荡在空气中，在柏树的枝头上，在杂草晃动的阴影处，在孤独庄园的那一头传来的一声几乎不易察觉的叹息声里。

在与主屋最终致命决裂后，埃德蒙·詹尼斯顿这个人物在故事中越来越重要了。许多土地和多个农场都附属于这座遗孀房，所有这些都由他来管理。他假惺惺地痛斥雇主的严厉和不公，哀叹她的贪婪和贫穷，但实际上却是斯皮特菲尔夫人的忠实代理人。

据说，他不仅仅是她的仆人，还是她的情人，或还未得到她承认的丈夫。可以肯定的是，他生活在遗孀房里，尽管卑躬屈膝，但却以主人自居。

不断更换的仆人都说,锁着的门后经常传出愤怒低语,夫人和她的管家发生争执时,便会压低声音。他们还说,艾格尼丝小姐常常哭泣,经常在她楼上简陋的房间里抽泣到半夜——一定就是从松动的花岗岩块中长出那簇粉色景天的地方,晚上,孤单的夜鹰发出刺耳的叫声,柏树的枝丫紧贴着砖墙,风大的时候,它们摇曳的声音就像女人的哀叹,刷落的墙灰沙沙落下,听起来像是长袍摩擦发出的声响。

没多久,夫人的一个农场要找人承包,但由于她名声在外,詹尼斯顿先生很难找到佃户。

最后,一个陌生人承包了它,不仅欣然接受了那些苛刻的条件,还做出了最好的担保,随即便正式在萨默布瑞斯安顿了下来。

这个人的名字叫弗朗西斯·罗,一个人大老远跑来这里,他说,他想独自做一番事业,不想靠朋友和其他人的照顾;他是一位绅士,人们都觉得应该是家里有什么事令他伤心失望了,所以才出来闯荡。

但是,他那迷人的谈吐和独特的魅力很快就令人忘记了所有对他的猜测。他的优雅在当地农户中显得格格不入。

夫人见过他一次后,就对他和蔼可亲,以平等的身份接待他,常邀他去遗孀房,在萨默布瑞斯,找不出第二个享受如此偏爱的佃户,而且她很快就开始恭维他、爱抚他。

她热情但也无情；她已故的丈夫只不过是个幌子；她还处在壮年，情感得不到满足；她虽然可恨，但这里我认为她也是可怜的，因为在一个女人被迫退隐，郁郁寡欢之时，她毫无防备，也无任何自保能力，也就很难拒绝这样一个男人。

如果说埃德蒙·詹尼斯顿心怀嫉妒，他却并没有表现出来，仍然面带微笑侍奉在侧，极力称赞这位新宠佃户。

罗先生极具音乐天赋；在破碎的石条窗框旁边——六月里，缬草会在那破碎的窗台的裂缝中绽放——竖立着一架羽管键琴，他会在那里演奏一曲《缪斯特托里加顿》，或演唱《维斯塔从拉特莫斯山来》《弗洛拉送我最美的花》之类的歌曲。

夫人（在这里，你一定会再次看到她，就在壁炉的地方，如今荨麻遍布，在邪恶的叶片下聚集着纯白色的小花）听得内心激动不已，她急切地想在他面前绽放胸中的花朵；随着他靠近，揽她入怀，她变得紧张、躁动。

她早已不再悲痛，她的长裙颜色鲜艳、闪闪发光；最灿烂的色彩，最耀眼的宝石，在她跟前也会黯然失色，她就像一朵无须染色的鲜艳康乃馨。在弗朗西斯·罗面前，她温柔可人，一点脾气也没有。她会和他一起骑着马穿过公园，带着这个各方面都很优秀、骑士风度的男人，向乡绅加内特先生炫耀。罗先生的坐骑是精心挑选的，配有一个特别制作的座椅，舒适，带靠背。所有人都认为他会体面地找一些说辞，娶了寡妇，随之也控制住她。

从刚才就一直没有提起的另一个人物要登场了：艾格尼丝站在放满长着玫瑰色厚叶片的多肉植物的窗口，看着俩人骑着马朝栗树大道而去。这条路现在破败不堪，但当时绝对笔直庄严。艾格尼丝坐在掉落的壁炉石条上的简陋小凳子上，也陶醉在罗先生的音乐里，她就这样任由她的心被偷走；她一直生活在悲哀中，除了仆人们和快要看不见东西的老牧师，她没有任何朋友。

但是，故事中有一种讽刺的苦涩味道：她很可爱，已经成长为一位美女，清新可人，魅力四射。尽管生活痛苦，但她也有一种庄严的气质，这应该不是偶然，任何粗俗、卑鄙都无法和她联系起来。

夫人很快就觉察到了这个隐藏的情敌，但即使狡猾如她，也没发现佃户有任何不正常的反应，艾格尼丝也没有任何轻浮的表现，只是默不作声，日渐憔悴。残暴的夫人对她的嘲弄变得极其尖锐，令人害怕。如果弗朗西斯·罗的蓝眼睛对这个可怜的受抚养人眨了眨，又如果他对她说话的声音温柔了一点，她就得为此付出代价，遭受凄惨的折磨。

她很快就要二十一岁了，急切地希望能要回她的债券。

夫人问道："你没朋友，没名字，有了这笔钱，能做什么？"

"夫人，我要离开这里，巴顿先生会给我找个地方——"

夫人嫉妒地打量着女孩美丽的容貌，她发现她长得与自己死去的丈夫惊人地相似，一样是她所鄙视的那种温柔和善良；她变得更加仇恨，丝毫没有因恐惧而受影响。

在所有关于恶毒的斯皮特菲尔夫人的流言蜚语中，被认为是她对一个垂死的人，一个她亏欠一切的人，说得最可怕的话就是——"我永远不会原谅你"。

因为这一点，许多人都对她有一种惧怕；当时，人们相信地狱之火，认为能说出这种话的女人是该死的；她知道这一点，因此当在女孩的脸庞上看到死去的人的样貌时，她不禁浑身战栗。

艾格尼丝受尽了折磨。

夫人不停地折磨她，逼她交出债券。

"依我看，这可能是一场骗局。我想确认一下是不是我已故丈夫的签名——"

一个漆黑的冬日，女孩给她带来了那页值钱的纸张，她说，这是巴顿先生极其不情愿地交给她的……

夫人撕碎签名，带着胜利的笑容把它扔进火里。

艾格尼丝对自己的财产损失并没有表现得焦急气愤，夫人很快就弄清了真相，原来巴顿先生不信任她，所以交出了一份副本，要求女孩不要透露这件事；但她，这个可怜的傻瓜，并不是夫人的对手，最后只能因独裁的夫人她的极端傲慢而深受折磨。

但斯皮特菲尔夫人却有种莫名的挫败感：尽管艾格尼丝一直受折磨，但她似乎一天比一天更加灿烂地绽放，更加耐心地接纳她的悲惨生活。夫人目光敏锐地观察着她，甚至看到她偷偷地笑，听到她偷偷地唱歌；她会不会藏着什么快乐的秘密？

这个精明的寡妇对任何事都不会感到惊讶；她不相信弗朗西斯·罗会是一个完美的骗子，不相信他有本事在她眼皮底下向女孩求爱，而她自己却一无所知。唉，就算城里的浪荡子要做到这一点，也会费尽心机，而他毕竟只是个乡下农民。

但她又想，这是否是对他的正确定位——她愿意相信他身上有某种浪漫的神秘感，她愿意相信他比他本身更出色，但事实上，这个人相对于他的地位来说太好了：他的农场生意不好，租期很短，也赚不到什么钱，对这次投资他已经不抱希望。

"他为什么不能委身于我呢？"夫人痛苦地想。她渴望他能把手放在她的胸口上，他光滑的脸紧贴着她，她能看到他湛蓝的眼睛里深蓝色的斑点。

她盯着镜子里的自己，直到眼睛发痛。她在打扮、娱乐上花了很多钱，但他总会在某个时刻克制住他的爱欲（如果是的话），尽管她给了他一个又一个机会。

一天晚上，埃德蒙·詹尼斯顿冷笑道："他在玩弄你。"

"呸，为了让你和我看着他们吗？"

"他们？你在想谁？"

"他为什么要骗我？我能看上他，他应该感激不尽。"

"你没看到艾格尼丝有多漂亮吗？还那么年轻！"

斯皮特菲尔夫人一把裁纸刀扔过去，在管家苍白的脸颊上留下了一道伤口。她想着："天哪！再过几个月她就有一千英镑了。他们是在等待吗？她会自由的，自由。我再也抓不住那小荡妇了——"

她急忙赶到牧师的住宅（那座简陋的房子就矗立在灰色教堂和灰色坟墓的后面），对可怜的老牧师一顿恐吓，他最终把真正的契约交给了她，但交出前，他要求她在祭坛上发誓，一定会好好保管，并威胁说如果她不遵守誓言，就会受到法律制裁。

"保重，夫人；现在每个人都在你面前颤抖，但审判之日终将到来！如果你违背了誓言，你丈夫一定会回来惩罚你——"

"我丈夫？"站在死人堆里，她克制住了自己的脾气。

"夫人，对一个垂死的人说'我永远不会原谅你'是件多可怕的事啊！"

夫人带着宝贝债券匆匆回家，发现罗先生坐在她的客厅里，他自言自语地吟唱着《幽暗森林》。一推开门，他轻柔的声音便传入她耳中：

"然后我将遇见我的爱人,然后我将永远留住她……"

自言自语地吟唱?斯皮特菲尔夫人似乎听到楼梯上有脚步声,好像有人在她进门时逃走了。

她很激动,不知道该说什么或做什么。她在壁炉边的矮椅子上坐下,告诉他自己是如何从那个老家伙那里得到这张债券的——"如果他突然去世,这张债券不就遗失或被毁了吗?但放在我这里,这可怜孩子的这点财产就安全了。"

罗先生的手指在钥匙上徘徊,他微笑着看着她。

"难道她还没成年,不能自己保管吗?"

"也许,等她再成熟一些。可是,天知道,我觉得她意志太薄弱。"

"夫人,你对这个没朋友的可怜家伙有什么打算?真是个可悲的人。"

"我会一直收留她,直到她能嫁给一个与她地位相当的人;她懒散、愚蠢、脾气暴躁,但也许有哪个乡下人会为了钱而娶她——"

说这话时,她心里在想:"他为什么不走过来?为什么不来把我抱入怀里?哦,天哪,我还能忍受多久?"

但罗先生明显没有想要更进一步的意思。他离开房间后,埃德蒙·詹尼斯顿告诉她,人们都在"谈论"她,人们嘲笑她的疯狂。如果那个男人愿意娶她,那还好,但是她的示爱似乎都是徒劳——为什么她不放手呢?

她要怎么放手呢?

詹尼斯顿先生提醒她,弗朗西斯·罗被她掌握于股掌之中——他不太可能付得起房租,他的那份租约很难让人接受——奇怪的是,他居然签字了。

"我都知道,你这个傻瓜。告诉我,"她十分嫉妒,完全不顾礼节,口无遮拦,"你注意到了吗?艾格尼丝的事。"

"她是个美人。"

"我不是说这个,你知道的,就是流氓——"

"啊,关于这一点?嗯,我确实感觉到有点什么东西。"

"你也有这种感觉吗?埃德蒙·詹尼斯顿,我们一直是好朋友,你说说看,我仍算是美丽的女人吧?"

他笑着看了看她,这动作一下子令她发作了,仿佛他说了一句强有力的咒语。

"你看起来就是你该有的样子,但实际年龄可比你的敌人想象的大多了。"

看她被打垮,他感到好笑;她转过身,一言不发,盯着墙面,当时那里挂着一面镜子,现在只有几只蜘蛛在裂缝里爬进爬出。

在那之后,情况变得更加糟糕;当时,在这座没有屋顶的房子里,到底有多少可怕、疯狂和绝望?黑暗午夜的冥想,夜晚的泪水,清晨的祈祷,压抑不住的愤怒和藏也藏不住的恐惧!

只因一点小事,斯皮特菲尔夫人就会公然暴怒,因为罗先生还磨磨蹭蹭,没有进一步动作。很快她发现了一个端倪。

她偶然发现艾格尼丝正在练习一首道兰的曲子,一首弗朗西斯·罗曾演奏过的曲子,曲名为《悲伤的帕瓦尼》——拉赫里马·帕瓦尼。

女孩在辱骂袭来之前就倒下了。夫人的侮辱使她萎靡不振,她称她是"私生子",抢走了乐谱,撕得粉碎。夫人把自己的淫欲、自己的痛苦、自己的极度嫉妒,一股脑都发泄在女孩身上,发泄的同时将自己的淫欲之心暴露无遗。可怜的女孩还不明白这一切,她吓坏了,就像野兔发现猎人近在身旁时便也不再躲藏,她突然站了起来,穿着她那缝补的破衣服、补了又补的薄鞋子,跑进了寒冷的黑夜。简单、浪漫、孩子气的初恋在性欲暴露无遗的火辣脸庞面前,无从招架。

暮色降临,荨麻散发出难闻的气味,这时你就会知道,斯皮特菲尔夫人就埋在这荨麻下面。

牧师巴顿老先生正在冬日的炉火旁取暖,这时,他听到了敲门声,一张惊慌失措的脸出现在窗户上。

"让我进去,巴顿先生!让我进去!"

他急忙打开房门,艾格尼丝畏缩着来到壁炉前,一句话也说不出来;她咬着食指,眼睛里充满了恐惧。

有一段时间，夫人内心的邪恶之门打开了，她自己也很害怕；她上楼想破毁掉那张债券，但她做不到；自己发过的誓言此时变得清晰可见，制止了她的邪恶欲望。

"我只发誓说不会毁掉它，并没有发誓说不能放弃。"

她把它锁进一个盒子，放进艾格尼丝房间的柜子里。

"如果她想要，就让她来拿吧——"

艾格尼丝不会再回那房子了，不管那是什么丑闻；没多久，夫人就听说弗朗西斯·罗去牧师家拜访了。

詹尼斯顿先生笑了。

"很好，他们都任你宰割了。你可以在三月份把他赶出农场，拿他所有的存货来抵租金，他就完了。你还得到了那个小荡妇的财产。"

这些话并没有减轻她的痛苦。一想到这两人可能相爱了，她竟然不知道，竟然没发现，她就仿佛受到地狱之火的煎熬。她决定放弃那张债券，之前巴顿先生曾多次讨要，都没成功。

下定决心之时，她便躺在床上睡着了（如今，柏树已经长大，枝丫叶片都伸进那扇大窗户里）。愤怒和仇恨令她无所惧怕。

但她在梦中无能为力。

在这场梦中，她就躺在那张铺着深色华盖和硬床帘的大床上，没有挪动，但她却仍然能看到地板上逐渐熄灭的火苗；再往前，她似乎看到了一条狗，痛苦地喘息着，但仔细一看，这东西裹着长布，头顶处还打着一个结，像一簇树叶，竟然是她丈夫，他似乎在房间紧张地搜寻着什么。

"它不在这儿，"她嘲笑道，"你找不到的——"

他站起身来。在她记忆中，他身体肥胖，浑身赘肉，但现在他的腿萎缩得只剩骨头，头骨上的裹尸布已经腐烂成了碎片，他的脸也不成形；透过他面颊上的一个洞，她看到了即将熄灭的火苗；他那腐朽的眼睛里是一摊污浊的死水。夫人想收回当时对他说的最后一句话，她想说："我现在原谅你了，你听到了吗？"

但她说不出话来，他把他那腐坏的肢体组织起来，突然向她扑来，跳上她那华丽的大床。

夫人一下子惊醒，她掀开床帘，透透气，她知道她不能毁掉那张债券。

第二天早上，她骑马穿过浓雾与遍地寒霜，来到牧师家。艾格尼丝必须回家，这是一件丑闻，一个愚蠢女孩一时的冲动，绝不能对她造成影响。她通常都是面色红润，现在就气得脸色苍白。巴顿先生并没有答应她的要求，现在不仅有公众舆论站在他这一边，他还有乡绅的支持。加内特先生宣称，女孩可能是他的表妹，他不会让她受折磨，而且他结婚后，女孩可以到大厅来给他妻子的衣服做花边，给她的小狗梳头；他也知道那张债券，并发誓一定会把它赎回。

夫人已经回不了头了，这位愚蠢、激动的老人道出的信息，多少给了她一些安慰，一定程度上缓和了她对失败的恐惧。

艾格尼丝对弗朗西斯·罗有种莫名的厌恶，她拒绝见他，每每听到他的名字，她便会痛苦无比，面红耳赤。她会在教堂里待很久，但和她在遗孀房时一样，她一点也不快乐。巴顿先生不知道她心里在想什么，十分担心，他想她肯定是患有某种神经紊乱。

罗先生的脚步声或马蹄声都足以令她抽搐不已……夫人对她做了什么？

夫人骑马回家，并非一无所获。她冲着栗树大道旁秃树枝上挂着的寒霜微笑，她很清楚自己所做的一切。

她的直觉是对的，没错，女孩已经暗暗对这位英俊潇洒的年轻人产生了一种微妙的、温柔的情感，但她，这个淫荡的女人，却把自己的痛苦归咎于女孩，把一切都毁了。

"你想让他搂你入怀，你想让他亲吻你！你满脑子都是这些——"

夫人非常愤怒，言语露骨、粗俗，艾格尼丝的心灵遭受了重创，就像一朵还未绽放的花蕾硬生生被人扒开了。

夫人派人去请罗先生。她手里拿着她的账簿。

"管家说你的农场有麻烦了。"

"我可没发过这种牢骚。"

"可我要抱怨抱怨了。你不是个好佃户,很明显,你无法在三月份偿付租金,你没有做好你该做的,农场都荒废了。"

他的冷漠令她恼怒。

"我尽力了,夫人。"

"不,你没有!有一件事很容易做到,还能让你发财。"她那双金色的眼睛,慢慢开始充血,大胆地向他发出邀约;她用窗帘为自己挡了挡冬日的阳光,以此为自己制造一种青春的幻觉;她的胸脯依然白皙,穿着一件亮闪闪的红缎子胸衣,酥胸半露。他没有回应,她放在管家詹尼斯顿先生辛苦记录的书本上的手颤抖着。"你知道我的意思。"她望着他美丽的前额,黑色的眉毛,完美的上唇线条。

"我有钱,弗朗西斯——"

她知道,他一定清楚他可以拥有她,不论是做妻子还是做情妇,他想做什么都可以……但他却表现出一贯的礼貌,离开了她。

艾格尼丝年满二十一岁之后的几天,乡绅和巴顿先生都来索要过债券。

"让艾格尼丝自己来吧。"夫人说,这时她就像一头被长矛逼到墙角的困兽,凶狠至极。

但没有人比她更清楚,即使这样,她也能保全债券,直到审判日到来。

一天下午,天空飘着细雨,乌云密布,弗朗西斯·罗再次来到了这座遗孀房,他所说的话令夫人感到震惊。

他来为他未来的妻子讨回她的债券,他已经决定要娶艾格尼丝。他真的是无所畏惧,敢把这个消息告诉斯皮特菲尔夫人,夫人当时就想把他们两个都杀了。稍稍冷静之后,她想出了一个对策。

"啊!可我觉得她精神错乱了,估计连你都看不见——"

他眼神中闪过痛苦,若有所思。

"我一定会克服的。即使需要几年的时间,我也会这么做的。我知道她对我并不反感,也不会——莫名其妙地——害怕。"

他知道她认为他是背叛者,是毒蛇,他设法避开了她对他和艾格尼丝的监视。她受到欺骗、嘲笑……更可怕的是她的报复。

"你们打算怎么生活?你的农场经营不善。"

"艾格尼丝有一千英镑。"

"我不会给你。"

"那好吧,夫人。"

他走了,没有任何辩解或争论。她痛苦地唤来埃德蒙·詹尼斯顿。

"你能拿着你的枪,去杀了那个人吗?这个恶棍想娶那个的疯丫头——"

"你一定对我瘦削的面容很满意,最近又瘦了些。"

"一枪解决了他,听到了吗,笨蛋?"

"我可不会不顾一切地来取悦你。耐心点——这个傻瓜已经破产了,那女孩半疯了,债券也在你手里。可怜的穷人——这就是他们的归宿,赤贫的现实将磨灭他的热情。"

那天晚上,夫人痛苦不已,她害怕梦见她的丈夫,她渴望弗朗西斯·罗的爱,她无法入睡。

在隆冬严寒的黑夜里,她突然听到一阵吵闹声,抓起一件印花长棉袍,抱着蜡烛便跑了出去。

半明半暗的楼梯上,詹尼斯顿先生正与弗朗西斯·罗搏斗。弗朗西斯手握一把短剑,衣衫不整,看上去十分狂野。

"卑鄙的恶棍!"她大叫着喊人。只见年轻人挣脱开管家,把他扔下了楼。在她眼里,他勃然大怒的样子更令人着迷,见他打败埃德蒙·詹尼斯顿,她感到非常高兴。"是你闯进了我的房子?"

他把撕破的衬衫领口拉了拉。

"夫人,您接待我时十分友好,我以为我的拜访不会遭到拒绝。"

他目不转睛地看着她,把垂在额头前的头发往后一甩,她此时才知道她从不曾真正了解他,他一直提防着她,在她面前一直都装模作样。她走近他,兴奋地笑了起来。

"你真的是来看我的吗？"

这个痴心的女人完全不理会詹尼斯顿先生从楼梯间里发出的呻吟声，也不理会走廊上越聚越多的女仆。

"你我应该正式见面，而不是以这种方式。可你的看门狗太精明了，该死！"

弗朗西斯·罗喘着粗气，她抓住他的手臂，他朝她笑了笑，算是让步了。她正要命令管家和仆人退下，甚至要说这人是应她的召唤而来的，这时，就在她要靠在他身上时，她看见一样熟悉的东西从他宽大的外套的口袋里露了出来，那正是她放债券的盒子。

一瞬间，这可怜的女人随即意识到这家伙的确闯进了她的房子，胆大妄为，不顾一切地想保住他未来妻子的财产，走投无路之际，打出最后一张牌——利用她的感情，来保住自己。

她愤怒地尖叫起来。

"小偷！杀人犯！抓住他，你们这些张着嘴巴的傻瓜！他从我的房间里偷走了我的珠宝，还试图谋杀詹尼斯顿先生！我看见他用剑抵着他的喉咙！"

她飞快地跑进自己的房间，随手抓起她睡前刚摘下的首饰，跑了回来，叫喊说这些是从那个恶棍的口袋里拽出来的。管家一瘸一拐地上楼来为她编的故事作证，他穿着睡衣，样子可怕极了，手上有血，胸部有瘀伤……他手无寸铁，衣不蔽体，却遭到恶意袭击。

"可恶的骗子！"罗先生喊道，一边对付着两个不知所措的男仆，"狼狈为奸！男盗女娼！真该早点送你们俩到你们该去的地方！"

"我会送你去你该去的地方，我的好朋友，那就是绞刑架！"

"暴力抢劫。"詹尼斯顿先生狞笑着，"什么也救不了你了，公子哥！"

罗先生仍在反抗逮捕他的人，他激动地称他"只是来拿那些被非法扣留的东西，没有使用暴力，只是在感到惊讶时才努力逃跑。"这时他呻吟起来，好像突然意识到了自己的痛苦。"不是你们想象中的那样，"他又补充道，"这不过是一场肮脏的游戏，真希望我没有插手其中。"

"他和他的小情人一样，都疯了，"夫人说，"说我是娼妓！你很快就会变成一具腐尸！"她伸手给了男人一拳，对付三个仆人已经令他筋疲力尽，满脸通红。

但这最后一句话一下子使她清醒了过来，"腐尸"让她想起了关于她丈夫的梦，她步履蹒跚地走进房间，关上了门。犯人被拖走了。

詹尼斯顿先生一个人站在楼梯平台上，开心地笑着。

现在，一只蝴蝶（尽管蝴蝶很少飞到这里）能在几秒钟内飞过这座没有屋顶的大房子，在这种情况下回想那个可怕的夜晚，多少有点奇怪。那时，这里到处是黑暗的房间和漆黑的走廊，还有低声交流着、吓坏了的仆人，有关在卧室里的女人的痛苦，有詹尼斯顿先生那种严肃的幽默,还有那被拖走的年轻人。黑暗从树林中流淌进来,在点燃的蜡烛和灯光下一闪而过。

夫人确信她报仇了,他会被绞死,毫无疑问,艾格尼丝会发疯的,至少他们不会躺在彼此的怀里。

一大早,巴顿先生心力交瘁地等候着她,求她能发发慈悲。

"他不是罪犯——毫无疑问,他只是个鲁莽的傻瓜;而你,是无权扣留债券的。"

"他会被绞死的。"

"啊,夫人,你想让两个受伤的灵魂在另一边等你吗?"

她知道牧师指的是她的丈夫。她眯起眼睛,这是危险的信号。

"他将被处以绞刑。"

紧跟在牧师后面的是一位最意想不到的来访者,一个从未跨进过她的门槛的人:乡绅。这个健壮的年轻人似乎还在心里痛苦地斗争着,他叹了口气,结结巴巴地、痛苦地说出了他此行的目的。

"夫人,你必须撤销对弗朗西斯·罗的指控。"

"他将被处以绞刑。"

"你知道那是什么意思吗?给一个强壮的小伙子施行绞刑?"

她知道——靠自己的体重勒死自己,她知道他死后会是什么样子,没有比这更让她满足的了。

"一个无赖，恶棍，他玷污了我的卧房，他玷污了我的女佣——这个荡妇今天早上承认是她放他进来，并告诉他债券的位置。他将被绞死。"

"不，"加内特先生说，"我必须亲自去见国王，这不可以——"

一听这话，她勃然大怒。

"这跟你有什么关系？"

"我不得不告诉你了，这是一个男人能说出的最尴尬的故事——"

以下就是可怜的加内特先生向夫人坦白的故事：

弗朗西斯·罗是一个化名，这个年轻人不是农民，而是一个出身高贵、名声不凡的公子哥，是乡绅的密友。他应允扮演这个角色，是帮加内特先生向寡妇报仇，他要把她变成笑柄，使她名誉扫地，甚至要将她从族谱上除名。不管怎样，在他摘下面具之前，这一切都是一个阴谋，一个笑话，像是当时的风尚，无耻，卑鄙，随便你怎么说，但时代的品位就是粗俗的，而夫人对乡绅做得太绝了。

"但是这个公子哥看上了那个女孩，这一切都被打乱了。我发誓，在这一点上，他没有造成任何伤害，他只想娶她。"

夫人一言不发地坐着（当然她的鬼魂有时会蜷缩在荨麻丛中，就在她壁炉的石头上），她意识到自己是多么容易就成了年轻人恶作剧的对象，真是个下贱的傻瓜！她没有想到弗朗西斯·罗的品格是如此质朴，即使有农场租约,他也从没有任她摆布……

"他有钱吗?"

"他将来会有——等他继承了头衔——他什么都不缺。"

"他为什么来我家——偷东西?"

"你拒绝交出债券,他非常难过——他一心想亲手把那张债券交给艾格尼丝,以此得到她的感激——"

"他会被绞死的。"

树木时常会在空旷无顶的房子里发出声响,这些声音似乎通过树枝的唰唰声呜咽着——"他会被绞死的"。

加内特先生恳求着,他卑躬屈膝,愿意承担这一恶作剧的全部责任,愿意给予她赔偿。他细数了这个莽撞青年的贵族家庭背景,诉说了一个重罪犯的死亡会带给他们莫大的耻辱。她只好说:"是我请他到家里来的。是我把债券交给他的。"

乡绅的痛苦和屈辱令夫人陶醉,她庆幸自己有能力为自己报仇。

"离开我的房子。我永远不会原谅他,还有你——"

突然,加内特先生勃然大怒。

"说话注意点!你以前曾对一个垂死的人说过同样的话。你这个邪恶的女人,你做过的事最终都会报应在你身上的!"

他骑着马离开,脸色苍白。他知道他的朋友一定会被处以绞刑,他曾发誓绝不透露自己的身份,这样一来,丑闻就不会为外界所知,而一个无赖不幸被绞死,根本不会产生任何影响。

夫人所有的仆人都离她而去,只有一对老夫妇留了下来,他们因耳聋而无从知晓这些事情。审判前一天,遗孀房里只有她和埃德蒙·詹尼斯顿两个人,巴顿先生又来做最后一次求情。

"夫人,你明天要去做伪证吗?你有这个胆量吗?你知道他不是为你的珠宝而去的,也无意杀害詹尼斯顿先生。"

"我会实话实说,把绳索套在这个恶棍脖子上。"她说道。牧师离开时,她向他要一本《圣经》,在封面上放了圣饼。

"你能开这个口,说明你已经快要崩溃了——"

"我梦魇,我看到了我丈夫的灵魂。我想说:'我原谅你了,你安息吧。'但我说不出话。我想,如果他出现时我紧握《圣经》,舌头可能会放松。"

"除非你真的悔改了,否则这是不可能的。"

夫人讥笑着,说她是在开玩笑,她什么都不怕。她问起艾格尼丝,希望她死了或者疯了,但巴顿回答说:"这个小姑娘发生了巨大的变化,她已经不再畏惧害怕罗先生了。她宣称自己已与他订婚,并在监狱附近安家。如果你能发发慈悲,夫人,他们将是一对幸福的夫妻。"

夫人的脸色越来越差,他急忙逃走了,消失在公园的灰色迷雾中。

我想我现在还能看见他,坐在马鞍上,在栗树大道上疾行——经过已故乡绅形状奇特的陵墓时,他扭过脸去……已故乡绅的尸身腐败于此,但是他的灵魂在哪里?

可怜的牧师向这个可怜的鬼魂祈祷,据他所知,这个鬼魂可能在附近游荡,并嘱咐他,如果可能的话,救救他无辜的女儿和她的情人……他相信他看到了一个飘忽不定的形状,像一个苍白摇曳的光球,从地上的薄雾,飘向那座遗孀房。

那天晚上,夫人和詹尼斯顿先生都没说话。她已经为他伪造好了所有的证据,以及他发誓要说的所有谎言,随后快步走回她的房间,最后看了他一眼,眼里尽是羞辱。

管家独自坐在荨麻丛生的地方,他想取取暖,但火似乎没有什么热量。

这时,他听到有人敲窗户,他站起身,害怕地拉开窗帘。

外面有一道昏暗的光,雾中仿佛有一个人拿着蜡烛,埃德蒙·詹尼斯顿又仔细看了看,发现那不是灯光,而是死去乡绅那张胖胖的脸,散发着墓穴的湿气。

他退到房间里,只听一个刺耳的声音响起:

"埃德蒙·詹尼斯顿,你真要为了这个邪恶的女人而受诅咒吗?"

管家那天晚上没有上床睡觉,而是蜷坐在火堆旁,满脑子都是些白天想都不敢想的可怕的事情。

第二天，他坐在夫人的车后座进城了（巡回审判正在进行），在那里她脸不红心不跳地做了伪证，如果她需要一个人再次点燃她心中的邪恶，她就会看向坐在被告席旁边的艾格尼斯。

接着轮到埃德蒙·詹尼斯顿了，此时，弗朗西斯·罗似乎已没有希望了（故事中不知道他的真实姓名和身份），我记得在那些日子里，一个人从受审到被处以绞刑，最长的时间大约也就是二十四小时……夫人在黑马旅馆订了一间房间，她要亲眼看着他被处决。

但管家的证词改变了一切。他说，是夫人邀请罗先生去遗孀房，是他送的消息，那个年轻人是为了那张债券而去的，夫人向他求爱，因为他冷冷拒绝，于是便上演了这出闹剧。

身为犯人的弗朗西斯打断了他的话——"这不是真的，我没有收到这样的邀请。"——但是没人在意他的话，埃德蒙·詹尼斯顿所说的内容是每个人都想听到的，说夫人多么邪恶，人们都愿意相信，而且她迷恋犯人，是众所周知的，而这对年轻的恋人，即使是最粗野的人也是抱有同情心的。"判决无罪！"法官同时还严厉地命令夫人交出债券。

看着弗朗西斯·罗离开审判台，抱着艾格尼丝、加内特先生、牧师以及所有围着他们的邻居，这个恶毒的女人晕了过去。没一个人上前查看，就让她一个人躺着。

她清醒过来后，大声喊道：

"埃德蒙·詹尼斯顿，带我回家——"

"不，"他咧嘴一笑，"我不喜欢待在你身边。"

"你怎么能背叛我？"

"我不喜欢地狱之火。"

他挤出人群，走了。人们说他去了加拿大，他在为夫人服务期间存了一笔可观的财富。

她被大家遗弃了，冬天的傍晚，她一个人骑着马，赶回遗孀房。

来到墓地时，马猛烈地躲闪着，她感觉有一只手抓住了缰绳，天越来越黑了。

"比阿特丽斯，说你原谅我的死。"

"我不能，我的嘴被封住了。"

她的精神崩溃了，她内心的激情也已失去。她跌跌撞撞地跨过门槛，即使是弗朗西斯·罗的拥抱也无法使她感到温暖。白蜡木树苗摇曳着，蟾蜍躲进平坦的石头下面。

那天晚上，甚至连埃德蒙·詹尼斯顿都没有陪在她身边，她彻底失败了。两个老仆人避开她，因为害怕看她的脸色。

她走到自己的房间，像一个老妇人那样弯着腰，迈着缓慢的步伐；

她被迫上楼，尽管她知道那里等待她的是什么。

只有一个人同情斯皮特菲尔夫人，那就是艾格尼丝。爱治愈了她，生活变得越来越美好，她也因此感到快乐，她已经说服了她的爱人带她去遗孀房。

"我们会请求她原谅我们，我们会带着人们、朋友再次来到她身边——"

他们穿过光秃秃的树林。他不情不愿，而她则充满了愚蠢的希望。

这座遗孀房空无一人，除了两个老仆人，他们咕哝着正要离开。从他们身上也问不出什么，他们不知道夫人怎么样了。

再没有人见过她，不知她是死是活。

在客厅的桌子上，艾格尼丝看到了有她父亲签名的债券，她不由得紧紧抓着她的爱人。债券上压着一枚重重的图章戒指，那是乡绅下葬时佩戴的一枚金戒指。

安布罗辛的金发

克劳德·鲍彻发现自己越来越害怕十二月十二日的到来。

他自己仍然称之为十二月；他内心里从未接受自由年代的各种新名称，仍旧守着许多老传统。

然而，他是新共和国的好仆人，到目前为止，他总能在危难时期逃脱危险，他逢迎顺从，也谋得了一官半职。他是众议院的一名书记员，收入优厚，无忧无虑。他一向默默无闻，这成了他得天独厚的安全护盾，眼见一个个大人物来去匆匆，看着死刑车往返于监狱和革命广场之间，他平静地吃着晚餐，抽着烟斗。在鲍彻的认知中，革命广场应该叫路易十六广场。

他有自己的雄心壮志,但他并不急于表现,要等到安全的时候:他不是那种为了辉煌、疯狂的事业在断头台上结束一生的人,他也不悲观,如他所说,一个更好的时代会从目前的混乱中诞生(他不愿把它看作其他任何东西),这只能被视为一个安定国家诞生前的阵痛。

他年轻、冷静,没有因社会动荡而失去任何东西,他等待着,因为他觉得他等得起,等到社会再次稳定,秩序再次确立。恐怖,像肮脏和血腥的海洋,冲刷着四周,而他很安全,几乎没有受到波及;十二月十二日的到来使他第一次感受到恐惧。

一种不知缘由、说不清道不明的恐惧。

他的恐惧,主要是因为一件小事,一件微不足道的小事。因为它实在无关紧要,他第一次听到时,根本没把它放在心上。

里尔省的头目查出了贝阿恩省的一个阴谋,涉及的几个人,都是迄今为止公认的共和国的好朋友。这件事波及范围不广,但需要谨慎处理。该省的头目目前不在,在他十二月十二日返回之前,不会采取任何措施;而鲍彻,作为一个可靠且值得信赖的人,届时要将所有与该阴谋有关的文件都带去该头目在圣克劳德的家中。

起初,这位年轻的书记员根本没多想。当时,他觉得这次任务体现了他一点点的重要性,还感到相当高兴。那天晚上,他在圣日耳曼街的一家小咖啡馆里吃着晚饭,突然想起了安布罗辛,她早就成了大家记忆中的一个禁忌。

她是火光剧场的一个小演员,生活在恐怖时代,像一朵在腐败中绽放的毒花。

她住的小房子就坐落在去圣克劳德的路上,靠着河岸。这样一个看起来无辜朴素的地方,住着的却是既不无辜也不朴素的安布罗辛。

克劳德·鲍彻曾经爱过她。每天晚上,她结束那狂野而不雅的演出后,他都会开着一辆黄色的小敞篷车送她回家,这辆小敞篷车曾经属于一位时尚女士。

他们那时很幸福。她肯定是喜欢克劳德的,他相信她对他也是忠诚的,她有很多爱慕者,能从这些竞争对手中获得她的芳心,让她完全属于自己,甚至可以说是屈从于他,这让他感到受宠若惊。她是圣安托万阴沟里长大的一个孩子,但她优雅迷人,尽管她到处招摇撞骗,满身恶习,但她仍然保持着那份简单和热情,这一点十分惹人喜爱。

她并不漂亮,但她有一双深蓝色的眼睛,皮肤如百合花般白净,她的头发很漂亮,没漂过也没打过粉。她随意地挽起一个高髻,插上她买得起的漂亮梳子,金色的头发,发量又多,虽不是卷发,却又呈现出自然的波纹。一些头发从这些梳子上的缝隙中散落下来,垂在她瘦弱的胸膛和斜斜的肩头上。

克劳德坐在咖啡馆里,想起了这一头金发,想起了当时她在舞台上,半裸着奔跑，发丝飞扬，满脸通红，气喘吁吁，她的舞蹈曾经逗乐了那些浑身沾满鲜血的男人。

他想着："要拿那些文件，必须经过她的房子……"他整理了一下自己的情绪，"她就是在家遇害的。"安布罗辛三年前被谋杀了。

冬日里的一天，她没有出现在剧院里。因为有一首新的主打歌曲要她学，他们派了个人到她河边的小房子去喊她。

那人发现她穿着睡衣躺在卧室的地板上，刀子刺穿了她脆弱的身体。房子里一片狼藉，几样值钱的东西被洗劫一空。

没有任何目击证人：房子很偏僻，安布罗辛一个人住；为她工作的那位老太太也只在白天来一小会儿。她没有亲戚朋友，也没有人知道她的真实姓名——她只是圣安托万郊区的流浪人员。

那天晚上克劳德去看她，他们之前吵架了，他两天都没去找过她。

她躺在俗气的丝绸华盖床上，大致整理后的遗容体面了许多；她浑身一直到下巴都盖了起来，脸上遍布淤青，有点变形，看上去像个受惊的孩子一样委屈。

她的头发梳得很顺，像枕头一样叠在头下，她那尖尖的小脸与她那一头秀发一比，显得微不足道。

克劳德看着她，心想他怎么会爱她——她是如此瘦小，也没有魅力。他唯一的想法就是忘记她，因为她此刻看上去有些邪恶。

为了让她有个体面的葬礼，不至于像贫民窟的人，他支付了所有所需的费用，然后回到巴黎，想要忘记她。要忘记安布罗辛，似乎并不困难，没有人会因为她那不为人知的悲剧而感到不安，因为法国发生了太多事情，窃贼为了她为数不多的值钱物件杀了她，就这样，没有人真正关心此事。圣安托万郊区像她这样的案件实在太多了。

有一段时间，晚上她会来抱着克劳德。随着黑暗的降临，她的身影便会出现，令他无法入睡。

他看到的她，一直是她死去的样子，紧绷的嘴唇半张着，眼睛半闭着，鼻子瘦削，脸颊和下巴紧贴着黄头发叠成的发枕。

总是她死去的样子。他一次又一次地试图回忆她活生生的面容，她动人的身躯，但他却怎么也想不起来。

他记不起她的亲吻是什么感觉，也记不起她温暖的爱抚，但她死后的脸颊，冰冷而柔软，他偷偷地触摸过，这种感觉一直挥之不去，萦绕在他脑海之中。

过了一段时间，他终于摆脱了安布罗辛，他把她忘记了。

可现在，当他想起十二月十二日要走的路线时，他想起她了。

这并不是说他害怕那所房子或那个地方，只是自从她死后，他一直没有机会去那里。也许现在有其他人住在那里，又或者房子可能已经被毁了——无论如何，他都会绕过去，在那荒芜的公园走走。

但是，如果认为他害怕那所房子，不愿意踏上她曾经走过的那条路，那就太荒谬了。一切都结束了，他也已经遗忘了。于是他尽力使自己安心；然而，他只要一想起安布罗辛，总是伴随着一丝恐惧。

那天晚上是他恐惧的开始。

他很晚才回到咖啡馆近旁的住处，睡觉时，他做了一个梦，这个梦非常清晰，就像亲眼所见一样。

他梦见，在十二月十二日，他正骑着马前往圣克劳德，手里拿着他要带给贝阿恩省头目的文件。

那是一个晴冷的下午，散发着淡淡的哀愁，他骑马，梦境悄悄地包围了他。

当他到达那个废弃公园的大铁门时，他的马跛脚了。他的目的地就在前面不远，于是他决定步行。他把马留在一家小客栈里，大步穿过公园。

他把这里的一切都看得清清楚楚：大路两旁是光秃秃的林荫树；草坪上到处是散落的枯叶；鲤鱼池和喷泉池里的雕像无人理睬，水池早已淤塞；花坛里的花不久前刚刚开败，现在看起来毫无生机；他行进时的右侧，是一条白色的河流，透过树林折射出粼粼波光。

他继续前行，天色暗了下来，暮色渐渐笼罩了公园，他感觉到身边还有另一个人，一步一步跟随着他。他看不清这个人的头和脸，他总是藏匿于阴影之中,但他看见他穿着一件绿色外套,上面有深蓝色的青蛙。

他立刻感觉到一种无法形容的恐怖和恐惧,他加快脚步,但是那人,如梦境般精准无误,永远跟在他身边。白昼渐渐消亡,只剩那固定的、无色的光线,这正是幻象应该有的氛围,树木和草坪都是静止的,水面没有任何涟漪。

现在,克劳德和跟随他的那个人来到一个低洼的鲤鱼池前,池塘已经干涸,长满了绿色的苔藓。一片树木用光秃秃的树枝遮掩着它,一座直立的石像出现在后面,石像面目全非,不是什么好兆头。克劳德记不起这个地方了,对圣克劳德他可是了若指掌的。

那个跟随者停下来,弯腰调整鞋扣。克劳德很想快步离开,但却迈不动脚。那人站起来,握住他的手,拉着他匆匆穿过干草。

他们走近公园边上的河岸,那里有一所房子。

克劳德认识这所房子,它大门紧闭,就像他上次去看安布罗辛时一样。花园里杂草丛生,他注意到,一棵荆棘把门死死挡住了。

"他们没想到这个地方这么好租。"他意识到是自己在说话。

跟随者松开了他的手,扯下一扇腐烂的百叶窗,爬进了房子,克劳德身不由己地紧随其后。

安布罗辛那间恐怖的、被洗劫一空的、一片狼藉的房间,清晰地呈现在他面前（事实上，他在梦中就非常清楚地看到了这一切）。

瞬间，他感受到了一种更深层、更彻底的恐惧。他可以肯定，和他在一起的，就是杀害安布罗辛的凶手。

就在他要发出尖叫的时候，那家伙举起刀，刺进了他的脖子里，他知道他被杀了，就像安布罗辛被杀一样，他们的命运是连在一起的；他曾试图摆脱她的命运，但她的命运也同样发生在了他的身上。

就在这梦境的高潮，他醒了。已经是第二天早上，即使现在是白天，这个梦也使他感到无比恐惧。

更可怕的是，现实与梦境交织在一起，对真实存在的日子的记忆与梦中可怕的记忆交织在一起，关于安布罗辛的回忆与她荒废的房子的景象交织在一起。

发生过的事情和梦境合二为一，死去的女人变得恐怖、可恨和令人厌恶。回忆起她最快乐的时光，想到她以前常去的小剧场，他禁不住浑身颤抖。

三天后，他又做了同样的梦。

每一个细节，他都像之前一样又经历了一遍，他想尽办法也无法清醒过来，直到做完整个梦，直到谋杀安布罗辛的凶手抓住他，钢刀落到了他的身上。

现在离他取文件的日子只有一个星期了，他没想过要逃避，也没想过称病请别人来代劳,他感到自己此行不可避免,无论他多么疯狂地努力,都无法逃避此行,这才是这件事令人恐惧的地方。

此外,他也有清醒、理智的时刻,他知道为一个梦而困扰是多么愚蠢的行为,在梦中他想起了曾经与他相爱的小舞女,一次路过她住处的行动却把她卷了进来。

这只是一场梦和一段回忆。

在平静的时候,他自己劝自己,他的圣克劳德之行唤起了他对安布罗辛的回忆,并将两者交织在梦境中,这一点也不奇怪。

为了分散自己的注意力,他开始热衷于巴黎狂暴凶残的生活,每天听人讲述各种悲剧,参观各种黑暗、痛苦的地方。一天,他甚至第一次去看处决。他认为,真正的恐惧会消除萦绕在他心头的想象的恐惧。

他看到的第一个被处决者是一个年轻女孩,双手冻得通红,嘴巴绷紧,小脑袋上的金发向上翘着;她的眼睛盯着克劳德的方向,早已将生死置之度外。他转过身去,动作非常粗暴,围着他的人群大声抗议着。

克劳德大步穿过巴黎风大寒冷的街道,想到了即将到来的十二月十二日,也就是他会死的那天。他变得非常激动,出于本能,他去找了他的一个朋友,就像一个被幽禁在黑暗中的人会转向光明一样。

勒内·莱加里斯是他的同事,也是他的第一知己和军师——他比他年长几岁,和他一样,冷静、安静、勤奋、理智。

克劳德发现他那高级职员附近的住处空无一人,勒内还在议会。

克劳德等待着;他发现,看到这间令人愉快的熟悉的房间,他已经感到鼓舞了,这里有书、有灯、有火,还有等待他朋友回来的咖啡服务。

他现在努力说服自己不要做傻事。

他会告诉勒内,而在讲述的过程中,他会发现整件事的荒谬之处,然后,他们就会一饮而尽,一笑置之。

他记得,勒内也爱着安布罗辛,是那种傻傻的、多愁善感的爱恋——现在想起来他还觉得好笑,但他相信勒内已经准备好要娶这个小家伙了。她曾经也很喜欢他恭敬的求爱方式(流言是这么传的),但克劳德出现了,他大胆、帅气、出手阔绰。

勒内很体面地退出了,那是很久以前的事了,两人都忘记了。克劳德沐浴着温暖的阳光,不知道为什么他现在会想到这件事,只是因为他被那个奇怪的梦弄得心神不宁,神经衰弱。

勒内像往常一样准时回家,他的脸被刺骨的寒风吹得通红,抖了抖粗呢子外套上的雨点。他是一个面色苍白的年轻人,浓密的棕色头发,五官长得不起眼,上唇有一颗痣。他看上去不怎么健康,有些忧郁,工作时戴着牛角框眼镜。

"今天下午你在哪里?"他问道,"你的桌子是空的。"

"我不舒服。"克劳德说。

勒内迅速瞥了他一眼。

克劳德现在看起来已经好多了，他英俊的棕色脸上有着火红的颜色，瘦削的身躯舒舒服服地靠在深臂皮革椅子上，嘴唇上挂着嘲弄似的微笑。

"我去看死刑行刑了。"他又补了一句。

"呸！"勒内说。

他走到火炉旁，烤了烤手，他的双手冻得又僵又红，这令克劳德想起了他在断头台上看到的那个女孩的手。

"是第一次，"克劳德回答，"也是最后一次。"

"我从来没去过。"勒内说。

"是个女孩。"克劳德根本忍不住，"总是女孩。她很年轻。"

"是吗？"勒内抬起头，这引起了他的兴趣。

"嗯——长得像安布罗辛。"

"安布罗辛？"

"你不记得了？"克劳德不耐烦地说，"小舞蹈家……在圣克劳德的。"

"哦，是什么让你想起了她？"勒内看起来如释重负，好像他原本以为的是其他更可怕、更恐怖的事情。

"这正是我想弄明白的,是什么让我想到她的。我可以肯定,我之前已经忘记了。"

"我已经忘记了。"

"我也是。"

"是什么又让你想起了她?"

克劳德与他的烦心事斗争了一会儿,现在他觉得这很可笑。

"我得去圣克劳德。"他最终还是说了。

"什么时候?"

"十二日。"

"是议会的事吗?"

"是的。"

"这触发了你的回忆吗?"

"是的,你看,"克劳德慢慢地解释说,"自从那件事以后,我就再也没有去过那里了。"

"从那件事以后就没有了?"勒内沉思着,似乎明白了。

"最近我做了一个梦。"

"哦,梦。"勒内说,他轻轻地抬起肩膀,转向炉火。

"你做梦吗?"克劳德问道,他不愿意谈论这个话题,想通过对话放松自己。

"现在，在巴黎，谁不做梦？"

克劳德想起了断头台上那个瘦小的女孩。"在巴黎，做梦是件好事，"他承认，随即沮丧地补充道，"我真希望我没有去过死刑执行场。"

勒内正在煮咖啡，他温和地笑了。

"来吧，克劳德，你怎么了？你的良心受什么折磨了？"

"安布罗辛。"

勒内扬起眉头："可怜的小傻瓜，三年来，你在巴黎就没有找到一个能让你忘记安布罗辛的女人吗？"

"我已经忘记了，"克劳德激动地说，"但这次可恶的行程——和这场可恶的梦，又让我记起了。"

"你太紧张了，工作太累了。"他的朋友回答。的确，在这几个星期里，克劳德一直在拼命工作。

他急切地抓住这个借口。

"是的，是的，就是这样……但时代……足以让任何一方的人感到不安——死亡和毁灭，以及众所周知的艰辛。"

勒内倒了杯咖啡，端起杯子，舒服地坐在克劳德对面的扶手椅上。他喝着咖啡，舒展着四肢，这令一个疲倦的人感到满足。

"毕竟，你不用跑这一趟，"他若有所思地说，"有很多人能替你去。"

"就是这个——我觉得自己必须要去，好像我的任何努力都无法帮我逃避。"他犹豫了片刻,然后补充道,"这是令人恐惧的地方。"

"恐怖吗?"

"这整件事——你不觉得恐怖吗?"克劳德着急地询问。

"我亲爱的朋友,你还没有告诉我,你美妙的梦境是关于什么的,我要怎么觉得呢?"

克劳德脸红了,望着炉火,毕竟,他觉得,勒内太中规中矩,无法理解他那幽灵恐怖的故事——而他现在坐在这温暖、舒适、安全的地方,这件事说出来确实显得很荒谬。

然而,这在他的脑海中甩也甩不掉——他必须讲出来,即使对方可能并不会同情他。

"这就像一个预言,"他说,"我已经做过三次同样的梦了,这是圣克劳德之行的预兆。"

勒内专心地听着。

"太一致了,"克劳德继续说,"每次都一样。"

"说说看。"

"哦,就是——每次到了大门口,马的腿就瘸了,只能步行穿过公园,然后——"

"怎么了?"

"一个人就出现了,跟随在我身旁。"

"你认识他吗?"

"我根本看不清他的脸。"

"然后呢?"克劳德明显不太想说了,可勒内一再敦促,"最后,我们去了安布罗辛的家。"

"对呀,她住在河边——"

"你果然记得——"

"我们从没有那么亲密过,"勒内笑着说,"我应该没去过她家。当然,你应该很熟悉吧?"

"我又一次看到它,那里已经荒废了,荒芜和衰败。那人打破了百叶窗,走了进去,我也跟了进去。房间年久失修,没有家具。当我环顾四周时——"

尽管他极力克制,但还是浑身发抖。

"和我在一起的恶魔露出本性。我知道他就是杀害安布罗辛的凶手,他袭击了我,和当年杀害她如出一辙。"

"为什么杀害安布罗辛的凶手要杀你?"勒内终于开口问道。

"我怎么知道?我只是告诉你我做的梦。"

"一个不一般的梦。"

"你觉得这是个警告吗。"

"警告?"

"对即将发生的事的预警。"

"这太荒谬了。"勒内平静地说。

"是的,很荒谬,但我觉得十二月十二日就是我的死期。"

"你想的太多了——你必须把这一切忘掉。"

"我不能,"克劳德激动地说,"我忘不掉!"

"那就别去。"

"我跟你说,我没办法置身事外。"

勒内认真地看着他:"那我怎么才能帮你?"

克劳德觉得他看自己的眼神好像是在看一个傻子。"只要听我的傻话就好。"他笑着说。

"那有用吗?"

"希望有用。你看,那个可怜的女孩已经成了我的心魔,不论醒着还是在梦里。"

"奇怪。"

"确实奇怪。"

"你都已经忘却了。"

"是的,我都忘了。"克劳德说道。

"说实话,我也忘了。"

"为什么要记住?这是个奇怪的事件。"

"她的死？"

"是的，她的谋杀案。"

"我看不出有什么奇怪。一个生活放荡的女人，独自一人生活，愚蠢地炫耀着一些战利品。——这是她自找的。"

"可她就那么点儿——就那么几件仿珠宝，那么几枚硬币。谁会知道这些呢？"

勒内耸耸肩，放下空咖啡杯。

"他们还说，周围有几个贫民也喜欢她。"

"总有流氓在街头流浪，等待时机。"

"是的；可就是很奇怪——"

勒内有点厌恶地打断了他的话："为什么要说这个？"

克劳德瞪大眼睛，似乎吃了一惊。"为什么呢？"

"你变得病态、失去理智了。克劳德，振作起来，忘掉这件事。"

克劳德笑了，这笑声并不好听。

"我想我是中邪了。"

"为什么呢？你没有对不起她。"

"因为她爱我。"

勒内这时笑了。

"我对天发誓！"克劳德狂躁地说，"她爱我，我相信她一直爱着我。

这就是为什么她不肯放过我……"

勒内站起身，刚走了一两步。

"你说什么？"他问道。

"我说，她爱我，所以她是在警告我。"

"你认为是她吗？"

"是安布罗辛，是的。"

"你不能就这么自己任由自己胡思乱想，我可怜的家伙。"

"你也许会觉得我可怜。我从没爱过她，我想她死的时候我是恨她的。我现在也恨她。她为什么不在坟墓里安静地待着，别来打扰我呢？"

他站起来，步履蹒跚地穿过房间。勒内倚着桌子，看着他。

"你梦中的房子是什么样子的？"

"我告诉过你了。"

"衰败了？荒芜了？"

"被污染了。它有一种死亡的味道，有一股腐烂血液的味道。"

"那地方，"勒内说，"不太可能荒废的。如果那里现在有人居住，这会不会动摇你对自己梦境的信心？"

克劳德突然停住脚步，他没有想过这一点。

"现在，"勒内笑着说，"派人去看看那个地方。"

"发生这种事，谁还会住在那里？"

"呸！你觉得人们会因为这事就不住那里了？如果真是这样，那城里一半房子都没人住了。那地方估计租金便宜，而且又是别人的财产，我认为房主不会让它年久失修的。那都是你的幻想。"

"我会派人去看看。"克劳德回应说。

"这也是我的建议——在十二日前查明情况。如果那座房子有人居住——我相信它是有人居住的，那么所有这些幻想都将从你的头脑中消失，你可以安心去做你的事了。"

"我会的，"克劳德感激地回答，"我知道你会帮我的。原谅我让你费心了，勒内。"

朋友笑了。

"我希望你理智——什么事都不会发生。毕竟，这些提交给贝阿恩省的文件并没有那么重要；没人会为了得到它们而杀了你。"

"哦，这和贝阿恩的事无关，而是安布罗辛。"

"你一定要忘了安布罗辛，"勒内决绝地说，"她已经不在了，也不存在鬼魂这类东西。"

克劳德笑了，他在想，勒内曾经为安布罗辛伤透了心。当然，他现在已经摆脱了那些幻想。为什么不能完全忘记那个小舞者呢？

他也早就不爱了。

但他羞于提及自己的恐惧和想象。

"你帮了我大忙，"他说，"我不会再想这件事了。毕竟，十二日很快就会到来，转眼即逝，然后这件事就没有任何意义了。"

勒内笑了，似乎被他久违的快乐感染了。"还是派个人去房子那查看一下吧，"他说，"这样，你一路才能轻松愉悦。"

"明天，马上。"

他们道别后，克劳德穿过寒冷的街道回家。

一离开灯光明亮的房间和朋友的陪伴，那压抑的恐惧感又回来了。

他赶紧回到自己的房间，希望从自己周围的环境得到安慰，他点燃了能找到的每一根蜡烛。

他不愿上床睡觉，因为他害怕又做同样的梦，但他却困了，无事可做。

此刻，他从衣柜最底层的抽屉里，拿出一个用银纸包着的小包裹。他打开包裹，拿出一把象牙扇子。扇子上盘绕飞舞着面若桃花、肤若凝脂的丘比特，四周是精致的田园河景，河岸上点缀蔷薇，蔚蓝的天空中飘着一朵白云，一艘蓝色缎纹船被一根金线拴在雪花石膏柱上，准备迎接多情的乘客。

这是把旧扇子：有些斑点如今已经被清理干净了，可能是血迹；精致的象牙扇骨上还是斑斑点点。

克劳德是在一家古着商店里买的，那里有许多从城堡和酒店掠夺来的东西，价廉物美，至于它是不是从某个凶杀和暴力现场偷来的，他根本不在乎，而且可以肯定的是，它曾经的主人已经在痛苦的命运面前献上了脖颈——不，他或许会很高兴，为圣安托万郊区的小舞蹈家买到了一个伟大女士的财产。

现在这似乎是一个不祥的预兆，这个带有血迹的小玩意并没有清理干净。这本来是与安布罗辛和解的礼物——在他们争吵之后，可这场争吵永远无法在坟墓的这一边得到和解了。

当他最后一次去看她时，它就装在他的口袋里。

从那以后，它就被遗忘在抽屉里，他从未想过要把它送给另一个女人——它是两位死者的财产。现在，他小心地握着它，在烛光下打开又合上，盯着那不懂爱情的丘比特和不知道和解为何物的仙境。

看着看着，他似乎看到了安布罗辛的小手握着这把扇子，她坐在铺着花哨床罩的大床上，金发垂下，掩盖了扇子的光芒。

她的金发……

他如此清楚地看到了她那一头金发，上一次看到时，这金发被折成枕头的样子垫在她的头下。

他把扇子收起来，生了一堆火，向火堆里扔了几个松树结；他确信，如果他睡着了，他会再次梦见圣克劳德之行。

就好像安布罗辛还在房间里，想跟他说话，想告诉他一些事情；

但他不能让她这么做,他不能让自己受制于她;他不能睡。

床边的小书架上有一叠被遗忘的书籍,其中有一本老版的《帕斯卡语言》。克劳德把这本书拿下来,秉着严谨、专注的态度,开始痛苦地阅读。就这样,读着专业书籍,喝着浓咖啡,他一直撑到了早晨。

出发去议会前,他付钱给房东的儿子,让他到圣克劳德去看看安布罗辛的房子,他非常详细地描述了那所房子,找了个借口,说他听说那地方是个夏季避暑的理想选择;最重要的是,男孩必须弄清楚那里是否有人居住。

那一整天他都很疲倦,眼皮沉重,由于缺乏睡眠而感到疲惫,痛苦不已。

在这沉闷、单调的几个小时里,他想象着他的信使,在不知情的情况下,踏上了一条对他来说非常可怕的路,走近那座夺命的房子,就像他三次在梦中看到的那样,荒芜和腐败。

勒内没有提及他们前一晚的谈话,但他表现得比以往任何时候都更友好、更愉快。

折磨人的一天终于结束了,他邀请克劳德和他一起吃饭,但对方拒绝了,虽然嘴上没说,但应该是因为他着急知道男孩从圣克劳德带回的消息。

他到家时,男孩已经回来了,有条船回来,正好载了他一程。

克劳德看到他平静愉快的样子，莫名松了一口气。"怎么样？"他问道，尽力装出一副若无其事的样子。

"好吧，鲍彻公民，我不建议你买下圣克劳德的那所房子。"

"为什么？"他机械地问道。

"首先，那里发生了一起严重的谋杀案。"

"你怎么知道的？"

"船上的人告诉我的，他们每天都会经过那里。"所以这件事大家都知道——都还记得。

"别管这个了，孩子。这所房子怎么样？"

"它已经荒芜、腐败了——"

"荒芜、腐败？"

"是的，都上锁了——"

"上锁了？"

"是的，公民，"他盯着克劳德说道，克劳德的反应确实令人惊奇，"花园里杂草丛生。"

克劳德尽力克制，保持理智。

"那你没有进房子里看，是吗？"他问。

"他们说，不知道谁有钥匙。房东住在巴黎，从来没来过。因为发生了可怕的谋杀案，这地方名声不好。"

"现如今，"克劳德咕哝道，"大家都这么敏感吗？"

"都是些无知的人，不论是船上的人还是我在森林里遇到的人。"

"所以，那房子不能住了，是吧？"

"那需要好好修整一番。"

"啊——"

"花园里杂草都长疯了，门口遍布着荆棘。"

克劳德惊恐地看了他一眼，就把他打发走了。

那里的一切都是那样，与他的梦境一般无二。

离十二日只有三天了——也许他的生命也只剩三天的时间了。

回到他的房间，他看了看日历，希望自己记错了日子。

没错，三天后就是十二日了。

他不能睡觉，但是咖啡已经不能令他保持清醒了。

他一睡着就梦到圣克劳德之行，在可怕的事情结束之前，他怎么也唤不醒自己，直到他又一次完整地经历了一遍那可怕的经历。

他醒来时不住地颤抖着，惊恐无力，浑身是汗，冰冷不已。他喝了点白兰地，这才洗漱，出门上班。

他急匆匆地走在街上，城市的清晨总是很短暂的，晨风一吹，一个念头突然闪现，他的痛苦由此缓解了一些——他可以带上一个人同行，他要带上勒内。

这将使梦境破灭。

预警果然可以救他。没有人能够同时攻击他们两个,他们还可以带上武器;他们可以走水路,不必穿过公园,也不需要走到房子附近。

想到这里,克劳德似乎又恢复如常。

他一到议会厅就去找了他的朋友,向他提出了这个计划。勒内人很好,同意与他作伴。

"我自己是这么想的,"他说,"找你一起去,应该很容易就能获批,我们俩就彻底把这个鬼魂解决了。"

克劳德如释重负,几乎忘记了自己之前的预感。

在出发的前一晚,他再次梦见自己死于杀害安布罗辛的凶手之手,那凶手身穿带有深蓝色青蛙的绿色外套。

他们在约定的时间出发了,克劳德忧心忡忡,沉默不语,勒内则努力开导鼓励着他。随着他们的行进,克劳德精神一振:这诅咒从一开始就出现了偏差,他并没有骑马去圣克劳德。

但当他们到达公园大门后,他失望地发现小船在这里的小码头停靠了,并请他们下船。

勒内与船长是这么约定的,但勒内似乎误会克劳德的意思。

船不再前进了。

到圣克劳德那位头目的家,只需穿过公园走一小段路——船长无法理解克劳德为何如此不安。

好吧,他们必须步行——梦境再一次出错了。

他有一个同伴。勒内嘲笑他,在这个寒冷的黄昏散步对他们会有好处,而且日落前他们早就到达目的地了。至于返程,即使对方不款待他们,圣克劳德也有很多不错的旅馆。

他们走进敞开着的大铁门,轻快地穿过草地。

就在这里,他的眼前出现了他在梦中所看到的景象,光秃秃的大树,脚下的枯叶,右边河流反射着白光,左边是一片广阔的森林,透过树木,不时可见喷泉或雕像。

天寒地冻,天空灰蒙蒙的,这时,河面升起了薄雾,把一切都遮住了,就像他梦中的微光。

"我们会迷路的。"他说。

"不会,这里我非常熟悉。"

"你熟悉?"

"我小时候住在圣克劳德。"勒内说。

他们走得越来越慢,把大衣一直拉紧到脖子下面。之前河面上也很冷,所以他们一直穿着大衣。

克劳德一直想着安布罗辛,满脑子都是那个人影,转来转去。

他经常陪着她,一直走到这里——这里离她家很近,离她的坟墓也很近。

似乎在树木间的朦胧之处都能看到她的身影,她那金黄色的头发和雾气交织在一起。

突然,在他面前出现了一个巨大的喷泉,池水已经干涸,后面还有一座看不出样子的雕像。勒内停下来,扣好鞋子。

他这时候没有想自己的梦境,但他有一种感觉,这一切以前都发生过。他看着勒内,傻乎乎地自言自语:"真是个不可思议的巧合!"

勒内挺直了身子,用手挽住朋友的手臂。

他的披风向后褪了一点,克劳德看到他穿了一套新西装,深绿色,深蓝色的花纹,他又咕哝了一句:"真是太巧了!"

"我认识路。"勒内说,拉着他穿过那飘忽不定的雾气,仿佛他是个盲人。

不一会儿,他们来到公园的边界处,站在安布罗辛那座衰败荒芜的房子前,花园里杂草丛生,门前满是荆棘。

他们进入小院。

"现在我们到了,"勒内说,"我们不妨进去看看。"

说着,他扯下一扇腐烂的百叶窗,钻进了房间。

克劳德跟着他,仿佛失去意识一般。

他们一起站在潮湿、阴暗、空荡荡的房间里——和梦境一般无二。

克劳德看着勒内的脸,那张脸变得很陌生。"是你杀了她?"他凄厉地说。

"你没猜到吗?"勒内问道,"我爱她,你知道,她也爱我,直到你的出现。我恨你们两个。我想,从那时起我就疯了,程度不亚于你做那地狱般的梦。"

"你杀了安布罗辛!"克劳德呜咽着。

"你的梦正好给我指明了杀你的方法。我等了这么久,就是在等待这样一个机会。"

克劳德笑了起来。

"她的金发——如果有人能打开她的坟墓,可能会再次看到她的金发——像枕头一样枕在头下……"他看着勒内,那苍白扭曲的面孔似乎越变越大,就像有一个邪恶的东西压在他身上,抹去了所有的希望。

克劳德没有去拿他身上的任何武器,他双膝跪地,举起双手,一副虔诚祈祷的样子,嘴里喋喋不休地说着什么。

勒内举着杀死安布罗辛的刀向他扑了过去。

隐藏猿

"没什么,"医生笑着说,"只是有几处瘀伤,受了点惊吓。真的没什么。乔利夫很勇敢,"他补充道,"非常勇敢。"

"当然,我知道。"奥奎特教授略显生硬地说。他能感觉到医生认为他缺乏感恩和同情心,他知道自己确实不擅于表达情感,而且他憎恨、深深憎恨暴力和耸人听闻的东西侵入他的生活,那可是他完全按照自己的期望设计的生活。

尽管如此,他对乔利夫还是感到无比感激,于是他眨了眨眼睛——那副厚厚的水晶眼镜令他苍白的眼睛发生了扭曲,急躁地补了一句:"当然,我会尽我所能表达我深深的感激之情。"

不喜欢这位教授的医生兴高采烈地说:"你知道,一位学者——一位靠脑力劳动、久坐不动的人,能在行动上如此迅速、果断,是相当罕见的。我说这话请乔利夫不要介意,我原以为乔利夫是最不可能这样做的人,为另一个人冒生命危险,不是说他主观上不愿意,而是说他的自身能力有限。"

医生走了以后,奥奎特教授想着他的这些话,非常气愤。但他同意医生的看法,他内心里也认为乔利夫的举动很出人意料,是他根本没想到的。

"我是决不会那样做的。"他感慨地承认。他一直是出于仁慈之心,才给了乔利夫一份差事,但现在乔利夫显然表现得比他更高尚。确实,照教授的估计,这整件事是令人不快的,甚至有点荒谬。他相信医生对此应该很高兴。

然而,他必须要感谢乔利夫,在很多方面也是如此。

听到这件事,教授先是感到震惊,随后变得恼火。由他做监护人的孤儿侄子埃德蒙,像往常一样和他的家庭教师塞缪尔·乔利夫以及牧师的儿子查尔斯一起出去了,他们每天都会到北威尔士可爱的小山上闲逛一圈,已经习惯了。埃德蒙本就是个笨手笨脚的孩子,在经过一处悬崖时,脚下一滑,挂在悬崖边的石块上了,他整个人都吓傻了。

教授原以为,那个乐天派的运动员查尔斯,年轻、健壮、训练有素,会毫不慌张地下到岩石上，把埃德蒙拉上去，但是查尔斯没有遇到过这样的事，他吓傻了，只知道跑到最近的一间小屋求救。而另一个人，塞缪尔·乔利夫，中年人，四肢僵硬，近视眼，对任何事情都心不在焉，小心谨慎，胆小怕事；谁也想不到他会反应迅速或积极主动，他爬下悬崖，一直鼓励埃德蒙，直到有人来帮忙；然后他极其冷静和敏捷，靠一根不怎么牢靠的绳子，抓住一些脆弱的树苗，带着埃德蒙一起，爬到了安全的地方。

奥奎特教授认为，这一切都很怪诞，他宁愿没有发生这种事情。

他看了看在屏风后面床上睡着的侄子。管家卡特太太负责照顾他，这个可怜的女人似乎对这场事故带来的影响很感兴趣，看到奥奎特教授探头看这个头上缠着绷带的男孩，此时在安眠药的作用下发出粗重的呼吸声，她开始低声赞扬乔利夫先生。

很明显，在每个人眼里，家庭教师就是英雄。教授对此表示不满，认为这是小题大做，是对他平静生活的一种干扰，但归根结底，他是一个公正、亲切、友好的人，他不想对塞缪尔·乔利夫有所亏欠。

于是，他紧张地下楼走去书房，家庭教师此时应该就在那里工作。一路上，他诚实地审视着他对塞缪尔·乔利夫的各项义务，丰富而深刻，远不止对昨天那荒谬的英雄主义行为的感激。

奥奎特教授是一个天生的学者，一个孤独的人。他唯一感兴趣、有激情的是考古学中最深奥的分支——破译死亡语言,他总是有办法使他能够全身心地投入到这项令人着迷的工作中。这个原本一成不变的生活因为他唯一的哥哥的离世被打破了,哥哥留下了一个十岁、沉闷、任性的小男孩,人们认为"难管教、难相处"的那种孩子。虽然这孩子有点不正常,也不讨人喜欢,但是他有一笔可观的遗产,成年后,这笔钱会使他成为一个相当富有的人。

奥奎特教授有着传统的责任观念,他完全同意学校班级和培训机构制定的准则,因此他尽了最大努力,接受了孩子不受欢迎的回复,并做出了巨大的牺牲,留下了这个显然不适合上学的男孩。

教授找到塞缪尔·乔利夫之后,埃德蒙一点也不麻烦了。在这座极其舒适但又孤独的威尔士宅子里,这样一个小家庭相处得非常顺利,如果没有发生任何事故的话,可以说是非常和睦。

因为塞缪尔·乔利夫不仅仅是一个非常合适的家庭教师,还是一个出色的秘书,一个完美的助手,他以最大的热情投入到教授热爱的工作中。

奥奎特教授在书房门口停了下来,在这场事故带来的各种情绪的困扰中,他突然意识到,乔利夫对他来说是绝对非常重要的;这八年来,他一直支持、帮助、协助、陪伴着他,乔利夫确实不可或缺;不可或缺,没错!

"我敢说，"这位学者在门口停了下来，自言自语道，"我从没感激过乔利夫——当然，他得到了丰厚的报酬和很好的待遇，但我从来不曾意识到他真正的价值。"

如果可怜的埃德蒙就这样悲惨地死去，那将是多么可怕，想到这里，奥奎特教授不寒而栗。他喜欢一个不讨人喜欢的男孩，除了他，在这男孩碌碌无为的一生中，可能不会再有第二个人喜欢他。

只有在差点要失去幸福时，教授才突然意识到了幸福的存在，他对自己原以为理所当然的幸福心怀感激——平静、安逸的生活，意气相投、获得成功的研究工作，他们四个人：他自己，乔利夫，埃德蒙，管家卡特太太，就像手套的手指一样，是一个整体——这一切，舒适、安宁、有序、惬意！当然，这在很大程度上要归功于乔利夫——乔利夫，不失幽默风趣，从不生病，从不休假，不知疲倦也不失热情，他从一开始就知道如何"管理"埃德蒙，他从没有冒犯过卡特夫人，也没有惹恼过任何仆人，他听从雇主吩咐，工作起来勤奋努力、满怀热情、老道娴熟。

教授迅速推开门，走到乔利夫的桌前（他早就知道他会坐在那里），说道："我不知道该如何感谢你，乔利夫，如何表达我的感激之情，我真的不知道。"

乔利夫站起身来，凝视着他。这是他认识奥奎特以来第一次见他如此冲动地表达情感。家庭教师谦恭地站着,在他身后,巨大的书桌上整齐地堆放着一沓沓手稿,这些是他们在米诺斯语问题上共同努力的成果。

"但是,"教授更加热情地补充说,"我决定要把你的名字写在这本书上。因为——这不仅是我的研究成果,也是你的研究成果,多年来,你所做的已经远不止一名助手了——"

乔利夫浅褐色的脸涨得通红。

"我不敢想象,先生,真的,我完全没想过,能做这些是我最大的快乐和荣幸。"

他说话诚恳,毫不卑躬屈膝。

奥奎特抓住他的手。"我知道。但是,当然,我们在这一成果上应该平分秋色——我早该想到的。"

他因自己的慷慨行为高兴不已,容光焕发。他所给予的不是普通的奖品,也不是小小的荣耀,他相信,当他的,他们的,书出版后,它的作者将与商博良(语言学家)齐名。

通过这两位与世隔绝的学者近乎隐秘的研究,他们确信自己发现了克里特岛已消亡的语言的线索,那是古希腊最有趣的文明之一。

乔利夫说:"先生,我希望您不是因为昨天的事才做出这一决定。我所做的不值一提。任何人都会这么做的。"

"我不这么认为，乔利夫。"

"先生，任何像我这样喜欢埃德蒙的人都会这么做。"

"我仍然不认同。头脑清晰，如此冷静！确实罕见。但是，当然，我们不能因此就要求奖赏。当然，这是很荒谬的。但是——"

教授在巨大的弓形窗户前坐下。他的脸和蔼可亲、传统而又朴素，胡子拉碴，有点像他的灰色粗花呢外套，稀疏的头发整齐而光滑，宽大的额头在花园的月光和远山深蓝色背景的映衬下被清晰地勾勒出来。

乔利夫谦恭地注视着他。

"您刚才说到但是，先生。"他提示道。

"我想要说，"教授坦言，"这场事故带来的震惊让我的视线变清晰了。我想我们的生活过于单调，相当陈旧，价值观也模糊了，一味地沉溺于过去、沉溺于工作。生活变得有点不真实……直到这样的事情发生……"

"我从来没有这种感觉。"乔利夫若有所思地回答。

"没有吗？真是个相当清晰的大脑，"教授略带钦佩地认同道，"我知道你为什么从不会失去对事物的兴趣了。这也是你能和埃德蒙和睦相处的原因。但事实上，就我自己而言，我承认，一个启示——失去埃德蒙意味着什么——你到底是什么样的人——这个启示唤醒了我，一切都看清楚了。"

"我以最普通的方式救了埃德蒙，我看不出这件事能显示我是什么样的人。"

"但是这种迅速的应急反应我们是做不到的，乔利夫。这是非常不寻常的，医生是这么说的。"

"我认为琼斯医生说的不一定对。"

"是不一定，但我认为他说的对。这本书的事就这么定了。"

奥奎特教授在那天接下来的时间里都感到非常满足；这场事故的荒诞感、恼人、不安的激动紧张感已经消散。埃德蒙能够下楼喝茶了，家里又恢复了平静；但是教授依旧不断地，正如他自己所说的，"看清楚了"——比如，乔利夫的巨大价值，埃德蒙对他的含蓄而可怜的爱，以及把他们所有人联系在一起的亲密关系，是那么令人愉悦；而他惊奇地发现自己是多么喜欢这个既没有魅力、还有点"精神"的年轻人；为什么，他相信如果埃德蒙真的死了，他遭此打击，一定无法完成这本书。

当晚埃德蒙上床后，两人在书房坐下，奥奎特教授觉得他们的关系发生了微妙的变化；他们从来没有如此亲密、如此坦诚过，就仿佛两人之间不会产生任何误解或矛盾。

乔利夫的才智似乎"一发不可收拾"；他变得成熟，一扫平日敬畏、胆怯的态度，人也更坦率、更优秀；奥奎特发觉，他与他惯常的样子有点不同，虽然不明显，但绝对不一样。

为庆祝埃德蒙死里逃生，卡特夫人做了最诱人的一顿晚餐；先是好酒，接着又是上好的白兰地，虽然这样有违传统。

也许是在白兰地的刺激下，教授感觉此刻他比这一天任何时候都看得更透彻。他是一个非常有节制的人，为数不多的几次豪饮，都因为说出自己的高明看法而遭人取笑。酒精是让一切看起来都像漫画，还是让你看到了一切的本来面目？

举个例子，是因为激动外加白兰地，让他想到乔利夫真是个怪人吗？还是说，奥奎特，他总是趾高气扬，以至他以前从来没有发现常伴左右的人是个怪人？乔利夫坐得比以往任何时候都放松，这是一个高高的、僵硬的、长腿的男人，一副毫无特征的奇怪表情。他脸上唯一能确定的东西就是他那副闪闪发光的眼镜，因为其余的部分似乎被一道浅棕色的光芒模糊掉了，没有任何突出的地方，就连整个轮廓都看不清楚。仔细观察，才发现他面容瘦削、小巧、整洁，表情沉着、和蔼可亲。

那天晚上他一定也有点兴奋，这样的情景，又喝了白兰地，他竟然忘记（这令教授很高兴）回他的房间听无线新闻简报。

奥奎特教授一直拒绝使用无线电、留声机或电话，但是乔利夫，谦恭而坚定，在他自己的房间里享受这一切。他没什么机会使用其中任何一项发明，经过他一番精心设计，这些发明永远不会惹恼家里的其他人。但他喜欢"偷偷溜走"（教授是这么嘲讽他的），去听新闻、演讲或音乐会。但今晚，他似乎忘却了晚报的吸引力，他很少会错过这个节目。

这两位老人谈论着他们的研究，谈到了那本将为他们俩带来荣耀的书，谈到了昨天发生的事故。这一事故，至少教授不会忘记。

"这纯粹是一时冲动，"乔利夫最后说，"如果仔细考虑一下，我想我就不会这么做了。"

"我相信你会的。"

"不会，我一直觉得我们太注重生命了。埃德蒙应该不会在意生死，我敢说在另外一边，他会很富有。"

"我不知道你有这些想法。"

"这些不是想法。当然，先生，你并不认同那些正统的观点——"

"我真的宁愿——"

"哦，人类生命的神圣性，等等？"

"我想是的，我还没想清楚。"

"我都想过了。我不明白，先生，在你做了这么多研究之后，怎么就不能接受更广阔的视野……看看东方，看看俄罗斯，看看墨西哥——看看伊丽莎白时代，看看美国，看看意大利——看看他们是如何看待死亡的——"

"你认为这不重要吗——意外身亡？"

"不重要。一个有智慧的人应该能够处理死亡，根据他的判断，给予它，保留它，接受它，避免它。这样的世界才更有价值。"

"但是，我亲爱的乔利夫，这样的言论就会容忍谋杀，"奥奎特微笑着说，舒服地坐在椅子上，"还有自杀。"

乔利夫没有回答，他似乎陷入了快乐的遐想中。

为了唤醒他，奥奎特说："我想人们在这些问题上持传统观念，但我认为西方对人类生命的价值观是正确的——我们的暴力，我们对是非的漠不关心，我们的懦弱，恐怕什么都不是，只是隐藏在我们许多人心中的猿类的表现，唉！"

乔利夫闭着眼睛听完了这一言论。

"恰恰相反，"他说，"我相信正是我内心的隐藏猿促使我拯救了埃德蒙。"

"我亲爱的乔利夫，如果猿会——"

"他们会的——动物的情感——动物的奉献，没有理由，没有逻辑。我喜欢埃德蒙。"

"为什么？"教授很想知道。

"谁知道呢，又是因为猿吧！这个男孩从不伪装，在某些事情上，他很聪明,有非凡的直觉!我相信没有人比我更理解他。"

乔利夫突然坐了起来。他微笑着,透过眼镜,他的小眼睛看上去是黄色的,他的动作似乎说明他把这个话题抛在脑后。他们每人又喝了一些白兰地,接着开始讨论那本书;但很快他们又回到同一个问题。乔利夫说事故发生的当天早上,他复制了一些米诺斯海豹,认为它们非常美丽,而奥奎特则认为设计这些海豹的艺术家有着邪恶的思想。

"为什么?"家庭教师发起了新一轮的挑战。

"嗯,他们是邪恶的。米诺斯人,公认的残忍,想想他们的公牛跳跃运动——他们是没有灵魂的……"

"胡说八道!"乔利夫从未如此大胆地向他的雇主表达自己的看法;他似乎真的很激动,"他们只是文明程度过高,不觉得个人生命有多么大的意义——"

"你是说,隐藏猿并未被隐藏?"奥奎特笑了。

他们的争论激烈而持久,在书房里一直持续到很晚。对奥奎特而言,这完全是一个学术性的讨论;但乔利夫似乎越来越感性,他最后提出了一个非常个人的论点,他的论点是,文明人认为谋杀并非犯罪。

教授不知道他们是如何说到这个话题的,奇怪的是,这场事故似乎使两人都有点失去控制,失去平衡。即使是奥奎特也感到气氛变得令人厌恶,一种令人不快的不真实感让人看不清这熟悉的舒适房间,他希望乔利夫不要再那么随意地说下去了（他以前从来没有这样希望过）。他从一种不舒适的昏沉状态中惊醒，刻意摆出一副高高在上的样子说道："像你这样的人，说出这样的话，真是荒谬可笑，乔利夫。"家庭教师站起身，来到火炉前，他一副固执教条的样子，他惯常毫无特点的脸变得奥奎特都要不认识了。

"对不起，我亲爱的先生，你怎么知道我是什么样的人？"

"我们已经相处八年了。"

"但你对我的了解不如我对你的了解。"

"我不认同。"

"那么，你对我了解多少？你自己说我昨天的行为让你吃惊。"

"但是——"

乔利夫说的没错。

"你接受我只是因为我的表面价值，你仅仅通过一个中介认识我。我的资历不错，你很满意。但你从来没有问过我为什么没有亲戚、没有朋友，为什么从来不休假——"

"我亲爱的乔利夫，"教授恼怒地打断了他，"不要试图把自己打扮成一个神秘的人。我知道，你像我一样，是一个孤独的学者，一个碰巧与亲戚疏远、不想交朋友的人。好了，好了，这真是太幼稚了。"

"是吗？"乔利夫透过眼镜俯视着椅子上的那个小个子男人，他的脸因为一种奇怪的自负而变得清晰。"那么你认为你完全了解我?"

"我亲爱的朋友,我当然了解。"

"是吗,首先,我的名字不是塞缪尔·乔利夫。"

教授挤出笑容,他认为这只是一个笑话,但这绝对是一个愚蠢、粗俗的笑话,他希望这位家庭教师能闭上嘴,上床睡觉,他肯定有点醉了。

"你还记得十年前的哈默顿案吗?"乔利夫问道。

"好像有一点印象——"

"不,我觉得你不记得了。案子涉及一个受过教育的有钱人,人脉广,聪明,因谋杀他的妻子而受审。是常见的除草剂中的砷中毒。"

"我记得哈默顿被判无罪,是吗?"

"是的。人们都认为就是他干的;但陪审团只是认定他有一些疑点。一个'无法证实的'罪行在苏格兰就足够了,他的生活被毁了,他不得不离开。"

"但我不明白这一切跟我们有什么关系——"

"别着急。虽然大家都认为哈默顿有罪,但大家又暗暗同情他。"

"病态的多愁善感。"

"不是,因为他的妻子是一个可怕的女人,她唠叨啰唆、怨天尤人、纠缠不休,而且身体不好,而他是一个非常正派的人,他只是想过安静祥和的日子,可能那一次,妻子太过分了,连他都无法忍受了——"

"藏在他体内的猿猴暴起了？这是常有的事——"

"不是这样。也许是猿猴利用了他的理智,除掉了一个毫无价值、令人厌烦、令人厌恶的生物——"

"如果他做了,他就是杀人犯,"教授厉声说,"但是,既然他被判无罪,我们就不能这样假设。"

他站起来,希望能让乔利夫安静下来,但家庭教师前倾着身子,抓住他的衣领,笑着说:"我就是哈默顿。"

弱小的教授感到诡异的（他觉得一切都是诡异的）恐惧,他扭动身躯,尖叫起来。

"不,"他叫喊着,"不,我们喝得太多了,该睡觉了。"

但家庭教师并没有放开手,依旧紧紧抓着他的衣领,十分冷静。

"先生,像您这样有学识的人,"他温和地说,"不应该对我的信息感到如此惊讶,我只是想证明这一点,这不会对我们的关系产生任何影响。"

"当然,你是无罪的,但是,这很可怕,也很不幸。还有这个假名……"

"我不能用自己的真名。我等了两年,等待您给我机会。我没有欺骗您,除了名字以外,我的资料是完全真实的。我具备您所要求的所有品质和资质,而且我保证对您非常忠心——您和埃德蒙。"

"当然。"教授镇定下来,扭开对方的手,坐了下来,"就像昨天——但我希望你不曾告诉我这些。"

"为什么,这有什么区别?"

"好吧,这很令人震惊,你刚才说的好像你就是……你就是……这太荒谬了。"

"什么荒谬?"

"你不是说你是……说你有……"

"有罪?我是这么想的,是的。我肯定不是这么说的。我被判无罪,现在没有人能抓我,即使我认罪了,而我也没打算承认。我们不必再谈论此事。"

奥奎特教授大为震惊。他在舒适的大椅子上缩成一团,他感到自己生活中舒适、安全、熟悉的东西都暴露在眼前,一下子被摧毁了。

"这不是真的吧,乔利夫。"在厚厚的水晶镜片后面,小个子男人的眼里满是怜悯。

"如果您愿意的话,我可以证明这一点。这有什么不同呢?这个小男孩,我们的研究,这本书,我们一起经历的这些岁月,无论我做过什么,都不会对任何一件事有影响吧?"

"的确,不会。"

家庭教师上床睡觉了,他似乎一点也不烦恼,他说希望明天早上能完成米诺斯海豹的复制工作，并像往常一样愉快地道了声"晚安，先生"。

教授独自坐着，考虑他的问题。

他该怎么办？

他打算怎么做？

乔利夫对他、对这个男孩、对这本书来说都是不可或缺的……到哪儿再找一个如此合适的人，一个愿意过他这种生活的人？还有谁会容忍埃德蒙？

奥奎特教授叹息着，他开始讲些道理劝说自己。

乔利夫被宣判无罪，他也是一场事故中不幸的受害者。那已经是十年前的事了，没人会在意。乔利夫昨天已经展现了他最大的付出——为什么不能依旧保持以前那样呢？

"忘了它吧，好吗？乔利夫再也不会提起了。"

但这位教授与生俱来的严厉气质，使他很快放弃了这种简便的方法，推翻了前面那些似是而非、谬误的推理。

他严厉地斥责了自己。根据乔利夫自己的供述，这个人就是一个杀人犯，一个不知悔过的人。教授完全否定了所有关于克里特人的法典、伊丽莎白时代、墨西哥、芝加哥以及人类生命价值的争论，他是一个正直守法的人；谋杀就是谋杀，欺骗就是欺骗。当然，最不可思议的是，像乔利夫这样有教养的人……他回想起自己关于隐藏猿的理论：猿攻击它痛恨的对象，拯救它爱的对象……乔利夫突然像猴子一样敏捷，紧随埃德蒙从岩石上爬下来，脑海中的这一景象吓得教授直发抖……教授真想不明白这个四肢僵硬的人是怎么做到的……他抑制住了那些疯狂、可怕的想法，强迫自己勇敢、冷静。

最终，只有一件事要做：乔利夫必须走。

是的，如果教授的平静和幸福都因他而生，那他必须离开，这是解决这个可怕问题的唯一正确合理的办法，也合乎逻辑。

奥奎特教授鼓起前所未有的勇气，他担心这种勇气无法持续到第二天早上，于是，他立刻走到塞缪尔·乔利夫（他坚持用这个名字称呼他）的房间。

教授轻轻地敲门后，家庭教师打开了门。"恐怕我必须马上和你谈谈，乔利夫。"

乔利夫穿着一件驼毛睡衣，袖子很短，他看上去温顺、惊讶、纯真无邪。教授跟着他走进整洁的卧室，心里感到非常不安。

"先生，马上跟我谈谈？关于那本书吗？"

乔利夫瞥了一眼床边桌上的一堆便条，而奥奎特则瞥了一眼无线电、留声机和电话。

按照这位家庭教师的性格，安静的学术生活决不能令他满足，而他表现得却很满足,原来这些就是他宣泄的方式,为什么他以前没有想到?

也许他在电话里和以前的朋友们交谈过,他一定通过无线电与这个繁忙的世界保持联系,并通过留声机沉醉于他的个人品位——这些都是这个危险复杂人格的安全阀。

"恐怕,"奥奎特教授怯怯地抓住这一丝希望,努力克制着自己,"我猜你说你是哈默顿是开玩笑的吧?"

"这不是开玩笑。我以为我很了解您,才告诉您的。但是您一开口就说,恐怕——"

"恐怕你得走了。"

"我得走?您是说我被解雇了?"

"我不是那样说的——"

"但事实就是这样——"

"恐怕是这样。"

乔利夫似乎完全惊呆了;他摘下眼镜,摆弄了一会儿,又放回鼻子上,呆滞地问:"那男孩呢?"

"我知道这很麻烦,但是——"

"您打算怎么和他说?"

"哦,不能说实话,找个借口吧——我知道这很麻烦。"教授无力地重复道。

"麻烦?"乔利夫简短地重复道,"这是很荒谬。这意味着我们这些年来从不了解对方,完全误解了对方。您的小举动,让我以为您是一个心胸开阔的人——"

"但问题是——"

"关于谋杀?我从未承认过谋杀,如果我当初承认了,您不可能在街上听取某个人的看法——比如,关于那些我们一直在研究的古代民族——"

"这没用,乔利夫。"奥奎特教授痛苦地颤抖着,"你必须走。"

"那本书呢?"

教授憔悴的脸上,悲伤的表情更加明显了。

"这本书必须舍弃。"英雄主义在他至高无上的放弃中油然而生,"我完全承认你为这本书付出了很多,但以假名,或你真实的名字发表它……"

"是不可能的?"

"完全不可能,你明白的。"

"我不明白。"

他们彼此凝视着,痛苦地敌视,只有失意的感情才能体会得到;奥奎特教授干枯的手指颤抖地抚摸着他稀疏的灰白胡须;他孩子气地自言自语,说到"把它忘得一干二净"时,他感到十分恶心。看在书的分上,看在孩子的分上,为什么不把整个事情掩盖起来呢?那是很久以前的事了,现在谁会在乎呢?

但是这个小个子男人天生极其正直,压制住了那强烈的欲望。乔利夫看着他,庄严而肃穆,就像一个囚犯看着即将宣判的法官一样。"我在这里很开心,也发挥了作用,"他冷冷地说,"您除了怀疑,没有别的证据——您想想吧。"

"我无法告诉你这是为什么,乔利夫。"教授很痛苦,心情极其沉重,乔利夫的目光变成了另一种情感,似乎是(教授是这么认为的)怜悯与蔑视交织在一起。

"也许,"他说,"你害怕了?害怕我?害怕你所谓的'隐藏猿'?"

"这太荒谬了!"奥奎特努力将这噩梦视作平淡无奇的事情,甚至是一种愉快的氛围,以减轻如此可怕的事情的影响,而这也确实改变了他的一切,他尽力把这件事看作日常的事情——只是因为不适合,向一位秘书、一位家教发出"通知"——这不再是一件令人讨厌的事了,但他的这一尝试并不起作用,他浑身发抖,迫不及待地向门口走去,想避开乔利夫的目光。

他曾说过,他的害怕是"很荒谬的"——但他当然害怕,非常害怕,害怕乔利夫,害怕他自己的弱点,害怕比这两者更强大的东西,它就像可怕的瘴气一样充满了整个房间。

但是并没有发生什么耸人听闻的事情。乔利夫用最平静的语气说："很好。我明天就走。当然，我会想念这本书的。还有埃德蒙。"

在门口，奥奎特教授喃喃地说："我会一直提醒埃德蒙，你救了他的命——他欠你的太多了。"

"哦，不用了——他会记得我的——晚安，奥奎特教授。"

教授关上门，走了，不是去他的卧室，而是来到书房，他和乔利夫在这里和谐地工作了那么久。

"我确定我做得对，"他不停地自言自语，"我很确定我做得对。"但是一看到乔利夫的笔记，他又受不了了，那是他长期研究的证据。他完全无法休息，更无法冷静地考虑当下的情况。当那个可怜的孩子发现乔利夫走了，他又该如何安抚？

还有另一种折磨人的恐怖想法在奥奎特的头脑中运作。

"我说我很确定，但我永远也无法确定——我的意思是，如果他是——或者不是——"

奥奎特教授静静地坐了整整一刻钟，盯着他著书的材料，在灯光形成的阴影下，这些熟悉的材料显得有些恐怖。他真的很难理解自己的痛苦，也无法理解他为了一个原则，牺牲了一切。他试图用自己正直的人生目标和无可指责的动机来安慰自己，但这是徒劳的；这只能使自己意识到这是一个巨大的人生灾难。

窗户敞开着，给房间通风，奥奎特逐渐感觉到百叶窗吹进的冷风令人不舒服。

他终于吃力地站了起来，几乎没有借助意志力。他感到筋疲力尽，手抓着百叶窗站着，呆呆地盯着草坪和灌木丛，月亮高高挂在天空，透过薄雾洒下微弱的月光。他一时间忘了他起身是来关窗户的，而是静静地站在寒风中，寒风吹乱了他蓬松的白发。

突然，一个东西引起了他的注意，这东西突然进入他的视野范围，一下子成为午夜景色的焦点，吸引了他的关注。

一个穿着深色衣服的瘦小身影穿过草坪，半蹦半爬地穿过阴影，那身影的手臂看起来很长，匆忙间，瘦长、粗野的身影不时靠手和膝盖爬行前进。

奥奎特教授放下了百叶窗，他毫不犹豫地转过身，如同甩开抓住他衣领的手一般迅速，他走上楼梯，悄悄来到埃德蒙的房间。

走到床前，他才知道为什么会看到类人猿般的人影，他径直来到男孩身边。

精心遮挡的夜灯发出温馨的光芒，在这温暖柔和的灯光中，只见床上躺着一个没有了生命的身体，头下枕头上几乎看不出什么挣扎的痕迹：埃德蒙在睡梦中被有力的双手熟练地勒死了。

奥奎特再次来到窗前,试图尖叫,发出信号,表达他那凌乱的灵魂。这时,他又看见那类人猿似的身影,在花园外的田野上向阴暗的山丘奔去。它似乎在进行着一种可怕的庆典,身体剧烈摇摆着,在黑暗中表达着喜悦。它向荒野疾驰,欢庆胜利,充满挑战地向后仰着头,似乎在对着挂在深不可测、可怕的虚空中的月亮嚎叫。

安·莉特的复仇

这是个离奇的故事，但更离奇的是它所体现出的人类的强烈感情，其中涉及的动机和行为，非人力所能为。

整个事件模糊破碎，东鳞西爪。一人讲述事情的经过，而另一人却诡异地惊叫；一人指认现场，而另一人却只有些模糊的印象。一个九天（或是更短的时间）中发生的奇事，一幅旧画作提供的线索，一座废弃教堂纪念牌匾上的名字赫然证实了内心的想法……接下来，你将听到这个故事，但即使故事的全貌都已展现在你眼前，你也会觉得这是个离奇的故事。

事情发生在约莫七十年前，即十九世纪中叶，那时的背景可与现今大不相同。

故事发生在格拉斯哥。我们将从三条线索出发，直击故事的核心。

第一条线索是在一位备受尊敬的银行家家中。他家的客厅挂着一幅女子的肖像画，他觉得这幅画可能和他过世多年的妻子有些联系，不过对此他也所知甚少。这是很久以前他在杂物间里发现的，油彩已经褪色黯淡了，但画中那种苍白的美感让他留下了这幅画作。

我年轻时有幸结识了这位可敬的朋友，便一直对他家中的这幅画有种奇怪的兴趣。我独特的想象力使我注意到画作的一些细节，我被这位女子的裙子深深地吸引。这是条深绿色的上等丝绸裙子，这个颜色不常用在肖像画中，或许女性的服装上也并不常见。画中的女子身着这条素色的裙子，戴着罗马条纹图案的小围巾，发型是老式的枕头烫。她面无表情，而且奇怪的是，她的上唇很薄，下唇却很丰满，蛾眉下有一双明亮的棕色眼眸。我说不清这幅画为何对我有如此大的吸引力，我老是想起它，但我潜意识里知道，我从未在生活中或是其他画作上见过这位穿深绿色裙子的女人。

油画的角落里有一个小小的菱形图案，就像贵妇佩带的武器一样，图案并不花哨，只有三只小鸟，最顶上的鸟衔着一朵花。

不久前，我找到了这个故事的第二条线索——拉瑟格伦路附近一座老教堂里的一块纪念牌匾。那是座荒废的贫穷教堂，因落得了些坏名声，不再有人看管。不过我很确信，在上一代前，这里曾是最时髦的礼拜场所，顶层人士常来光顾。

这个纪念牌匾用来纪念一位叫作"安·莉特"的人，匾上仅刻着日期（大约七十年前），简短而又令人有些不安。在那满是岁月痕迹的大理石上，日期的下方浅浅地刻着一个图案——与那幅绿色丝绸裙女子肖像画上一样的菱形图案。

我怀着强烈的好奇心四处打听这位女子的消息，但人们似乎都对此一无所知，又或是不愿谈起这位"安·莉特"。

也有人告诉我，这都是很久以前的事儿啦！现在这个教区里，已经没有姓莉特的人了。

曾经认识莉特一家的人死的死，走的走，而教区的登记簿里（我实在是太好奇了，甚至去翻阅了登记簿）也无法找到除那块牌匾之外的任何信息了。

而我在与我的银行家朋友聊天时得知，他的妻子似乎有几个姓莉特的表兄妹。据说他们家族传出过些丑闻，又或是遭遇了什么不幸，以至于人们都不愿再提起他们的名字。

当我说起他家中的那幅肖像画或许是一位叫作安·莉特的女子的画像时，他变得有些不安，甚至不愿相信这种猜测。我怀疑他可能知道些什么，没准还不是什么好事。但我知道，贸然询问不仅有些失礼，没准还一无所获。这次谈话之后，又过去了整整一年，我经营的银器珠宝生意终于为我带来了故事的第三条线索。那天，我的一个学徒带着店里一件等待修复的珍品来找我。

那是一块薄薄的纯金勋章，上面是三只鸟的图案，由淡水珍珠、红宝石和烟晶宝石镶嵌而成。鸟全身的羽毛都巧妙地镶着明亮的宝石，最上方的鸟衔着的花也是用宝石精心设计而成的。

勋章上缺失了一颗宝石，为了找这么一颗有着柔和光泽的宝石也着实费了我一番工夫。

前来取回这枚勋章的正是送修的老妇人。我亲自招待了她，并带着些试探的意味对这块勋章制作工艺之精湛大加赞赏。

"噢！"她说道，"这是我伯祖父打造的，他是有名的珠宝匠。他非常珍爱这块勋章，在送修之前，这块勋章从不离身。可惜丢了一块宝石，他实在是太难过了，要是我不把它送修的话，他是绝不会罢休的。"

"他呀，你应该能理解的，"这位女士笑了笑，又接着说道，"他年纪很大啦。这可是他大概七十年前打造的勋章！"

大约七十年前——这不禁让我想到了那块安·莉特的牌匾上刻着的日期，还有那幅肖像画的创作时间。

"我在一位女士的肖像画上，还有一块纪念一位'安·莉特'的牌匾上见过这个图案。"我说道。

而这个名字似乎又一次唤起了一些令人不快的回忆，这位老妇人匆忙抓起了包着勋章的包裹。

"这个名字会牵扯到一些可怕的事情，"她匆匆说道，"我们不会提起这件陈年往事。我从不知道有谁听过这个故事——"

"当然，我当然没听说过。"我向她保证，"我才来格拉斯哥不久，一开始在我叔叔的店里当学徒，现在我掌管了这家店。"

"你说你见过一幅肖像画？"她问道。

"是的，在一个朋友家里。"

"这还真是奇怪，我们都不知道这幅画的存在。不过我伯祖父确实提起过一幅——画的是一位穿着绿色丝绸裙的女士。"

"没错，她穿着绿色的丝绸裙。"我肯定地说。

这位女士非常惊讶。

"不过，我们最好还是让这件事就这么过去吧，"她似乎下了决心，"先生，你知道的，我伯祖父年事已高，快一百岁了。他已经有些神志不清了，老是讲些古怪的故事，又奇怪又可怕，没人知道他到底梦到了多少东西。"

"我想，我确实不该去打扰他。"我也附和道。

但这位妇人却犹豫了。

"如果你的确见过这幅画，或许我们应该让他知道。他老是对这幅画念念不忘，我们还以为这是他的幻想——"

她把包着勋章的包裹还给了我。

"或许，"她看起来有些犹豫，"如果你真的对那个故事感兴趣，你可以亲自把这个包裹交给他，然后再看看要不要把肖像画的事告诉他。"

我迫不及待地接受了她的提议。这位妇人告诉了我老先生的名字和住处。这位老先生住在拉瑟格伦路对面的绿地附近，那里曾是镇上美丽又时尚的度假胜地，充满了活力与欢乐，如今却已荒无人烟。这位老先生很富裕，却在这个偏僻的地方隐居了五十年之久。一得空，我就立刻动身去往了乡下。快要走到河边时，我终于抵达了那座孤独的宅邸，那位叫作埃涅阿斯·布雷顿的老珠宝匠的家。

宅邸前的花园非常昏暗，植物蔓生，月桂树泛着黑色的光泽，阻碍着为数不多的几朵小花的生长。我正想进去，一条凶猛的大狗挡住了我的去路。在我摇了好几次那个锈迹斑斑的铃铛之后，终于有一位戴着老式帽子、面容严肃的女人应了门。

和我料想的一样，费一番口舌之后我才得以见到布雷顿先生——我向他们展示了那枚勋章，并坚持要亲自交到老先生本人手上。

这位老珠宝匠正坐在南面的阳台上，沐浴在九月时有时无的微弱阳光里。他身上裹着围巾，遮盖住了他的身形，戴着一顶皮毛帽子，帽带扣在他的下巴底上。

老先生年轻时一定是个健壮而又帅气的小伙子，即使现在已垂垂老矣，看起来依旧高贵而有魄力。这似乎是刻在他骨子里的尊贵气质，即使他看起来异常虚弱，我也绝不会把他当成愚笨无能之人。

很显然，他对于陌生人的到访很不习惯，不过也客气地招待了我。

他向我承诺，作为一个同僚手艺人，我可以向他提任何要求。此外，他还夸奖了我修复勋章的手艺。

他打开包裹，立刻将勋章系在了从胸口处拿出的一根上好的金链子上，任其滑进他厚厚的衣服里。"您的首饰很美，"我夸赞道，"设计也很独特。"

"这是我亲手做的。"他应道，"七十多年前做的了，在她去世的前一年。"

"安·莉特？"我试探着问道。

听到这个名字，老人惊讶极了。

"我已经很久没从别人的嘴里听到这个名字了，"他喃喃自语，"当然了，我已经很老了。"他看起来有些伤感，"你又怎么可能认识安·莉特呢？"

"我想，在我出生前她就已经离开人世了。"我应道。

他仔细地端详着我："啊，没错，虽然你的头发都灰白了，但你还算是个年轻人呢。"

我注意到，在他的外套和披巾里，还戴着一条花格图案的小围巾。这个发现让我有了一种古怪的感觉，几乎要让我恐惧地战栗。"我知道一点儿关于安·莉特的事——她有一条深绿色的丝绸裙子，还有一条罗马花格的小围巾。"

老人摸了摸胸前的一缕亮色丝绸："是的，是这样，没错。她有这样一幅肖像画——不过已经遗失多年了。"

"这幅画还留存在世呢，"我回应道，"我知道它在哪里。如果您想，我或许可以带给您看看。"

他那苍老而庄严的脸转向了我，客气地说道："那可真是太感谢你了，先生。如果我能有幸见见那幅画就太好了。不过，你可千万不要以为这位女士抛弃了我，或是不常来看望我。"似是为了维护他的自尊心，他解释道，"事实上，她经常来看我，最近来得更多啦。不过，如果她不在的时候，我能看看她的画像得到些慰藉，那就更好啦。"

我想起来了他的那位亲戚曾提到过，他已经有些神志不清了，我也终于意识到了他年事已高。确实，他强大的定力和清晰的条理着实会让人忘掉他的年龄。

他开始看起来有些困倦了，渐渐不再理睬我了，于是我便起身告辞。

多云的秋日里，微弱的阳光洒落在老人的身上，熟睡的面容看起来毫无生气。

这画面让我意识到，在这样一位老者的躯壳里，他的灵魂是怎样的徘徊不定，多么想要回想过去，但生命的流逝又是如此迅速。说服那位银行家朋友把安·莉特的画像借给我并没费什么工夫，更何况那幅画像已经再度被他束之高阁。

我问他是否知道有关这幅画像的故事？

他说他听过一些，那件事在当时造成了巨大的轰动，整个事件异常混乱，令人瞠目结舌。不过，他并不愿意过多谈论。

我雇了辆马车，带着那幅画，再次造访了埃涅阿斯·布雷顿老人的家。

他依旧在那阳台上坐着，安宁地享受着落日余晖带来的最后的温暖。

家中的两位仆人把画作拿进去，放在了他身边的椅子上。

老人静静地凝视着画中女子的脸庞。

"没错，这就是她。"他说着，"不过，现在她看起来更开心，真好，先生。她还是穿着那条深绿色的丝绸裙，我总是见她穿这条裙子。"

"她很美。"我轻声说着，不愿惊扰这位老人。显然，他已经忘记了一切的时间和空间，陷入了对过往的回忆。

"我也这么认为。"他轻声答道，"但先生，我有些特殊的能力。我能看见她，我看见她的灵魂，我也深爱着她的灵魂。只有我们的躯体相聚，我们才能获得真正的幸福，但我和我亲爱的安·莉特却被躯壳所阻碍。"

"以死相聚？"我试探着问道。我知道，死亡对这位老者来说并不足为惧。

"以死相聚。"他肯定地重复，"死神能让我们再度相聚。"

"但躯体却无法相聚了。"我说道。

"先生，你又怎么知道呢？"他笑了，"我们的智慧是有限的。我们对那不可思议的未来世界所知甚少。"

"请告诉我吧，"我劝说着，"告诉我您是怎么失去安·莉特的。"

他用他那昏暗、低垂、布满皱纹的双眸瞥了我一眼。"她是被谋杀的。"他说道。

我不禁战栗了一下。

"多美的女孩啊！"我惋惜地呼喊。我是个冷静理智、平心静气的人，憎恶一切狂热冲动的行为，以我的角度实在是无法理解杀害女性这般丑恶的罪行。我看向那幅画像，我似乎从一开始就知道，画像中女子的生命已经陨落。

"七十多年以来，"埃涅阿斯·布雷顿接着说道，"她都在时间与永恒间孤独徘徊，等待着我。不过很快我就会去陪她了。然后，先生，我们将一起去往一个地方，一个不会再回想起世间邪恶的地方。"

他慢慢地开始了讲述，并非条理清晰地一口气讲完，却也没有被睡意、前来照料的仆人和常常来访的侄孙女夫妇打断。

整个故事都由老人亲口讲述，而我在与他单独共处的这段时间里，终于知道了这个故事真正关键的部分。

讲述中，他总是频繁地寻求我的回应。他说，即使他已经不再有什么情感，他仍非常感激我把他挚爱的女孩的画像带回了他的身边。作为回报，他愿将这个从未与其他人类提及过的故事讲给我听。我之所以用"人类"这个词，是因为老人坚信他始终在与这星球之外的力量沟通交流。我把他的话稍做整理，记录下了他的故事。

"在我年轻时，"埃涅阿斯·布雷顿说道，"我是个健壮、富裕、快乐的人。"

自打有记载以来，我们家族就做着金匠的活计。我对这手艺满腔热忱，我总是严肃而又勤勉，对阅读和冥想有着狂热的喜好。我不记得我是如何，又是何时与安·莉特相识的了。

她在我生命中是如同太阳般的存在，我似乎打出生起就与她相识了，不过或许是我记错了。

她的父亲是个律师，而她则是家中的独女。她的社会地位比我高，不过我可比她富有得多，因而我们订婚时才免受那些世俗的阻碍。

然而，邪恶的力量开始与我们作对。我早就在担心这样的事了，因为我们的幸福正是恶魔们所憎恶的，他们总是试图破坏婚姻这样神圣的象征。

我的灵魂伴侣吸引了一位好色的年轻医生的注意，他叫罗布·帕特森。这人只有些虚假的人格魅力，他的外表并非真正清秀，只是依靠些色彩、姿态和衣着品味的把戏罢了。

他对我恨之入骨，而我的未婚妻也对他非常冷淡，这却反而助长了他对我未婚妻的爱慕。

他挪揄我不是个绅士，只是个赤贫的商人罢了。而我则不屑于他这样一个无所事事的好色之徒，欺骗女人的感情，来满足自己短暂的兽欲。

他根本无法养活一个妻子，他的性格放荡，甚至公开嘲笑婚姻。

虽然他只是个医学生，却出身贵族。而即使家道中落，他的家族依旧掌握着客观的社会权力，因此他便放肆大胆地追求安·莉特，并傲慢地向我炫耀，也正因此，他的言行举止并不乏圆滑与机智。

我们的订婚终于使我们免于来自恶魔的迫害，又或是给予了我们对其公开谴责的权利，但我的爱人却不愿离开她那抑郁而又易怒的父亲。

在她的二十一岁生日前夕，我为她打造了我身上这枚饰物（上面的图案是她母亲家族的饰章,我亲爱的未婚妻非常喜欢)。而也是在那段时间,她的父亲突然去世了。他生前最后一刻想的还是他的女儿,以及他为她的生日所画的这幅画像。我的未婚妻知道,自此她已无依无靠,而她的私事也异常混乱,于是她向我表明了她的想法,说她想去与高地的一些远亲过隐居的生活,直至我们的婚姻能受到尊重。

我极力反对我们的分居,不同意延迟婚礼,但她却很高兴能与我分开。她说我和罗布·帕特森一样难缠,想要远离我们。

我很希望她能改变这个决定。于是,在一个晴朗的春日,我邀请她去远离城市的绿地走走,好好谈谈我们的未来。如今,我们都已是孤儿了,而我们也难以找到一个适合双方的约会场所。

由于工作繁忙,再加上我的性格认真,所受的教育也要求我们认真对待工作,因此,这次约会我迟到了几分钟。当我到达那片绿地时,那儿空无一人,一如平常。那是五月的一个明媚的下午,宁静而又祥和,就如同爱情中一抹满足的微笑。我在绿地上漫步,寻找着我心爱的女孩。

尽管她还在服丧,她依旧答应我,在黑色披风里穿上我喜欢的深绿色丝绸裙。于是,我在乔木和灌木翠绿之间,寻找着那一抹不同的深绿。但她没有出现。我害怕她是生我的气不愿来了,我更害怕她因为那些烦心事,已经去了她那无人知晓的隐居地。

一想到这里,我便想要即刻去她的家里寻她,就在这时,我看到罗布·帕特森从绿地的另一边走来。

我还记得,在我看到他的那一刻,明媚的阳光黯淡了下来,不似被云层或薄雾遮挡时的昏暗,而是像日食那般的黑暗;原本翠绿的树木和美丽的花朵也变得枯槁可怕。

虽说这是件微不足道的小事,但我清楚地记得他的习惯。他总是佩戴着一件精良的灰色绒面饰品,上面还有宽宽的金线刺绣镶边。这实在是件超出他财力范围的奢侈品,也和他的职业不大相称。

他看到了我,并压低帽子遮住眼睛,但他的反应也仅限于此了。我的内心一团乱麻,不想在这时与他有任何交集,于是便转身走开。

我立即去了莉特的家,却从她的女仆那儿得知,她两小时前就离开了。我不想详述这段故事,或者说,我不能,因为这段记忆已经有些混乱了。

但最重要的是,在那之后再也没有人见过安·莉特。

她的失踪似乎不能归咎于任何人。人们对她没有什么兴趣,以为她只是因为爱人的胡搅蛮缠而离开,尤其是罗布·帕特森说,在她消失那天,他们曾见过面,而莉特对他说,她要去往一个没有人能找到的地方,因此,莉特的消失并未激起多大的水花。不过帕特森的话至少让我确信了莉特对我说的是实话,而我也愿意相信这个说法,因为我的直觉告诉我,她一定还活着。

我苦苦寻找了她半年，痛苦而又不安的情绪汇集成了一段令人痛苦的回忆。后来，在一个秋日的傍晚，我比平时回去得晚，整个人都无精打采。就在那时，我看到了莉特，我看见她穿着那条深绿色丝绸裙，戴着她的罗马小围巾，沿着暮色中的街道前行。

我没能看清她的脸，她很快就消失在我眼前，我甚至来不及追上她。但我看到她牵着一只手，修长的指间露出了一把手术刀的刀柄。

我知道，她已经不在人世了。

我知道，一定是罗布·帕特森杀了她。

尽管人们都知道，我们一家能够看见鬼魂，但我若是把今日所见说出来，得到的只会是嘲笑与谴责。

我手里没有一丁点儿证据来给帕特森定罪。

但我决心要尽我所能让他认罪。

厄运就是这样降临的。

当时在格拉斯哥，所有人都要在安息日这个神圣的日子参加礼拜。当时的管理非常严苛，礼拜仪式时任何人都不能在其他任何公共场所出现。为此，教堂还雇了督察员在安息日当天四处巡逻，记下那些不去礼拜却在外游荡的人的名字。

不过违规者非常少。每当到了周日，格拉斯哥的街上就如阿拉伯沙漠那般荒无人烟。

在那片绿地与小河边的拉瑟格伦路上,有一座教堂。我和罗布·帕特森都去那儿参加礼拜。

在我看到安·莉特的灵魂之后,周日礼拜时我没去我常坐的位置,而是坐在了帕特森的后方。我决心要撼动他的心灵,让他的灵魂不安,使他在众人面前承认他的罪行。整个礼拜仪式我都蹲在他的身后,带着仇恨与愤怒,将我的意志强加于他。

我注意到,他的脸色变得苍白,并往身后瞥了好几眼。但他却没有动,也并未开口。他的头低了下来,垂落到胳膊上,似乎在祷告。但我想,应该是他的灵魂在与我奋力抗争,让他陷入了一种类似于昏迷的状态。

但我并未停止我的努力。事实上,我异常兴奋。我想,在我们头顶上方,我的灵魂或许已经扼住了他灵魂的喉咙,并高声喊着:"快承认吧!快承认你的罪行!"

一点的钟声敲响,他与教堂中的会众一同站了起来,看起来有些神志不清。我们几乎是肩并着肩,顺着人流涌出了教堂。

但沿街走来的一小群人让涌出教堂的人流停下了脚步。

人们很快认出那队人中有两位搜寻违规者的教堂督察员。他们的身后跟着一群居民,似乎是在混乱匆忙中离开了家。

这些人扛着个草草裹起的包裹,有人出于同情在上面盖了白色麻布。而从那个包裹里,垂落下一截深绿色的丝绸,还有罗马围巾的一端。我走上前去。

"你们找到安·莉特了。"我冲着他们说。

"是个去世的女人。"一个人答道,"我们不知道她的名字。"

我已无需揭开那块布了,教堂的会众逐渐聚集在我们身边,罗布·帕特森也在其中。

"请您与我说说,她的丈夫是谁,您又是怎么找到她的。"我问道。一位督察员答道:"就在这附近,绿地周边的围墙边,我们看到那位年轻的外科医生罗布·帕特森先生躺在草地上,就记下了他的名字。但当我们追问他为何缺席教堂的礼拜时,他却站起身,没做任何解释,只是大喊道:'我真是个可怜人!快往水里看看!'"

"之后,他跨过通向河流的台阶,消失不见了。我们顺着河流走过去,便看到了这个死去的女人,被柳条与野草紧紧缠绕着——"

"还有,"另一位督察员说道,"她的衣服里还缠着一把手术刀。"

"没错。"先前那位督察员接着说道,"这或许需要帕特森先生解释解释了。我想,他一定是找到了,条近路,在我们之前赶回了这里。"

所有人的目光都汇聚到了这位外科医生身上,但他们目光中的惊讶却远远多于谴责。

帕特森这时却自信地开口道:"大家应该都知道,我整个早上都待在教堂里。尤其是坐在我身后的埃涅阿斯·布雷顿先生,应该再清楚不过了,我发誓整场礼拜仪式间,他的视线都没从我的身上离开过。"

"啊,没错,你的躯壳确实在场。"我说道。

听到这,他带着怒意笑了,转身与人群一同离开。

你或许会以为,这件事会造成非常大的轰动。当时广为流传的说法是,安·莉特被当成囚犯,单独监禁在河边的采矿小屋里。之后,或是怀着愤怒,或是感到害怕,监禁她的人便杀了她,将她的尸体抛入河中。

我不知道真相究竟是什么,我只知道是罗布·帕特森杀了她。

帕特森被逮捕了,接受审判。

他说那天的礼拜他自始至终都在场,而这个证词着实无可挑剔,他有着完美的不在场证明。但那两位督察员丝毫没有动摇,他们坚称在绿地上见到了帕特森,还听到了他那自责的呼喊。他们说,他们对帕特森非常熟悉,绝不会认错,并向众人展示了登记在册的帕特森的名字。

罗布·帕特森还是被判无罪。不过,有一种更强大的力量对他做出了宣判。

上帝武装起来,与其为敌。不久,他便结束了自己的生命。

人们再也无法从这个谜团里得到一个满意的答案了。但我知道,是我让帕特森的灵魂离开了他的躯壳,去承认他的罪恶,使我的爱人得以用基督教的葬礼下葬。

以上,就是埃涅阿斯·布雷顿老先生给我讲述的故事。他坐在老阳台上,在他心爱的安·莉特的画像对面,将故事娓娓道来。

"你得想想你愿意相信谁的说法,"老人最后说道,"人们会告诉你,那件事后,我变得心神不宁,甚至成了一个疯子。他们说我见到安·莉特一定是在做梦,五十年来,每当我讲起我与她相处的幸福时光,他们总认为我在胡言乱语。"

他微微笑了笑,但这笑容似乎比照耀在他身上的秋日暖阳更灿烂。

"你自己想想吧,先生。想想,那几个督察员在草坪上看到了什么?"他缓缓坐起身,视线越过我的肩膀,凝视着前方。

"看看,这又是什么?"他像个年轻人那般,带着得意的语调说道,"看看是谁来了?"

我抬起头,朝着肩膀上方望去。

透过昏暗,我看到一位身着深绿色丝绸裙的女子,她苍白的手向我们挥舞着。

我下意识地想要离开,但身边老人幸福的感慨又让我不禁责备自己的胆小。我看向了这位老人,他的身影似乎被温暖的光影包围,那光影比渐暗的阳光还要耀眼许多。当那位女子的魂魄进入了那片光影，我听到了老人最后一声愉快的喘息。我还没有回应他最后的问题，而我也再也无法回答了。

皇冠德比盘

玛莎·皮姆说,她从未见过鬼,非常想体验一次:"尤其是在圣诞节,你可以随心所欲地笑,那正是遇见鬼的好时机。"

"我想你永远也不会。"表妹梅布尔随口接了一句,而表妹克拉拉则害怕得发抖,希望她们能换个话题,这种事,她连想都不敢想。

一天开心的活动过后,三位上了年纪的女士高高兴兴地围坐在篝火旁,舒适而满足。玛莎是这里的客人——梅布尔和克拉拉两人拥有一栋漂亮的乡间别墅,交通便利,她总是来温顿家过圣诞节,远离伦敦喧嚣的生活圈,她觉得悠闲的乡村生活很惬意。玛莎经营着一家高档古董店,工作非常努力。尽管她已经六十岁了,但她不论是对工作还是对玩乐都充满热情，回想以前的欢乐时光，并展望接下来一系列的愉快日子。

另外两个人，梅布尔和克拉拉，过着平静但同样惬意的生活；她们没多少兴趣爱好，但很有钱，生活得十分开心。

"说到鬼，"梅布尔说，"我想知道'哈特利'庄园的那个老太太过得怎么样，'哈特利'庄园，你知道的，都说那里闹鬼。"

"是的，我知道，"皮姆小姐笑着说，"但我们知道这个地方这么多年了，从来没得到过什么确切的消息，是吗？"

"没有，"克拉拉插嘴说，"但一直有传言说那房子很诡异，像我，说什么都不会住进那里！"

"那里的沼泽地肯定非常孤独和沉闷，"梅布尔承认，"但鬼魂，都没人说过它是什么。"

"谁继承了那里？"皮姆小姐问道。她记得"哈特利"庄园的确很荒凉，很早就关闭了。

"一个叫勒芬的女人，是个古怪的老家伙——我想你两年前在这里见过她一次——"

"我应该见过，但我对她一点印象也没有。"

"打那以后，我们也没再见过她了，'哈特利'很难靠近，而她似乎也不希望有人去拜访。不过，她收藏瓷器，玛莎，你真的应该去见见她，谈谈'收购'。"

"瓷器"这个词令玛莎·皮姆产生了一些奇怪的联想；她一言不发，努力把这些联想拼凑在一起。一两秒钟后，这些支离破碎的联想便整合成了一幅非常清晰的画面。

她记得那是三十年前，是的，绝对是三十年前，那时她还很年轻，她把所有的资金都投入了古董生意，一直和她的表妹们住在一起（她姨妈当时还活着），她开车穿过沼泽来到"哈特利"，那里正举办一场拍卖会；她已经完全不记得具体细节了，但她清楚地记得，她买了一套华丽的瓷器，至今仍然是她引以为豪的心头好，那是一套完美的皇冠德比茶具，只是少了一个盘子。

"真奇怪，"她说，"这位勒芬小姐竟然也收藏瓷器！我正是在'哈特利'买到了我心爱的老德比茶具——我一直没能配到那个盘子——"

"少了一个盘子？我好像记起来了，"克拉拉说，"他们不是说，肯定在房子的某个地方，应该能找出来吗？"

"他们确实说过，但我再也没有收到过任何消息，从那以后，那个缺失的盘子就一直困扰着我。谁在管理'哈特利'庄园？"

"一位老鉴赏家，詹姆斯·苏厄尔爵士；我觉得他是这个勒芬小姐的亲戚，但我不知道……"

"不知道她是否找到了那个盘子，"皮姆小姐沉思道，"希望她翻遍了整个地方——"

"为什么不过去问问呢?"梅布尔建议道,"如果她找到了,一个单独的盘子对她也没多大用处。"

"别傻了,"克拉拉说,"谁会在这种天气,去沼泽地打听多年前没找到的一个盘子。我相信玛莎不会考虑的——"

但玛莎确实想过;她对这个想法很感兴趣;如果经过这么多年,快走完这一生了,她终于找到了那个一直困扰她的皇冠德比盘,那将是多么奇妙、开心的事情!这似乎并不全是幻想,老勒芬小姐很有可能在老房子里翻找东西时,找到了那个缺失的盘子。

当然,如果找到了,作为一个收藏家,她应该会非常愿意拿出来,成就一套完整的茶具。

克拉拉极力劝阻;她说,勒芬小姐是一个隐士、一个古怪的人,她可能会非常反感这样的拜访和要求。

"好吧,如果她反感,我只能再次离开,"皮姆小姐笑着说,"她又不会咬掉我的脑袋,而我正想见见这种怪人呢——不管怎样,我们对古董瓷器有着共同的热爱。"

"这也太傻了吧——过了这么多年了——就为了一个盘子!"

"皇冠德比盘,"皮姆小姐纠正道,"很奇怪,以前我没怎么想它,但现在满脑子都是它,挥之不去。而且,"她满怀希望地补充说,"说不定我会看到鬼魂。"

然而，当地愉快的约会实在太多了，皮姆小姐没时间立即把她的计划付诸行动；但她没有忘记，她向几个人打听了"哈特利"庄园和勒芬小姐的消息。

除了房子闹鬼和主人"古怪"之外，没有人知道其他任何消息了。

"有什么故事吗？"皮姆小姐问道。她把鬼魂和精巧的故事联系在一起，将鬼魂装进一个壳里，就像坚果嵌在壳里一样。

但她得到的回答总是："哦，不，没有故事，没有人知道那个地方的任何事情，不知道这种说法是怎么来的；老苏厄尔有点疯了，我记得，他就埋在花园里，给这所房子带来了个坏名声——"

"真晦气。"玛莎·皮姆平静地说。

这个鬼魂似乎太难以捉摸了，追踪不到；如果能找回皇冠德比盘，她就很满足了；为此，她下定决心至少要试一试，同时也为满足她因谈起"哈特利"而产生的那一丝丝好奇心，帮助她重拾多年前的回忆——那一天她一个人去了那座孤零零的老房子里的拍卖会。因此，在第一个有空闲的下午，梅布尔和克拉拉都在午后舒舒服服地休息了，活泼的玛莎·皮姆驾着小马车，快速穿过埃塞克斯公寓。

她没什么方向感，很快就迷路了。

冬日的天空灰暗阴沉，阴冷的沼泽一直延伸到地平线，棕褐色的芦苇东倒西歪,像橘黄色沼泽地上的伤疤,那里的水面缓缓上涨,冬天竟涨得如此之高,到第一次霜冻才停止上涨。空气很冷,但并不刺骨,一切都很潮湿,极其微弱的雾气模糊了树木黑色的轮廓,这些树木长在堤坝上方的山脊上,笔直笔直的。洪水淹没的田野里,黑鸟白鸟——海鸥乌鸦,不时出没,在沟渠的长草里和冬日的荒地上哀鸣。

皮姆小姐勒住小马,仔细观察着这令人心神不定的景象,这一景象使人对它有一种特别的渴望,因为这之后,她就会回到一个朴素的村庄,一个充满欢乐的房子,还要见到友好的伙伴。

稀疏的树木之间的道路上,一位憔悴虚弱的老人走了过来,他蜡黄的肤色就像这里浅黄的风景一样。

皮姆小姐扣上上衣的扣子,在老人从她身边经过时,向他询问去"哈特利"庄园的路;老人告诉她,径直往前走,她继续往前走,沼泽地中间确实有条路。

"没错,"皮姆小姐想,"如果你住在这样一个地方,你也会创造出鬼的。"

在一个被腐烂树木环绕的小山丘上,一栋房子突然显现,四周是一圈古老的砖墙,长期的潮湿滋生了大量青苔,遍地是蓝色、绿色、白色的各种腐质。

那是"哈特利"庄园,毫无疑问,在这片荒原之上,再也看不到第二座房子了；而且，经过这么长时间，她依旧清晰地记得，沼泽地里突然冒出一座高高的房子，只是那时的田野和树木是青翠明媚的——那时是夏天，平地上还没有水。

"她一定是疯了，"皮姆小姐想，"竟然住在这里。我很怀疑我是否能得到我的盘子。"

她把那匹漂亮的小马拴在花园的大门旁，花园门半开着，无人看守，她走了进来。这园子明显疏于管理，因此，看到房子整洁的外观、窗户上的窗帘、锃亮的黄铜门环，仿佛刚刚擦过一般，她大吃一惊。要知道潮湿的海水毁了这里的一切，任何东西都会生锈腐烂。

这是一座方形的坚固房子。"除了环境差，没有什么问题。"皮姆小姐暗想，虽然它不是很漂亮，但它是用一百年前非常流行的单色石膏砌成的，门窗是扁平的，房子的一侧被一棵高大的柏树遮蔽，郁郁葱葱，那一侧的花园也显得阴暗一些。

花园里没有花坛，也没有种任何东西，几株杂草和散乱的灌木丛交织在一起，盖住了下面枯黄的草坪；围墙建得很高，是为了抵挡一刻不停的大风，墙上被吹得摇摆不定的是果树的残枝；那些被钉住的树枝，在大钉子下逐渐腐烂，看起来就像是在痛苦中死去的人的骨架。

皮姆小姐一边使劲敲门，一边观察着这些细节，这些景象并没有令她沮丧，她只是为住在这样一个地方的人感到非常难过。

她注意到，在花园的另一端的墙角，一块墓碑从湿透的枯草上露了出来。她记得有人说过，那个老古董商就埋葬在"哈特利"庄园的院子里。

敲门不起作用，她于是退后一步，看了看房子：整洁的窗户、白色的窗帘、统一的百叶窗，所有这些都拉到了完全相同的高度。

当她把目光移回到门口，发现门已经打开了，有一个人正盯着她，因为走廊太黑，她看不清此人的样貌。

"下午好，"皮姆小姐高兴地说，"我只是想来拜见一下勒芬小姐——您就是勒芬小姐，对吗？"

"这是我的房子。"开门人愤愤不平地回答。

玛莎·皮姆觉得这里肯定没有仆人，老妇人一定非常辛劳，才能把房子保持得如此干净整洁。

"当然，"她回答，"我可以进去吗？我是玛莎·皮姆，住在温顿家，我在那儿见过您——"

"进来吧，"那人淡淡地回答，"很少有人来看我，我真的很孤独。"

"不难理解。"皮姆小姐想，她决意不去理会女主人的古怪行为，于是表现得如她一贯的坦率和礼貌，走进了屋子。

走廊光线很暗，但她还是大致看清了勒芬小姐，她给人的第一印象是，这个可怜的妇人年纪大得可怕，比任何人都大。相比之下，她竟觉得自己很年轻——勒芬小姐十分憔悴、虚弱、苍白。

她很胖,庞大、松弛的身躯看不出曲线,穿着一件剪裁糟糕的连衣裙,已经看不出颜色了,衣服潮湿,沾满泥土,皮姆小姐猜测她在做那徒劳的园艺工作。这件裙子的设计无疑是为了掩饰她的粗壮,但由于被随意地拉扯,反而显得她更胖,就像皮姆小姐所说的,它"到处"被打着褶,卷着边。

就这位可怜的老妇人的外貌而言,另一个可笑之处是她的短发,虽然年纪大了,虽然独自生活,但她却在摇摇晃晃的头顶上留着一圈稀疏的白发。

"哎呀,哎呀呀,"她微弱地尖声说道,"你来了真好。我想你更喜欢客厅吧?我通常待在花园里。"

"花园?但在这种天气里不行吧?"

"我习惯了这里的天气。你不知道,人是会习惯天气的。"

"可能吧,"皮姆小姐表示怀疑,但嘴上还是承认了,"你不是一个人住在这里吧?"

"最近很孤独。我原本有一个小伙伴,但她被带走了,我实在不知道她被带去哪里了,到处都找不到她的踪迹。"老太太恼怒地回答。

"估计是那个可怜人受不了这里了,"皮姆小姐心想,"嗯,这不奇怪,可是应该有人照顾她一下。"

她们走进客厅，皮姆小姐惊愕地发现，客厅里除了没有生火，而其他各方面都保持得很好。

在那里，几十个架子，摆满了各式精美的瓷器，玛莎·皮姆的眼睛闪闪发光。

"啊哈！"勒芬小姐叫道，"你注意到了我的宝藏！羡慕吧？难道你不希望也拥有其中的一些吗？"

玛莎·皮姆当然想了，她眼神热切，贪婪地环顾着墙壁、桌子、橱柜，而老妇人则跟着她，高兴地轻声尖叫着。

这是一个美丽的小型收藏展，布置得精巧而优雅。玛莎心想，这位虚弱的老妇人除了能自己做家务，还能把瓷器按如此精确的顺序陈列，真是太棒了。

"你真的一个人在这里做所有事情，独自生活吗？"她问道。尽管穿着厚厚的大衣，她也不停地发抖，她希望勒芬小姐的精力能分一些给炉火，或许她是住在厨房里的，那些孤独的怪人经常这样。

"有个人，"勒芬小姐狡黠地回答，"但我不得不把她送走了。我说过她走了，我找不到她了，这让我很高兴。当然，"她带着渴望补充道，"这让我感到非常孤独，但我实在受不了她的无礼。她以前常说这是她的房子，是她的瓷器收藏！你相信吗？她过去总把我赶走，不让我看自己的东西！"

"真是太无礼了,"皮姆小姐说,她不知道这两个女人到底哪一个疯了,"但你不是该另外找个人吗?"

"哦,不,"老妇人嫉妒地说,"我宁愿独自一人陪着我的东西,我不敢离开房子,因为我害怕有人把它们拿走——有一次,这里举行了一场可怕的拍卖会——"

"那时你在这儿吗?"皮姆小姐问道。事实上,从这老妇人的岁数明显能看出她经历过很多事情了。

"是的,当然。"勒芬小姐有些恼怒地回答。皮姆小姐断定她一定是老詹姆斯·苏厄尔爵士的亲戚。克拉拉和梅布尔对这一点还不确定。"我当时正忙着把所有的瓷器藏起来,但他们还是得到了一套——皇冠德比茶具——"

"少了一个盘子!"玛莎·皮姆大声说,"我买下了它,你知道吗,我想知道你是否找到了那个盘子——"

"我把它藏起来了。"勒芬小姐尖声说道。

"哦,是吗?这行为也太可笑了。你为什么把东西藏起来,而不是买下来呢?"

"我怎么能买本来就属于我的东西?"

"那么,老詹姆斯爵士把这些留给你了?"玛莎·皮姆问道,一脸困惑。

"她买了很多。"勒芬小姐尖叫着说。

玛莎·皮姆想让她继续盘子的话题。

"如果那个盘子在你这儿，"她坚持说，"你可以把它给我——我会付相当可观的钱，过了这么多年，能拥有它将是多么开心啊。"

"钱对我没用，"勒芬小姐悲伤地说，"一点用都没有。我不能离开房子和花园。"

"嗯，我想你得活下去，"玛莎·皮姆高兴地回答，"而且，你知道吗，一个人独居在这里，你会越来越虚弱，越来越无聊——你真的应该生一堆火——现在才圣诞节，天气还很潮湿。"

"我好久没感觉到寒冷了。"另一人回答说。她叹了口气，坐在一把马毛椅上，皮姆小姐一下子注意到她的脚上只穿着一双白色长袜。"又一个讨厌的精神不正常的家伙，"皮姆小姐心想，"但她看起来还不是很糟糕。"

"所以你不能把盘子给我？"她急切地问道，来回踱着步子。这幽暗、整洁的客厅确实很冷，她觉得自己忍受不了多久。对方没有要请她喝茶的迹象，也没有其他令人愉快和舒适的东西，她觉得自己最好还是走吧。

"我可以把它给你，"勒芬小姐叹了口气，"既然你这么好心来拜访我。毕竟，一个盘子没有多大用处，不是吗？"

"当然没什么用,我不知道你为什么要把它藏起来——"

"我受不了,"老妇人哭着说,"看到那些东西从房子里跑出来!"

玛莎·皮姆忍不住想要深入了解这一切。很明显,老太太确实很怪异,任谁也受不了她,难怪她抛下了一切联系,没人再见过她,也没人知道她的任何事。皮姆小姐觉得真的应该做点什么帮帮她。

"要不要坐我的小马车去兜一圈?"她建议道,"回来的路上,我们说不定可以和温顿一家一起去喝茶,他们会很高兴见到你,我真心觉得你需要放松一下。"

"我是不久前才放弃自己的生活的,"勒芬小姐回答说,"真的,但我不能丢下我的东西,"她略显感激,补充道,"你真是太好了——"

"我敢肯定,你的东西会很安全,"玛莎·皮姆逗她说,"冬天这个时候,谁会来这里?"

"他们会,哦,他们会来!她可能会回来,打探情况,跻身进来,说这都是她的,我所有这些美丽的瓷器,都是她的!"

勒芬小姐激动地尖叫着,站了起来,绕着墙跑了一圈,松弛枯槁的手抚摸着架子上一件件闪闪发亮的物件。

"恐怕我得走了,她们在等我,还要走很长一段路,也许改天你可以去拜访我们?"

"哦,你必须走吗?"勒芬小姐伤心地颤抖着。

"我确实喜欢有个人时不时来陪陪，我从一开始就信任你。其他人，都是冲着我的东西来的，我必须把他们吓跑！"

"把他们吓跑！"玛莎·皮姆应答道，"你是怎么做到的？"

"这并不难，人们很容易受到惊吓，不是吗？"

皮姆小姐突然想起"哈特利"庄园闹鬼的传闻——也许就是这个老家伙搞的鬼：孤零零的房子再加上花园里那座坟墓，这就够瘆人了，完全可以编一个传说。

"我想你从没见过鬼吧？"她愉快地问，"我倒想看看，你知道——"

"这里只有我一个人。"勒芬小姐说。

"这么说你什么都没见过？我想这一定是胡说八道。不过，我还是觉得你一个人住在这里有点孤独——"

勒芬小姐叹了口气："是的，非常孤独。请留下来和我多聊一会儿。"她突然压低嗓音，狡黠地说，"我会把皇冠德比盘给你！"

"你真的有吗？"皮姆小姐问道。

"我给你看看。"

虽然她身体胖硕，摇摇晃晃，但她走路似乎很轻盈，她来到皮姆小姐面前，领着她走出房间，慢慢走上楼梯——一个穿着皱巴巴的连衣裙、肩上垂着一缕白发的古怪的身影。

楼上和客厅一样整洁，一切都井然有序，但没有居住的迹象：床上覆盖着防尘布,没有灯,也没生火。"我猜,"皮姆小姐自言自语地说,"她不想让我知道她到底住在哪里。"

当她们走到第二个房间时,她忍不住问道:"你住在哪间,勒芬小姐?"

"通常住在花园里。"老妇人说。

皮姆小姐想到了那种令一些人着迷的可怕的治疗房。

"嗯,你是比我早入土。"她爽朗地回答。

在最偏远的一间屋子里,有一个又黑又小的壁橱,勒芬小姐打开一个深橱柜,从里面拿出一个皇冠德比盘,皮姆小姐高兴地接过它,这正是她珍爱的那套瓷器中缺失的那件。

"你真好,"她高兴地说,"你不要点什么做交换吗,或者让我为你做点什么?"

"你可以再来看我。"勒芬小姐若有所思地回答。

"哦,是的,我当然想再来看你。"

现在她已经得到她真正想要的东西,那个盘子,玛莎·皮姆想要离开,屋子里真的很阴暗,很压抑,她还闻到一股难闻的气味——这地方密闭得太久了,这个可怕的黑暗小壁橱里,肯定有什么东西在某处受潮、腐烂。

"我真的得走了。"她急切地说。

勒芬小姐转过身来，好像要抓住她似的，但玛莎·皮姆迅速躲开了。

"天哪，"老太太哭着说，"你为什么这么匆忙？"

"有一股——一股气味。"皮姆小姐轻轻地说。

她急忙跑下楼，勒芬小姐在她身后抱怨着。

"人们真的很奇怪——她过去常说有一股气味——"

"好吧，你自己一定也闻到了。"

皮姆小姐来到大厅里；老妇人并没有跟着她，而是站在半明半暗的楼梯口，一个苍白的模糊身影。

玛莎·皮姆憎恶粗鲁和忘恩负义的行为，但她一刻也待不下去了，她匆忙离开，不一会儿就到了她的马车里——真是，那种气味——

"再见！"她强装出高兴的样子，大声说，"非常感谢！"

房子里没有人回答。

皮姆小姐赶着车，她十分不安，一不留神，走了另一条路，而不是她来时的那条路，这条路经过了沼泽地上的一所小房子。想到"哈特利"庄园那个可怜的老妇人竟然有位邻居近在咫尺，她感到很高兴。她勒住马，正在犹豫要不要去拜访一下，告诉他们可怜的老勒芬小姐一个人住在那样的房子里，需要照看一下，而且她的脑子显然不太正常。

一位年轻的姑娘听到马车的声音，来到门前查看。看到皮姆小姐前来，便大声问她要不要房子的钥匙。

"什么房子?"皮姆小姐问道。

"'哈特利'的老宅,夫人,他们没有发公告,因为没人想要,但它正在出售。勒芬小姐想出售或者出租——"

"我刚刚去见了她——"

"哦,不,夫人,她已经离开一年了,到国外的某个地方,她受不了这个地方。从那以后,那里就空着,我只是每天进去把东西整理一下——"

这位年轻女子滔滔不绝地说着,好奇地来到篱笆前,皮姆小姐勒住了她的马。

"勒芬小姐现在在那儿,"她说,"她一定刚刚回来——"

"她今天早上还不在,夫人,她也不可能回来——她很害怕,夫人,她是被赶走的,不敢挪动她的瓷器。我不能说我自己看到了什么,但我从来不待太久,而且那里有一股气味——"

"是的,"玛莎·皮姆低声说,"有一股气味。是什么——把她赶走了?"

那个年轻的女人,即使在那个孤独的地方,也压低了声音。

"好吧,反正你不打算买这房子。她脑子里总觉得,老詹姆斯爵士——嗯,他不愿意离开'哈特利'庄园,夫人,他就埋在花园里——她总觉得他跟着她,为了一些瓷器驱赶他们——"

"啊！"皮姆小姐叫道。

"有些瓷器是他以前的，她发现东西都塞满了，他说这些东西要留在'哈特利'，但勒芬小姐要把这些东西卖掉，我记得那是几年前的事了——"

"是的，是的，"皮姆小姐病恹恹地说，"你知道他长什么样吗？"

"不知道，夫人，但我听说他很胖，很老——我想知道你在'哈特利'庄园看到的是谁。"

皮姆小姐从包里拿出一个皇冠德比盘。

"你过去的时候可以把这个带回去，"她低声说，"毕竟，我不想要它——"

年轻女子很惊讶，还没来得及回答，皮姆小姐就飞奔向沼泽地。短发，沾满泥土的长袍，白色的袜子，"我通常住在花园里"——

皮姆小姐飞快地驾车离开了，下定决心坚决不向任何人提起她去过"哈特利"庄园，也不会再轻易提起鬼魂的话题。

她在沼泽地中抖动着身体，试图摆脱衣服上和鼻孔里那难以形容的气味。

艾尔西的孤独午后

艾尔西总是很孤独，阳光明媚的时候，她的凄凉似乎更令人心酸。

艾尔西和祖母住在汉普斯特德的一栋大房子里。在她的认知中，没有其他地方能像这座房子一样有如此多的房间，如此多的楼梯，如此安静，如此空旷。

这里有三个仆人。他们白天待在楼下的一个大地下室里，晚上睡在屋顶的阁楼上。地下室和阁楼都是艾尔西不能去的地方，她不也可以和仆人说话。在艾尔西看来，这所大房子里没有一件东西是令人愉快的。这里曾经一定住过很多人，所以有那么多空房间。这里有一间空教室，墙上的书架上仍然摆着墨迹斑斑、破烂不堪的教科书，角落里有一个地球仪，窗户之间的墙上挂着一张破烂的地图，破旧的书桌和长凳似乎在诉说着曾经有许多孩子在那里学习过。

这里还有一间空书房，里面有一个巨大的书柜，书柜的正面是玻璃，总是上着锁。

还有一间客厅，但从来没有人去坐过。这间屋子的百叶窗总是紧闭着，艾尔西有一次碰巧窥视了一下，那里面摆满了玻璃框的镜子和铺着绗缝丝绸的小柜子，柜子里立着个瓷人。

还有一间餐厅，对艾尔西来说这餐厅太大了，她独自坐在那张闪闪发光的红木长桌的一端，铺着一块小餐垫，在那里吃饭、喝茶。

不过祖母总是在床上吃饭，她遭受了据艾尔西所知叫"中风"的痛苦。每次艾尔西问起那是什么，祖母就回答说："上帝之手。"

于是艾尔西想到，上帝的手从天堂伸到祖母的大卧室里，抚摸着她身体的一侧，结果那一侧便不能动了。

艾尔西觉得祖母的卧室也不舒服。卧室很大，有两扇窗户，可以看到后面的花园。两扇窗户之间是一张梳妆台，粉色硬台面上铺着白色波点细棉布。

墙上摆着许多雕刻品。它们看起来非常相似，都有一张光滑的娃娃脸，像个瓷娃娃的样子，每一组图片都有一个小故事。

其中有一位年轻的王子，祖母说，这位帝国王子最近被黑帮杀害了。

还有一个小女孩,为手里捧着的一只死鸟哭泣,她的脚边有一个小洞,应该是准备埋葬这只鸟的地方。还有一个刻画的是一个女人正把围巾绑在一个男人的胳膊上,祖母解释说,如果他不戴围巾出去,他就会被杀死。

祖母的床很大。祖父去世前也睡在那里。床后面有窗帘,挂在墙上。窗帘旁边是祖母的拖鞋盒和表盒,用坚硬的白色硬纸板制成,上面打了孔,系着黑色丝。房间里有很多东西,但是艾尔西不可以碰任何东一样。祖母穿着一件小羊毛夹克,一整天都在床上织毛线。她戴着一顶蕾丝帽子,上面系着厚厚的淡紫色丝绒缎带。有时用人会扶她到椅子上,坐在窗前。医生以前每天都来看她,有时还有另一个人,艾尔西听说他是律师,每次这些人在那里,艾尔西就被打发走了。

祖母以前常常告诉她要"隐藏自己",艾尔西很快意识到这个词意味着她要表现得好像她不存在一样。她很快就开始明白她本来就不应该存在。她的父亲——祖父的儿子——去世了,她的母亲很穷,因此这两个人都帮不了艾尔西。

她六岁了,既不会读,也不会写,很快,她便痛苦地明白了自己不应该出生。

事实上,厨师帕菲特夫人也曾在她耳边说过:"可怜的小东西,你就不应该出生。"

艾尔西也这么认为。在她短暂的一生中，她一刻也不曾享受过。父亲去世，母亲贫穷，艾尔西不得不为他们两人做过的一件错事受苦。

艾尔西所做的一切都是错的，她知道这一点，并接受了这个事实。每次祖母跟她说话，几乎总是以"不要"开头。

很少有人来他们家，也很少有人注意到她，他们也总是说一些以"不要"开头的话，或者以"逃跑"开头的话。

艾尔西喜欢仆人格雷斯、萨拉和帕菲特太太。她有时会打开地下室楼梯顶部的旋转门，坐在那里听他们的谈话声和笑声；并不是说她能听到他们在说什么，而是在这座空旷的大房子里，祖母不是睡觉就是打瞌睡，根本没有其他人陪伴，听到这些声音让人感到安慰。

有一天，帕菲特太太在楼梯顶上发现了艾尔西，她也开始说以"不要"和"千万不要"开头的话。她说艾尔西是一个"告密者""间谍""讨厌的人"，而且他们几个都会失去现在的工作。虽然艾尔西不明白这一切意味着什么，但她意识到自己又做错了。

但即使在那之后，有时，仆人们也很友善。帕菲特太太午饭后给了她一个苹果，还有一次，在一个漫长的午后，给了她一些三明治。有一次雷雨天，祖母上床睡觉了，仆人们让艾尔西下楼来坐在厨房的炉火旁。壁炉上有一只猫，还有一个水壶，墙上有一排排闪闪发亮的锅碗瓢盆，窗户上挂着红色的窗帘，这时候，艾尔西感到很幸福，但每次打开门，一想到外面的石头通道，她就不寒而栗，那里所有的拱顶、地窖、壁橱以及压力机，和房子的其他部分一样，都荒芜已久。

但是那一刻还是到来了，艾尔西不得不上楼，回到她更衣室里的小床，这间更衣室是从祖母的大房间那边打开的。库克说这"太遗憾了"，但艾尔西不得不回去，整夜躺在黑暗的房间里，听着雷声，看着闪电，牙齿因恐惧而打战，咬着枕头，怕自己哭出声来。

她每晚大部分时间都睡不着。她只哭过一次。那一次，她打搅到了祖母，受到了惩罚，被玛丽用梳子狠狠打了手背——玛丽是专门照顾祖母的人——第二天她只能躺在床上，除了面包和水，什么也不给吃，什么也不给喝。这种饮食对小女孩来说并没有什么大不了的，因为她的食物一直是最朴素的，而且常常是她吃不下去的。她很挑剔，宁愿挨饿，也不吃油腻的冷羊肉、煮得半生的土豆、硬邦邦的米糕、煮成一团的诺曼底派苹果馅料。她不知道自己为什么要和祖母住在一起，但她知道祖母非常好心才让她住在这里。的确，能忍受她的人都是好心人；但是没有人想要她，当然，她可以肯定自己是一个毫无用处的讨厌鬼。

有一次，她打算悄悄地溜进那个宽敞的大厅，好脾气的萨拉当时正在刷洗那红黑相间的瓷砖，她找她说话。祖母的斥责显然让她很难受，艾尔西也从她的低声细语中明白，祖母所有的孩子都是无用的、令人讨厌的。

似乎很难想象那座大房子里曾经挤满了人。祖母有很多孩子,有儿有女。他们要么死了,要么出走了。艾尔西明白,他们都不好。只剩下祖母了,她很有权势,当然也很贤惠,永远在那里,永远正确。

"你可怜的爸爸是最得宠的,"萨拉说道,"如果你最终得到遗产,我一点也不会感到惊讶。"

"但是奶奶没有钱,"艾尔西说,"她跟我说话时总是说:'注意,我一分钱也没有!'"

萨拉听后笑了,拿着刷子的湿手把前额上的一绺头发往后理了理。她说祖母很富有,但她是个吝啬鬼;毫无疑问,房子里到处都藏着金子,只是没人知道具体藏在哪。

艾尔西问找到金子有什么好处?萨拉说:"这是世界上最美好的东西。如果你有金子,你可以做任何事。"她说汤姆老爷过去来这儿就是为了金子。老太太正是因为和他吵了一架,才中风的。

艾尔西问谁是汤姆老爷?萨拉说:"啊,当然是你叔叔了,傻瓜。"这时帕菲特太太呼喊萨拉,艾尔西不得不离开。

自那以后,她常常在漫长的下午寻找金子打发时间,她甚至冒险进入那些她最害怕的空房间。其中一间的地板上有一个大洞。她过去常常俯下身,把小脸靠近洞口,凝视着黑暗,想着她可能会在尘土中看到金子。她知道金子是什么样的——客厅里有一座金钟,祖母有一只金表,她的结婚戒指也是金子,戴在她大骨节的细手指上。祖母的腰果形梳妆台上放着几只上锁的盒子。有一次,在一个雨天,她让艾尔西把盒子都拿到床上,打开它们,里面也是金子,胸针、项链还有耳环,艾尔西还在羽绒被上把玩了一会儿。

艾尔西一直没找到金子——能做任何事情的金子,甚至连从这所房子里逃走的机会都没有。她在那些空荡荡的房间里走来走去,有些有家具,有些没有家具,但都是寂静一片、尘土飞扬、空无一人,这令她非常害怕。整条街上都是大房子,像祖母的门廊一样有柱子,艾尔西觉得这条街寂静、荒凉。偶尔有一两辆马车经过。有一次,艾尔西在一个似乎极其漫长的下午从窗户望出去,她看到一个女人带着孩子走过,一种奇怪的怀旧感令她小小的心脏收缩了一下,这是一种她从未感受过的幸福——不,她甚至连那个词都不知道——然后,几小时接几小时,宽阔的街道像这房子一样寂静、一样空旷。即使是阳光——那年夏天阳光明媚——也无法减轻那条街道和房子的单调乏味。

即使是那些开花的树木,丁香、金链花和山楂(因为每户人家的地下室前都有一个小广场,里面种着这些树和灌木),也不能给那些阳光灿烂的沉闷下午带来欢乐的气氛。

每家每户的窗户上挂着条纹遮阳窗帘,门前挂着条纹门帘。一看到这些红白相间的遮阳篷,艾尔西心中就充满了一种说不出的悲哀,这种悲哀源于绝对的孤独。她无事可做,既不工作也不玩耍。帕菲特太太说她很快就会长成一个大姑娘,要被送到学校去。艾尔西则希望,既然自己讨人厌,就应该把自己抹去,她真的可以被送到别的地方去。她不知道什么是"学校",它应该不会比汉普斯特德的大房子更糟糕了。

有一次,玛丽把她带进后花园,关上出口处教室的门,让她整个下午都待在那里。艾尔西对花园的厌恶不亚于对房子的厌恶。花园周围有一堵又脏又高的砖墙,墙的底部有一个斜坡,坡上有四棵高大的白杨树。心形的叶子不时翻飞飘落在地上;叶片很脏,气味难闻,质地粗糙。丁香花丛的茎上满是煤灰,花朵几乎一绽开就失去了光泽,变成了棕色。

花园里没有别的花了。中间的草坪枯黄、肮脏。花园里的一切都脏兮兮的;艾尔西从来没有在里面玩过,因为她一进来就常因弄脏了围裙而受到责骂。今天下午,她决定试着做一个泥馅饼自娱自乐。第一次用手指挖土,挖到了一些虫子,她立即停手,厌恶至极,试图转移注意力。

最后她可以进屋了,她把自己弄得一团糟,正如她预料的那样,玛丽训斥她是个顽皮、淘气的小女孩。仆人们似乎都很激动。她在教室喝下午茶,面包加黄油、牛奶,还有一块果仁蛋糕,然后又被责骂了,因为她不喜欢这些果仁,并试图用她笨拙的手指把它们扣出来。

吃完后,她试图溜进厨房,希望能看到猫或水壶。她听到仆人们在谈论汤姆老爷,以及那天下午他在这里的所作所为。曾经有过"一个场景",艾尔西想知道"一个场景"是什么。这一切似乎比以前更加错误和不幸。艾尔西知道了,不仅她的出生是个错误,其他人出生后也同样不受欢迎。

"他是一个普通的替罪羊,他的结局会很糟糕,你记住我的话。"库克说,艾尔西很想问问结局有多糟,但她不能被人看见。结果她还是被发现了,挨了一巴掌,被赶出了厨房,来到楼上孤零零、空荡荡的走廊、书房、饭厅。只要她没有坐在祖母的床旁,没有坐在自己的房间里,她都在那里闲逛。她的房间里除了一张床和一个锡制洗手架,什么也没有。艾尔西来这里住的时候,东西都搬空了,生怕她会碰上什么东西。她完全接受了这一点,因为她碰过的东西要么弄坏了,要么弄碎了,要么弄脏了,她的手从来都不干净,而她看起来也非常笨拙。

除了那几次少有的心惊胆战的探险外,艾尔西一直在寻找黄金,希望那些黄金能帮她解脱目前的困境。她从不敢冒险去祖母卧室的楼上,那上面还有三层,仆人们就睡在楼上,但那里依旧十分可怕,没什么人类居住的氛围。其中一层有一幅巨大的黑色油画,第一次看到那幅画时,艾尔西吓得要命。可能老早以前,有些孩子,也许就是她的叔叔、阿姨们，把这幅画作为靶子，用玩具箭或飞镖扎得上面到处是小孔。

那是一幅黑人的肖像，艾尔西觉得他因为多处伤口，痛苦地皱起了眉头，如果她再盯着多看他一秒钟，他就会从画布上跳下来抓她。艾尔西再也没敢往那个房间里瞄过。楼上有鬼魂，帕菲特太太、玛丽、萨拉都这么说。

有一次，她躺在另一个房间里听着祖母打鼾的声音，她十分肯定听到了头顶上的脚步声，她实在忍受不了这种折磨了——她穿着睡衣跑下楼，来到地下室的楼梯口大喊着，她听到了头顶上的脚步声。

帕菲特太太心平气和地说："别胡说！上面根本没人。"艾尔西听完，感到恐惧极了。

萨拉笑着说："我敢说是鬼魂。"

玛丽补充道："当然，肯定是鬼魂！"

帕菲特太太安慰着艾尔西，向她保证，只要她是个乖孩子，举止得体，不惹事，不惹祖母生气，鬼魂不会找上她的。

那天晚上艾尔西没有回到自己的床上。她害怕，不敢一个人睡。她悄悄溜进祖母的房间，躺在被单外面，睁着眼睛，蜷缩成一团，浑身冰凉，满头大汗，老太太沉重的鼾声是她最大的安慰。第二天早上，玛丽进来给祖母端茶，给她洗澡、梳头，戴上厚厚的蕾丝帽，系上淡紫色的丝绒丝带，艾尔西趁机悄悄回到了自己的床上，假装在睡觉。

第二天，她想尽办法让祖母高兴，因为她想问她楼上鬼魂的事。她帮她绕毛线，递剪刀，她关门轻轻的，讲话也轻轻的，不能太大声，不能讲太快。

到了下午，她手里绕着橘色羊毛线，问道："奶奶，你见过楼上的鬼魂吗？"

祖母那天心情很好。你根本看不出她病了。她曾经是一位非常有魅力的女人，如今依然充满能量和活力。

她靠着大枕头笑着说："我想这房子里有很多鬼，亲爱的。想想所有在这里出生以及死去的人，甚至有和我一个年代的，现在只剩下你和我了，呃，小艾尔西！"

"奶奶，这里曾经有多少人？"

"嗯，我现在记不清了。你看，这是你祖父的父亲的房子。房子一建成他就住在里面了，那时这里有很多孩子。他们要么死了，要么离开了。大部分都死了。我记得他们中有四个人得了斑疹伤寒，一周后就死了。后来我也有了自己的孩子。以前有很多人，小艾尔西，你现在想象不出，这里曾经是那么嘈杂，简直闹翻了天，搞得我常常不知道该干什么。到处都是孩子，男孩和女孩——在教室里学习，在楼梯上跑来跑去，在花园里玩耍——"

她停下来，把毛衣织针放在床单上。"那时候太吵了，小艾尔西，现在够安静了吧？"

"他们现在都是鬼了吗？"艾尔西把那束毛线放在腿上，问道。

"鬼魂——那还不是最糟糕的，"祖母叹了口气说，"他们中很多人似乎都出了问题。"

"他们是不是像我一样讨人厌？"

祖母严厉地看着她，好像觉得她很无礼。

"不要管他们怎么了，艾尔西，不要管他们是鬼还是什么。把毛线架起来——不然会缠在一起的，把枕头垫在我左手下面，玛丽知道这样我没法织。"

虽然祖母的一侧身体瘫痪，但她仍然可以巧妙地用枕头支撑一只胳膊肘，编织、钩针，她这样每天如痴如狂地织几个小时，用灰色毛线为穷人和异教徒织厚厚的衬裙，用颜色鲜艳的毛线织一个个方块，等某一天再把这些方块缝在一起，做成一床大被子。

艾尔西惊恐地想到穷人和异教徒；她半夜醒来，会看到他们都穿着灰色羊毛外套，一队队向她走来，脸上带着敌意的表情，嘴里发出威胁的呐喊。

她很狡猾，试图获得更多关于鬼魂的信息。"奶奶，教室里有鬼魂吗？"

"是的，的确，我觉得里面有鬼。他们都是在那里学习功课的。学习都不好，一个学习好的也没有。这很奇怪，艾尔西——他们都在那学习，年复一年地学习，却没有一个学得好的。"

"楼上卧室里有鬼魂吗？"艾尔西继续问。

"那里有鬼。很多人就死在那里。你祖父死在那个房间里，但我想你不会看到他的鬼魂。你为什么这么感兴趣，小艾尔西？对一个孩子来说，谈论这种事很有趣，是吗？你一直在和仆人闲聊吗？"

艾尔西摇了摇头，她已经习惯了在极度恐惧下迅速撒谎。

"我想我昨晚听到了，奶奶。走来走去的声音。"孩子那生动的想象力令她又补充道，"我起床打开门，我看到一个鬼魂从楼梯上下来，我想知道那是谁。"

"你希望他是谁？"老太太咧嘴一笑，"你希望他是你这些个叔叔、婶婶、曾叔叔、曾婶婶中的谁？嗯，正如我告诉你的，他们一点都不好。也许除了你父亲。是的，是这样，你父亲。"

"我想见他，"艾尔西说，"他也是鬼吗？"

祖母沉默了一会儿。她似乎在打瞌睡，艾尔西感到非常害怕，比以往任何时候都害怕，只见老太太半睡半醒，歪靠在枕头上，尖尖的下巴耷拉在她披在身上的白色冰岛羊毛小外套上。

艾尔西开始呜咽，因为害怕鬼魂，害怕祖母，害怕这空荡荡的大房子的孤独。但是祖母既没有睡着，也没有生病，她只是在回想过去。

"你父亲会是一个非常讨人喜欢的鬼魂。他是我最小的孩子，出类拔萃。是的，如果你看到他，艾尔西，那是一个非常英俊的年轻人。嗯，我想他现在不会那么年轻了。你出生后不久他就去世了。你多大了，艾尔西？"

"快七岁了，奶奶。"

"是的，他不会那么年轻，但他很英俊。哦，是的，我的詹姆斯很帅。他左颧骨上有一颗痣。"

"我希望我不会见到他，"艾尔西说，浑身发抖，僵硬地坐在小凳子上，"我希望他待在楼上。我想知道他住在哪里。我猜是那间挂着都是窟窿眼的黑色油画的屋子。"

"他以前常画油画自娱自乐，"祖母笑着说，仿佛想起了一件愉快的事，"他以前常常在那里玩游戏，做运动。不管他们怎么说他，他总是很勇敢，精神饱满，而且非常爱我。"

"汤姆叔叔呢？"艾尔西问，"他可爱吗？"

听到这个名字，祖母的脸上一阵抽搐。她怒气冲冲地甩出她那只有力的手，艾尔西从床边往后缩了一下，这才没有被打到。

"你就爱和仆人闲聊！你没有汤姆叔叔！没有这个人！他根本不存在！谁告诉你有个汤姆叔叔？"

"没有人,"艾尔西说,"是你自己,奶奶,前几天你好像睡着了,你说汤姆叔叔来了。"

老太太疑惑地看着她,但却无法反驳,她知道自己有时候无法完全控制自己的器官。

"嗯,也许是我,也许是我说的,"她抱怨道,"你不该在意的。我不知道我在说什么。我说我一直会梦见楼上的鬼魂,艾尔西,就像你一样——那就是胡说八道!没有汤姆叔叔。如果你遇到一个人说他是你的汤姆叔叔或者说他是我的儿子,你就告诉他,他是个无赖,是个骗子,艾尔西。我没有儿子,你听到了吗?你听到了吗?我所有的儿子都死了——死了。"

艾尔西顺从地欣然答应"好的"。毕竟,汤姆叔叔对她并不重要,是楼上的鬼魂让她担心,她想知道的是关于这个鬼魂的事。

在那令人讨厌的六月里,有一个下午对艾尔西来说比以往任何一个下午都更可怕,因为她独自一人留在家里陪祖母。当然,这种事不应该发生,也没有人希望发生。事情是这样的:

玛丽和萨拉似乎都是帕菲特太太的侄女,她们的叔叔去世了,三人都想去参加葬礼。当然,不能把祖母一个人留在家里。帕菲特太太说,她能安排一位朋友——斯凯雷尔太太——她会照顾祖母,给艾尔西准备下午茶,做任何需要做的事,直到自己和两个女孩六点钟左右回来,因为葬礼在海盖特举行,这样她们时间稍稍宽裕一些。

帕菲特太太告诉艾尔西要做个好孩子;玛丽说:"别胡闹。"萨拉说:"你不要去告诉你祖母你没有看到或听到的故事。"艾尔西就这样和祖母、斯凯雷尔太太单独待在一起。斯凯雷尔太太是一个沉闷的寡妇,穿着一件黑色的长袍,戴着一顶开着黑花的帽子。

艾尔西趁着这种不寻常的混乱跑进了厨房。她正盯着斯凯雷尔夫人解黑色帽子的绳子,这时门铃响了。女人和孩子都吓了一跳。帕菲特太太对斯凯雷尔夫人说过:"没什么好期待的。"所有的商业伙伴都来拜访过了,而这里也没什么人会来拜访。

斯凯雷尔太太说了声"该死",重新系上帽绳,从地下室跑上楼梯,进入大厅。艾尔西一个人留在厨房里。她希望自己有力气能把装葡萄干、糖、杂色饼干和香料的罐子拿下一个来,吃一大把。她总是很饿。她既没有力气,也没有勇气,所以她一直站在那张擦得干干净净的白色大桌子旁。从厨房的窗户抬头往外看,她只能看到一英尺左右的栏杆,栏杆把石板区隔开,石板区的门对着煤窖,花园广场上长着参差不齐的金合欢树和乌黑的丁香灌木丛。

斯凯雷尔夫人似乎离开了很长一段时间,孤独感在艾尔西这个小小的身躯上愈来愈强烈。她被关在荒凉之中,就像苍蝇被困在琥珀里一样,不敢动,生怕在房子的其他地方发现比孤独更糟糕的事情。她抬头看着栏杆。不一会儿，她看见斯凯雷尔太太的珠子披风和黑色裙子的下沿从她身边走过。艾尔西跑到窗前，把脸贴在窗玻璃上，抬起头来。斯凯雷尔太太肯定要离开家了。艾尔西听着，她听到门"咔嗒"一声关上了，锁的铁舌插入了铁插座。她很清楚那声音；事实上，她这一生都待在这所空旷的大房子里，熟悉这里的每一种声音。

接下来的时间里，她和祖母一个人在屋里，下午这个时候，祖母总是要睡觉的。艾尔西的第一感觉不是恐惧，而是解脱。现在，有这么多时间，她可以爬上餐具柜，把盛着好吃的东西的罐子取下来；她也能在厨房里慢慢地仔细搜寻，找出饼干和糖衣皮的存放地点；她还能踮起脚尖走到食品储藏室，看看那里有没有馅饼、蛋糕或水果什么的。这些都是她不被允许吃的，都是对祖母身体不好的，但仆人们可以随意享用。

这时，她想到了一个更大的诱惑——这是一个绝佳的机会——餐厅里那黑得发亮的长条餐具柜。不用猜也知道——甚至连找都不用找。艾尔西只要打开抽屉下面的大折叠门，就能看到顶层架子上放着橘子酱、果酱和糖，这些美味佳肴都是从来不允许她吃的。以前祖母的早餐会配橘子酱，艾尔西的下午茶配的是果酱。还有蜜饯、樱桃、木瓜，这些都是为少有的客人准备的。

的确，这个柜子大到可以装下十几个艾尔西，通常是上锁的，钥匙在祖母手上。艾尔西看见她从床边桌子上的一个小盒子里把它们拿出来交给玛丽，又看见玛丽把它们还给了祖母。有一次，艾尔西发现柜子开着，不过她还没来得及吃点东西就被人发现了。但也许，只是也许，帕菲特太太因为一天的郊游太兴奋，忘记给它们上锁了，那么艾尔西就可以好好享用了。

这肯定是会被发现的，她的罪行几乎无法掩盖，手指会变得黏糊糊的。每次她的手指黏糊糊的时候，不知怎么的，她永远没办法把手弄干净，即使她在水龙头下冲洗，用毛巾擦拭。

但是，为了满足对甜食、美食、精致食物的渴望，她愿意忍受惩罚：用一把硬梳子打双手的手背，白天只能待在床上，如果祖母和帕菲特太太想出更严厉的惩罚，那会更糟。

于是，她悄悄爬上楼梯，走进那座空荡荡的大房子。这是下午最可怕的一段时间，阳光明媚，寂静无声，有一种感觉，那就是到天黑还要过好几个、好几个小时，仿佛世界已经停止，所有的生命都暂停了，只有她，艾尔西，还活着，悲惨地活着。

艾尔西小心翼翼地穿过宽大的红黑瓷砖走廊，走进餐厅。餐厅的百叶窗紧闭着，遮住了阳光，到处是尘土的阴影，被百叶窗板条透进来的光线分成一条条直线。

艾尔西的运气不好，餐具柜锁着。她现在已经变得大胆，无所顾忌了,她决定上楼,从祖母床边的小盒子里拿钥匙。祖母应该睡着了,她听到帕菲特太太告诉斯凯雷尔太太,老太太"吃了药,不会给她添麻烦"。

阳光明媚、寂静无声的下午像一条绳索一样缠绕着艾尔西的灵魂。她想,如果她拿到钥匙,打开橱柜,拿一罐果酱,是的,一整罐果酱,津津有味地慢慢享用,会有助于减轻她被监禁时可怕的孤独感。

正如她所想,祖母睡着了。衣服像往常一样搭在她的脸上,枕头上只能看到她头上戴的紫色丝带帽子顶。拖鞋柜有拖鞋,手表整齐地放在表盒里,药瓶旁边有一个盒子,盒子里放着老花镜,眼镜装在眼镜盒里,一本带铜扣的圣经,还有各种各样的毛线球和针织物。

祖母的窗户上挂着遮阳帘,花园里的杨树的影子在窗帘上晃动。微风时不时地吹拂,吹起遮阳帘,偶尔会有一缕金色的阳光射进阴暗的房间。墙上所有的照片似乎都在看着艾尔西——捧着死鸟的女孩,给男人胳膊缠绷带的女孩,那个被称作"帝国王子"的娃娃脸男孩;所有这些人,在他们苍白、光滑、闪闪发光的镜框里,似乎都转过身来,盯着艾尔西,但她没有动摇。

她掀开钥匙盒的盖子,正准备把钥匙拿出来,这时她听到头顶上传来脚步声。

肯定是鬼魂,毫无疑问是鬼魂,她独自一人在家,只能任由它摆布。

恐惧一瞬间要把艾尔西逼疯了,她转过身来,试图叫醒祖母,哪怕她平时都不敢碰这位病人,也不敢摇晃她那瘦削的肩膀。祖母睡得很熟,没有醒来。脚步声越来越近了,显然是从楼上的房间走下了楼梯。艾尔西只想到躲起来,爬到床底下去,或者爬进祖母放一把把彩色毛线和一卷卷灰色毛线的大柜子里。但她还没来得及跑到床尾,那半开着的门就被推开了,鬼魂走了进来。

那是一个英俊的男人,红头发,左颧骨上有一颗痣。艾尔西想起了祖母对她父亲的评价,她站在床尾,定定地看着。这个幽灵没有给她特别的恐惧感;事实上,这远没有她想象的那么可怕。从那温暖的眼神和半弧形的嘴唇上,她似乎觉得他们可以成为盟友。至少,她很久没有见过他这么年轻、这么有魅力的生物了,不,比她见过的任何生物都要年轻。

"喂,小孩子,"鬼魂说,"你在这儿干什么?"艾尔西没有回答,他走进房间,低沉而平稳地说,"哦,我想你是艾尔西,詹姆斯的孩子吧。"

"你就是詹姆斯,"艾尔西说,"祖母跟我提起过你。"

"詹姆斯,"鬼魂说,"你是说你父亲吗?他死了。"

"是的,我是认真的。我的意思是,你是我的父亲,你死了,是个鬼魂。是吗?"

鬼魂似乎在思考,皱起了眉头,这差点把艾尔西吓得晕过去,然后他用同样低沉的声音小心而简短地说："好吧，如果你愿意的话，过来，让我看看你。"

艾尔西默默地站着，惊恐地摇着头。鬼魂一下发火了。

"别傻了。我来这里是为了你好，也是为了我自己。你没有什么生活，是吗？我以前来的时候，他们总是把你挡在一边。"

"哦，你以前来过吗？"艾尔西很好奇，轻声问道。

"是的，我想你应该不知道。好吧，我不会再来了。不管怎样，走出这房子，我也许能帮你。你多大了？"

"七岁。"艾尔西回答，多算的六个月对她更加重要。无论如何，她都不会承认自己只有六岁半。

"我明白了。你已经长大了，也懂点事了。我是来找东西的。也许你能帮我。"

"奶奶应该知道你要的东西在哪里。"艾尔西指着床说。

"我不想吵醒她，"那人带着奇怪的表情说，"她睡着了。我想她会睡很长时间。"

"斯凯雷尔太太应该来照顾她了，"艾尔西小声说，"斯凯雷尔太太怎么了？"

"我用一个无稽之谈把她打发走了。别介意。我想在这房子里单独待一会儿。我一直在寻找机会，很长时间了。今天女人们出去了，我终于等到机会了。听着,如果你能帮我,我会为你做点什么。你有什么想要的吗?"

除了最后一个问题,艾尔西什么都没听懂。她不知道她在和什么东西说话;她很困惑。她感到比以往任何时候都更加自信,这是她很久以前被带到这所房子以来最快乐的时候,到底有多久,她已经记不清了。

"我来拿奶奶的钥匙。"

"她的钥匙?"另一个人厉声问道,"钥匙在哪儿?"

"在床边的小盒子里。"

"你想拿她的钥匙干什么?"

"我本想从餐具柜里拿点东西——果酱什么的。"

"我明白了。"

那人用眯缝的眼睛,狡黠地看着她。

"我想这个老守财奴——上帝饶恕我吧——把你饿得半死。艾尔西,你应该吃点果酱,还有别的。你还想要什么?"

"六便士。"艾尔西狂妄地说。

陌生人苦笑了一下。

"我给你一个金币。像你这样年纪的孩子,你可以用它做很多事情,对吗?"

艾尔西浑身颤抖。玛丽或萨拉很少带她去散步，但她看到，哦，在很远的地方，有几家商店，仆人们告诉她，几乎任何东西都可以用钱买到，一个金币在那里买什么都可以。

"你想让我做什么？"她问道，然后，她那精明的小脸变得阴沉起来，"你是来找金子的吗？"

他似乎吓了一跳。

"金子！你怎么想到的？我答应过给你一个金币。我没说我来这里找金子。"

"我想也许你在找，不过这里没有。奶奶自己告诉我，她只有一分钱。帕菲特太太说了些关于藏在房子里的金子的事，但我找了找，什么也没。奶奶，"她重复道，"只有旧便士。我想它们就藏在她的枕头下面。"

"不，我不是来找金子的。我想知道，你奶奶的写字台在哪里，她把她的文件放在哪里？那些文件在这里吗？还是弗尼瓦尔律师把它们都拿走了？"

艾尔西摇了摇头，不明白。

"别傻了，"那人急切地说，带着某种绝望，但在艾尔西看来，这是不耐烦的表现，"我该怎么说才能让你明白？我在找一张纸，你看到了吗？而且非常重要。它可能不在这里，但我住在这里的时候，她总是把文件都藏在自己眼皮底下，偷偷地看。现在，你有没有见过她坐在床上,要一张小桌子或一个盒子,然后打开,翻看文件?"

艾尔西点点头。

"是的,她现在有时也这么做。我就得帮她拿东西。"

"好孩子。"那人努力控制着自己的强烈欲望,"如果你能找到那些文件,让我看看,我想,钥匙应该和果酱柜钥匙在同一串上。"

艾尔西再次点头。她开始觉得自己很重要。

至少这里有行动、有机会表达自己,展示自己的敏捷和勇气。她打开盒子,把手伸进去,拿出一串钥匙。凭借快速观察和敏锐的记忆力,她对它们了如指掌。

"这是楼下橱柜的钥匙,就是放果酱和糖的橱柜。这是奶奶灰色毛线柜里的小盒子的钥匙,我有时会把它拿给她,里面有纸。"

"给我吧。"

他手里拿着钥匙,而艾尔西走到柜子前,很快就找到了那个镶嵌的木头盒子。

"你不怕她醒来吗?"她一边说,一边走回来把这个放在棉被上。

"不,"他噘起嘴唇,露出一种奇怪的微笑,"我不怕她醒来。我一点也不怕。"

他很快找到了对应的钥匙,灵巧、敏捷地把盒子里的文件翻出来。孩子盯着他,她那尖尖的小脸因关注而绷紧。

"我觉得你不是鬼,"她终于说,"你是汤姆叔叔。"

听了这话,他向她转过身来,低声咆哮着:"谁告诉你有个汤姆叔叔的?"

"帕菲特太太谈起过他。"

"她……"男人指着床上熟睡的女人蜷缩的身形,"她有没有提到我?"

"没有,"艾尔西说,"她说没有汤姆叔叔这个人。"

"嗯,对不对?难道她不知道吗?没有这样的人。我是詹姆斯,你父亲詹姆斯的鬼魂,正如你刚才看到我时所说的。没错,不是吗?"

"我想是的,"艾尔西说,"但我似乎并不害怕,如果你是鬼的话,我应该会害怕。"

"亲爱的,你忘了你的果酱罐了吗?"他说着,一个接一个地从盒子里拿出信封,仔细看着,"是的,还有我答应过你的金币。啊,我们找到了,我就知道她会留着的,她对任何事情都三心二意的。"

他拿了两份文件放在床上,在艾尔西看来,这些东西很乏味。

"我想你不识字吧,我的小宝贝,是吗?"

孩子摇了摇头。

"请你把另一把钥匙给我,我跑下楼去拿果酱,"她说,"如果她们事后惩罚我,你就回来,说是你让我拿的。"

"她们不会惩罚你的,她们会有别的事情要考虑的。"他把钥匙扔给她,"把钥匙带回这里来。你看起来机灵活泼,你应该了解外面的生活。"

"那两张纸是什么?"

"你就别管了。我找到了我想要的。我给你两个金币,但你不能告诉任何人你看见我了。明白吗?"

"哦,为什么我不能说我见到鬼?我说前几天晚上我看到了一个,但我其实没看见,也没人介意。"

他笑了,他那张黝黑脸上的紧张表情缓和了下来。

"哦,好吧,如果你愿意的话,你可以说你见到鬼了。那很好。为什么不呢?"

"斯凯雷尔太太没看见你吗?"孩子狡猾地问。

"不,她没有。这跟你有什么关系?不过我应该感谢你提醒我。我想那老女人很快就会回来的。"

他站在那里,盯着手中的两张纸,然后小心地把其中一张放回盒子里,上好锁,看着艾尔西熟练地把它放回橱柜里,塞在一堆灰色的毛线下面。然后,他把手里那张纸撕成碎片,仔细地放进上衣胸前的内口袋里,跟着艾尔西下楼,站在她身旁听候吩咐。艾尔西让他打开橱柜,拿出一罐杏酱。

一看到果酱，艾尔西两眼发光，嘴里口水直流，把两枚金币的事抛到九霄云外，也顾不上考虑这个人到底是幽灵还是血肉之躯。不管他是谁，他从口袋里掏出两个金币，放在闪闪发光的红木桌子的一端。

"给你，亲爱的；你可不能说我没有遵守诺言。记住，我是个鬼魂。如果你说了什么惹我不高兴的话，我会在半夜来吓你，也许会把你带到到处都是妖怪和蓝色火焰的地方。"

"哦，求你了，"艾尔西说，吓得她差点把果酱罐掉下来，"你想让我做什么都行。你想让我说什么？"

"其实也没什么。就是你刚刚看到了一个鬼魂。最好别提果酱、钥匙，也别提我拿的那些文件。一个字也别提。"

他皱起眉头，把头向前探了探，摆出一副既危险又丑陋的样子，艾尔西吓哭了。

"好了，我知道你是个好孩子，什么也不会说。现在带着果酱躲到她们找不到你的地方去。记住，今天下午你只是看到了一个鬼魂——你父亲詹姆斯的鬼魂。"

"你现在要走了吗？你要去哪里？是顺着梯子爬上屋顶吗？我想鬼魂就是这样来的。"

"不，我从后面出去。你知道谁住在隔壁吗？这会儿那边有人吗？"

"有一所房子是空的，"艾尔西说，"那里只有一个看门人，要到晚上才来。另一所房子的人搬走了,那里根本就没有人。"

"好!真是我的幸运日。现在记住我跟你说过的关于鬼魂的事。"然后他就走了。

艾尔西吃完果酱,环顾四周寻找金币,但金币不翼而飞了。她痛哭起来,因为她一生中最美好的梦想破灭了。然而在她的内心里,她觉得这是合情合理的:一个鬼魂留下的只会是幻化出的金子。但她还是哭了,因为她失去了两枚金币所创造的金色幻象,这令她失望极了。

斯凯雷尔太太急急忙忙地回来,气喘吁吁,发现她在餐厅里哭泣,便发起脾气。

"你这个淘气的小女孩,为什么不陪着奶奶在楼上待着?你已经够大了——你应该一直看着她。如果我不在的时候老太太哪里不舒服了,我可怎么办?"

斯凯雷尔夫人解开帽子,摘下斗篷,咕哝着一件奇怪的事——一个男孩带来口信,说她家里有人找她,是一种严重的突发疾病。等她冲回去,什么也没有。男孩说是一个陌生男子,他以前从来没见过他,男人让他送的消息。他觉得这位先生是位医生,他很有礼貌,给了他半个克朗。

"都是些废话。"斯凯雷尔太太上楼时说,她非常生气,也很不安,艾尔西跟在她后面,陪着她一起上楼。

"奶奶睡着了,"艾尔西说,"最好别吵她。"然后,因为她藏不住秘密,忍不住说道,"我看见鬼了。他给了我两个金币,他一走,钱也没了。"

"别做淘气的坏女孩,一堆谎话,"斯凯雷尔太太责骂道,"老太太好像睡着了,"她松了一口气,补充道,"最好别惊动她,五点以前她不会喝茶的,到时帕菲特太太就到家了。"

帕菲特太太很守时,她照常在约定的时间端上祖母的茶,只见艾尔西坐在小凳子上,一边为失去魔法金子而哭泣,一边把黄色的毛线绕成团。帕菲特太太和斯凯雷尔太太试图唤醒祖母,却发现怎么也叫不醒。

老太太死了。

医生来的时候,说她已经死了几个小时了。当然,她很可能突然中风,在睡梦中去世了。没必要提出任何质疑或大惊小怪,还会有什么可能?

斯凯雷尔夫人不承认自己受骗离开了房子,艾尔西甚至没有提到那个鬼魂。医生原本发现老妇人的脖子上有奇怪的痕迹,仿佛她脆弱的生命被无情地夺走了似的,但显然,他向自己保证,这是一种错觉。

律师说,祖母最近留下了一份遗嘱,把所有的东西都留给艾尔西,但由于找不到这份遗嘱,他更倾向于相信,老太太心情反复无常,把遗嘱毁了。此前的遗嘱在一个盒子里找到了,老太太把她的重要文件藏在一堆灰色毛线下面,她用这些毛线给穷人织衬裙。

祖母唯一在世的儿子托马斯先生继承她所有的金钱以及汉普斯特德这栋孤零零的大房子。祖母比任何人想象的都要富有,而托马斯先生对艾尔西表现得很慷慨。

他出钱送她去了收容绅士后代的孤儿院。

他本人没有到汉普斯特德的房子来过,所以艾尔西从未见过他。

她如释重负地离开了房子。当然,她没有想到在孤儿院或任何地方都会快乐。她知道自己是一个讨厌的人,不受欢迎,必须永远把自己隐藏起来,但她很高兴能从她父亲詹姆斯的鬼魂出没的房子里走出来。她忠诚地遵守了对他的诺言,没有说出祖母去世那天他的任何所作所为,但她心里充满了恐惧,担心有一天晚上他愤怒的幽灵会以某种可怕的形式回来。

离开汉普斯特德的大房子后,她松了一口气,还因为现在不可能有人发现她偷了那罐杏酱。

克洛达赫夫人

克洛达赫夫人现在发现了远离尘世的乐趣;从崇高而温和的宗教之中,她获得了安慰,强烈的悲痛得到了缓解。在佛兰德斯杜埃附近的一座古老修道院里,她哀悼,但并不痛苦;成为遗孀,一身黑色,但心并不觉得刺痛。她感到自己每天都在向天堂靠拢,那里住着她痛失的爱人——一个善良的好人!他为人正直,对神圣教会施舍慷慨,一定不会受什么罪。

短暂的服丧期结束后,克洛达赫夫人打算宣誓成为一名虔诚的信徒。可怜的女人!她现在为了什么而活?

灰色的修女、灰色的教堂、灰暗的回廊,由一盏盏小灯照明的小房间组成的修道院建筑把她困在里面；低沉的乌云掠过平坦的土地，大雨倾盆，打在平原上的墓碑上、地上枯萎的花环上、披着破旧衣料的圣人石像上，一切都把克洛达赫夫人围得死死的，把她与生活隔开。

她在康纳特有很多地产；按照当时的法律，她不能继承财产，但人们往往不按法律行事，不惹事的人，如果谨慎小心，就可以和平地生活。这些土地是她为唯一的儿子德莫特托管的，德莫特正在接受训练，准备将来继承这个伟大的地方——但她跟他有什么关系？她觉得自己就是一个可怜的蠢货。他有他的导师和顾问，有她的家族和他父亲的家族；她应该放手，以免她母爱泛滥，妨碍了年轻人的成长，令她在服丧期间无法集中精神为上帝奉献。

因此，克洛达赫夫人在杜埃附近的修道院里哀悼，她并非没有耐心，至少现在内心平和。她在修道院待了将近三年，她忘记了自己是一个美丽的女人，她的儿子德莫特只是一个温柔的模糊记忆，和对她丈夫德莫特的记忆一样模糊。

然后，克洛达赫夫人因对神的懈怠而感到不安，这是因为她的爱尔兰管家紧急来信：

"夫人，您现在一定要回康纳特来，作为我年轻主人的监护人，也为您自身的名声，您必须在法律面前驳斥邻居那令人发指的无耻行径，他是一个臭名昭著的流氓、和平的破坏者；他将自己的财产挥霍一空，现在开始侵犯您的财产，他将您庄园旁的草地、您的牛、您的木材都占为己有，还捏造了一个案子，要把您的遗孀房默里什归他所有。我说的是托蒙德·奥马利，上帝救救他，一个异教徒，他生性邪恶，后天又学到了更多东西，现在为佛兰德斯的篡位者政府服务——"

信的内容还有很多，克洛达赫夫人很困惑，忧虑不堪。她能做些什么呢？就让她的家族和丈夫的家族去处理这些世俗的事情吧……

但是不行，她必须面对这件事，尽管女修道院院长和修女们齐声反对，说这种事会破坏她的神圣平和、她的虔诚，把她拉回尘世。

"我不去。"她一想到要离开自己的隐居地就不寒而栗，她在这里得到了庇护，她的灵魂每天都在祈祷的熏香中向天空飘荡；她甚至有一种微弱但可怕的感觉，如果她胆敢偏离自己选择的克制、顺从的道路，就会面临巨大的危险。

但是她的丈夫，给予了她完全的爱和信任，让她负责他的财产，做儿子的监护人。而且，这个恶棍托蒙德·奥马利声称属于他的一些土地是她自己的，那是她父亲留给她的遗产。这个恶毒的人已经因他的胆大妄为和不法行为而臭名昭著，如今如此贸然行事，难道不是因为他认为克洛达赫夫人是一个终日以泪洗面的愚蠢寡妇，既没有智慧，也没有勇气捍卫自己的权利吗？一个献祭给上帝和记忆的祭品？

于是，克洛达赫夫人战战兢兢，流着泪回到康纳特，来捍卫她和儿子的土地权。

这个悲伤、虔诚的女人,她现在该怎么办?她的管家、律师、家人(对她来说既疏远又陌生)聚在一起,提建议,想办法;她听说了很多托蒙德·奥马利的恶行,但他最坏的一面并不适合告诉任何女人;在那座空荡荡的大宅邸里,她感到孤独和恐惧,曾经,她在这里是何等幸福;她怀念修道院,怀念修女们,怀念杜埃静寂无声的平和。

她的儿子也几乎成了一个陌生人,现在就是一名埋头学习的严肃青年,完全听命于他的导师;他的冷漠令她更为胆怯。

"这个案子结束后,我就回杜埃,德莫特。"

"您完全可以这样做,夫人。"

"很快,"克洛达赫夫人满怀期待地说,"你就要成年了,一切都将交在你手中。"

"我很乐意掌管一切,夫人。"

"我什么都不要,德莫特,你甚至可以连我的遗孀房也一并收走。我希望可以摆脱一切,把我的丧亲之痛藏在修女的面纱下。"

年轻的领主低下头来。

"我真的很抱歉,夫人,这个恶棍托蒙德·奥马利的行为扰乱了您虔诚的清修,使您再次来到爱尔兰。"

她看得出,他很尊重她,对她带着深深的敬意,几乎要把她看作神坛的圣人,她叹了口气,发现她依然渴望得到人类心灵中温柔的爱,还没能克服对这种愚蠢行为的欲望——可怜而软弱的女人!

在一个寒冷的金色秋日,云朵在幽蓝的天空中凝结,克洛达赫夫人来到法院,所有的乡里乡亲都出来看她,为她的悲伤和勇气鼓掌,因她的美丽、她的贞洁、她所受的不公的待遇而爱戴她;啊,他们指责那个迫害她的人,那个混蛋!他难道不是已经被从上到下所有人恨恶了吗?他身上难道没有撒旦的印记吗?

她在法庭上坐下来,大家都带着钦佩和敬意,恭敬地转向她;她穿着丧服,披着寡妇的面纱,柔柔弱弱,浑身颤抖,整个人几乎是献给上帝的。

宣誓时,她怯怯地环视着满座的法庭,看到这么多表情严肃的人、看到法官和律师,她变得局促不安,对这里威严的队列感到惊讶;她看见了自己的儿子,沉默而严肃,骄傲而冷静;她看见了她的家人和顾问;在一束长长的阳光中,她看见了一个男人,他使所有这些人都显得微不足道。

那人在这束绚丽的阳光下摇了摇头,金色的光线在他的黑发间闪烁,然后他冲着克洛达赫夫人微微一笑。

她的话停在嘴边,整个人坐了下来,圣经从手里掉落;人们担心她会昏厥过去,长期与世隔绝之后,这种情况是她无法承受的。

她解开了蕾丝帽带，掀开面纱，把这团黑纱扔到一边，露出了她温柔美丽的面容，就连严肃的法官也觉得：这真是个漂亮的女人。

她的教养使她镇定了下来，她又看了一眼那个陌生人，他坐在法庭的另一边，这时他又一次冲她微笑起来，仿佛这里只有他们俩。

这时，克洛达赫夫人意识到，她从来没有爱过她的丈夫，也从来没有爱过任何男人，在此刻之前，她的生活都是虚伪的，她永远不可能成为一个虔诚的信徒，上帝离她如此之远，她永远都无法到上帝近旁。

她头脑混乱，极力分析着。她认为这是一种自然的情感；她的案子显然是公正的；但是，现在克洛达赫夫人还会关心这一点吗，还关心她儿子的遗产吗？

向她微笑的那个男人是谁？

她很快就知道了，他就是本案的被告——托蒙德·奥马利上尉。

"我敢肯定，"克洛达赫夫人在心里叹息道，"他并不邪恶。"

她真的很惊讶，居然有人会认为他是邪恶的；她关注着他的一举一动，一点也不觉得他像个恶棍；她在帽檐下刻画着他的身影，纤细的腰，宽大的肩膀，蓝色的骑马服，银色的纽扣。唉，他身上的每一个细节，从他喉咙处的细棉布褶皱到他剑弦上的金色流苏，都被这可怜的女人注意到了；她的律师为她辩护时，她在想："不管他们怎么说托蒙德·奥马利,没有人能否认他长了一张完美的嘴巴。"

她根本不听自己的案子,但当他起来发言时(他负责自己的辩护,比任何律师都精明),她全神贯注地听着。

那里的每个人都敌视托蒙德·奥马利,他是一个叛徒,为篡位者服务,被雇用他的人鄙视,被他的同胞憎恨,因为他可以随意称呼自己,他的血统看他的长相就很清楚了;他是克莱尔岛海王尼因哈勒和克莱湾统治者大格兰的直系后裔,克莱湾统治者曾藐视英国伊丽莎白女王——阿基尔和马拉文尼不是仍然在他的掌控中吗?

拥有爱尔兰如此高贵的出身,此人无疑是一种耻辱,使家族蒙羞。

然而,他那谦谦君子的表现和男子气概诱惑了他的敌人,使他们违背自己的意愿,不忍对他发难;他没有再看克洛达赫夫人,而她心想:"他用这样的声音说话,谁能拒绝他?"

凭借他在法国和一位绅士所学的所有技巧,他非常熟练地陈述自己的案情。

"我决不会冤枉一个寡妇和她的儿子,如果我的人掠夺了土地和牲畜,那一定是在我不知道也不同意的情况下发生的。谁会为他的子民的恶行负责?任何扰乱这位高贵的女士和这位英勇的年轻人的生活的人都应受到绞刑,我很乐意看到这一幕。"——他向着年轻的领主微鞠一躬,仿佛一位国王在发放赏赐。年轻的领主咬着嘴唇,看上去非常生气。"至于我占据的巴利罗伊和库伦的土地,我相信我绝对拥有它们的所有权。"

他详细说明了一份拉丁文旧地契,而所有在场的人都认为那是伪造的;他旁征博引,清晰地讲述了古代的所有权和记载,对法官表现得极为尊重,不卑不亢。

克洛达赫夫人当时在想什么?她沉浸在深深的冥想中,她很久以前就梦想的但并不清楚的珍贵快乐又回到了她身边,她还以为都已经遗忘了,她激动得就像围着一棵盛开的酸橙树的蜜蜂。

啊,她小时候在一个昏昏欲睡的午后,独自一人在父亲的花园里产生了一个幻想:她想象中的情人穿过花草,在果树下拥抱着她,松开她的头发,抬起她的脸,亲吻她的嘴唇,一切都发生在孤独、美好的静寂之中……

那个情人,他就站在那里,手里紧握着他的法律文件;想到那修长白净的手指从她胸前悄悄滑过,克洛达赫夫人脸红了,人们认为她对那个男人虚假、似是而非的推理感到羞愧。

奥马利上尉败诉了;然而人们都中了他的咒语,因为他的所作所为本该被绞死,但他却被无罪释放,没有受到任何惩罚;这怎么解释呢?他们都知道他所做的坏事,许多人也曾遭受过这种恶行,但他似乎已经做好了抵御一切攻击的准备,当他温文尔雅,恭维着所有人离开时,尽管大家都感到不安，但每个人都对他报以礼貌的回应。

克洛达赫夫人的家人十分不满。

"他就这样走了，没有受到任何惩罚！政府保护他，因为他投靠了他们！他仍是个危险的邻居——"

"他看起来像个国王。"克洛达赫夫人想。

她在法院门口等她的马车；年轻的领主在她身边大发雷霆，抱怨不公正，因为他那古老的信仰，很多话他不能说，很多事他不能做。克洛达赫夫人对此毫不在意，她一直在等托蒙德·奥马利的到来。见他慢慢走下台阶，扣上手套的扣子，她只有一个愿望，那就是转身跟着他，不管他要去往哪里。

他停了一下，非常有礼貌地向她和领主打了个招呼，对他们相识时的无理行为感到抱歉（他笑了）；克洛达赫夫人大胆地认真看了看他，她很想知道他的眼睛近距离看是什么颜色，而他像她从未见过的那个情人那样看着她。

"先生，"年轻的德莫特说道，声音依旧显得稚嫩，"我很希望能深入了解你——"

他笨拙但庄重地把母亲扶上马车，而托蒙德·奥马利则静静地站在台阶上，盯着克洛达赫夫人微笑着；现在她知道它们的颜色了，它们是斑驳的绿色和棕色，非常清澈，光芒四射，像浅山溪里的水。

托蒙德·奥马利回到了他的卡里加霍利城堡，这座城堡曾是克莱尔海王的据点之一，坐落在巴克奥山和班戈恩山下，靠近山谷，那山谷一直延伸到群山的中心，而这里被认为是闹鬼的地方；人们说，能在这里躲一阵子，他应该很高兴；有些老百姓认为他是到费湖附近的一个偏僻山口与他的主人撒旦商议去了。

克洛达赫夫人回到了她在阿格豪尔的领地，大家都期待她赶快回到杜埃；现在是什么阻止了她？

但她不会回去了。

"我宁愿待在海里或山下，也不愿和灰色的修女们一起待在灰色的教堂里，我和我的祈祷是怎么了？"她暗自忧伤，总以这件事或那件事为借口，于是在温暖的秋日里，她所有的事情就这样被耽搁下了。

住在这座大宅邸里很孤独，它肯定不是为寡妇而建的；克洛达赫夫人胆怯地穿过宽敞的房间，爬上宽阔的楼梯，似乎有阴影开始在她面前飞舞；没有人陪伴她，德莫特和他的导师在一起，仆人有他们的工作，这一天似乎特别长。

"我想再到大厅里看看男人的海狸皮帽、手套、剑和手杖，"克洛达赫夫人沉思着，"打开衣柜，看看他的外套和靴子，是的，还有我身边枕头上他的头留下的印记。"

但她并不渴望丈夫的归来；可怜的人！她已经把他忘了，只是有时她想知道自己是怎么嫁了一个如此普通的人,她所有的快乐都在他的黑皮肤上。

但从这个男孩身上,她感到一种令她害怕的温柔,并试图让他理解她的孤独。

"德莫特,只有我们两个人,我们应该更加团结。请对我耐心一点——因为你很快就会带一个妻子回家,而我将与你无关。"

"我将永远爱您,保护您,夫人。但您在杜埃不是更开心吗?每个人都想知道您为什么没有回去那里。"

"哦,德莫特,但凡你真的有一点爱我,你就会想把我留在这里,珍惜我。"

她的话里有一种男孩不明白的叹息和渴望;他感到不安,因为每个人都说他的母亲应该回到修道院,而且她的表现有些奇怪,令人担忧。

事实是,克洛达赫夫人从审判那天起就变得很漂亮,柔美、温暖、耀眼,就像一朵在仲夏阳光下盛开的玫瑰;虽然这个高个子男孩是她的儿子,但她比任何人想象的都要年轻。婚礼上,她曾是多么幼稚、可怜的家伙!

这座空荡荡的房子对她来说算什么?哀悼对她一个遗孀又有什么用?

当她来到布里舒尔修道院丈夫的坟墓旁,她感觉自己仿佛站在一个陌生人最后安睡的床榻旁，墓碑四周快乐的小草似乎比地下他的尸骨更重要。

啊，她为年轻的德莫特感到难过，因为她对他父亲的关心太少了，也许因为这一点导致他内心冷漠，她不禁思念起他。

托蒙德·奥马利从他的卡里加霍利城堡过来，问候她；他骑着一匹骏马，骑术极佳，他的一切都很出色，这是他天生的。就他自身来看，他穿着一件剪裁得体的蓝色外套，上面有银色纽扣，一头蓬松的黑发。

"我一直十分不安，夫人，想到我给您带来的痛苦，想到我那不幸的官司。克洛达赫夫人，您在这所大房子里如此孤独，您不回杜埃了吗？"他突然补充道。

"这里还是那里都是我的生活——孤独的——不论在哪儿都是孤独的，奥马利上尉。"

"您被那些可恶的废话蒙蔽了！如果我把一个可爱的美人留在世界上，我肯定不希望她穿黑色的衣服。"

哦，他改变了她呼吸的空气，这个快乐、勇敢的男人！他是那么温柔，那么恭敬，然而他的眼神却使她低垂双目；她的心像五月里的鸟儿在歌唱。他离开后，她把自己锁在房间里，拿出一套黄色和粉色相间的浅色缎面衣衫，脱掉丧服，穿着精致的睡衣，她站在长长的镜子前大笑，在高高的守灵蜡烛之间，镜子映出了她丈夫僵硬的轮廓。

托蒙德·奥马利曾三次来向她求爱,她不在乎这引起的强烈抗议,也不在乎年轻的领主的责备;第三次拜访时,他要她做他的妻子。

"亲爱的女人,我真的爱你——从一开始就爱你,当我在法庭上看到你的时候,我不再关心我的事业进展如何!无论你听说过什么,在我来到这里之前,我的生活从来没有像现在这样改变过,我的生活停止了,我愿意为你做你想做的事情!"

克洛达赫夫人没有假装拒绝;她做不到,从她第一次见到他的那一刻起,她的灵魂就发出了一种古老的投降的呼声——"吾愿随君意"。

她把手伸给他,温柔的眼睛里含着泪水;她想:"如果上帝希望我拒绝这个人,那么祂应该把他塑造成另一副模样。"

他温柔地、小心翼翼地拥抱她,她儿时所有明亮的梦想都聚集在她的心上,使她眼花缭乱,几乎晕倒在他的怀里。

啊,呼喊声和丑闻——来回传递的信息,愤怒家人的造访。

"这家伙是个坏蛋,债台高筑,臭名昭著,没有一个体面的女人会容忍他的存在!克洛达赫,你绝对不会因为健美的身材和英俊的脸蛋,爱上这个人吧?"

还有一些人,一些女人,更致命,更一针见血:

"啊,好吧,他是个俊美的家伙,你就像他曾经勾引过的那些女人一样掉进了他的怀里!"

克洛达赫夫人对这一切毫不在意,但她在儿子的冷嘲热讽和冷酷愤怒面前,她退缩了。

"你要把这个无赖放在我父亲的位置吗?难道我要接受他的乞求,替他偿还债务吗?这无疑是一件可耻又可怕的事情。"

"德莫特,"她恳求道,"我永远不会因为爱别人而少爱你,你是你父亲所有财产的继承人。"

"上帝保佑我,你是我的监护人,直到我二十一岁。一切都在你手里。"

"你觉得我会碰属于你的一块鹅卵石或一片草吗?"

"我害怕。你对这样一个一文不名的家伙竟产生了如此强烈的热情!"

"德莫特,我不希望再听到这样的话。这个人是高尚的,出身比我们高贵——也比我们有钱。"

"都被他败光了,夫人。连你都知道他的名声,对吧?"

"我听说过他年轻时的一些鲁莽的行为,很多都被夸大了——但是——"

年轻人打断了她,接着说道:

"——但是,夫人,你打算和他在一起,那么我就只能自食其果了。"

克洛达赫夫人的确想嫁给托蒙德·奥马利,不管别人怎么说他,但她身上还有比这更真实的东西；她真的相信这个人就是她心目中的那个人，高贵、慷慨、体面、善良，只是受了卑鄙之人的诽谤。

在儿子的权利问题上，她觉得自己意志坚定。她坦率地向情人提起这个话题。

"我的一切都是你的，就连我胸前的珍珠也是。但我从丈夫那里托管的财产是属于德莫特的——请原谅我说这些。"

她的爱是如此强烈，她希望他的无私能由他自己的嘴里说出来，并为公众所知。

他按她希望的那样回答。

"我当然不会卑鄙到侵犯那孩子的权利！我甚至不会问他有多少财产。我自己也不是那么穷，虽然有些混乱；但这一切与我和你之间的一切相比，算什么呢，我的爱人？"

她和他在布里舒尔修道院举行了婚礼；那些为他鼓掌的人以及同情她的人也都没有缺席，因为他有朋友、追随者、债权人，还有那些希望从他妻子的财富中获利的人；啊，他们早就知道，那个可爱的女人已经用最温柔的赞美之词把她所有的财产都交给了他——"我会给你更多，爱。"

在悲痛和愤怒中，她的家人离开了她；德莫特面色苍白，阴沉着脸，因为他停止了哀悼，去参加母亲的婚礼。然而，他确实对托蒙德·奥马利没有任何敌意,对方曾公开地恭维他,并告诉他:"你的事情,我一点也不想干涉——不要想着我会来烦你。上帝保佑我们能友好相处,我亲爱的领主。"

这是早春最苍白的一天,一层层薄纱般的水汽被吹过一道道古老的山峦,克洛达赫夫人来到了卡里加霍利城堡;啊,她很幸福,结婚的女人,她能相信她有多幸福吗?

在他给她的每一个吻中,她都提前品尝到了未来无限的幸福,她的灵魂随着身体的投降败下阵来。

她靠在他的胸前,越过他的肩膀看着云朵飘过山峡,随着夕阳的余晖而颤抖。

当太阳再次升起,她睁开眼,发现他在她身边睡着了,她要怎么说她当时有多幸福呢?

她颤抖着摸了摸枕头上的黑发,发誓要为他效劳;她注意到他那迷人的脸在睡梦中是坦率的,这令她很开心;这个人肯定没有秘密。

就连她愤怒的家人也闷声承认,这场不祥的婚姻(他们这样称呼它)进行得非常顺利;有些人开始觉得奥马利上尉以前是遭人诋毁的了。

他们对他有什么不满?什么也没有。

真的,他用高超的技巧引导着他们;他很有一套;他能发现每个人的弱点并加以吹捧,他能使一件普通事变得激动人心,令无聊变得出彩，创造欢乐，以激情和热情感染一切；他所做的一切，都是一种生命的激情澎湃，生生不息，仿佛这个世界太小了，令他施展不开拳脚；他一点也不粗俗，既不是酒鬼，又不是贪吃鬼，也不是满嘴脏话。

凭借这些优雅，他甚至赢得了年轻的领主的欢心，至少在某种程度上诱导他住在同一个屋檐下，因为克洛达赫夫人更喜欢住在阿格豪尔而不是卡里加霍利，卡里加霍利在群山之中，辽阔而孤独，但它是为战争而建，靠近致命的洛菲幽谷。

于是，她和第二任丈夫回到了她儿子的领地，双方同意德莫特结婚后，为她重建这座遗孀房；当然，没有人能说她是一个不知足的女人。

六个月后，她的管家们、她的律师们有事要讲，并且非常严肃：

"夫人，您不调查一下您的事情吗？奥马利上尉是我们的主人吗？他让我们出售并抵押——砍伐的木材——不要管农场。"

"他是主人。"

她解雇了她的管家，打发了她的律师，她对丈夫说：

"一切都是你的。我知道你所做的一切都有充分的理由。"

领主的导师当面对她说：

"夫人，如果奥马利上尉不能以这种方式得到您的财产，他就有另一种方式；为了您儿子，我恳求您考虑一下。"

"先生，我原谅您的轻率行为——原谅您的错误——因为您长期以来全身心效力。领主的产业我不会动。"

她丈夫的挥霍和她有什么关系——她需要他向她说明他花了多少钱吗，就好像他是个雇工似的？她喜欢看他那些骏马，那些穿制服的仆人，桌上丰盛的酒和食物，他从巴黎买来的衣服，他的狗，他昂贵的装备；她喜欢他奢华的娱乐活动，喜欢他送给自己的珠宝、珐琅和瓷器，因为这些礼物不总是用亲切和充满爱意的语言表达的吗？不，她甚至忍受了他长期待在都柏林和伦敦，不回家，没有人敢讲他的任何坏话；因为他不是总是带着热切的神情回来，温柔地爱抚她吗？

他花了一年时间耗尽了她的财产，这时她的幸福的天空出现了乌云，因为她没有孩子；她变得焦躁不安，内心深处被这种不满足感折磨，就连占有也无法平息；她完全脱离了神圣的思想，她不敢祈祷，家里没有牧师，她去教堂的次数很少，即使去也很匆忙；她不敢相信，在杜埃哀悼的那个安静的女人就是她自己，她现在完全把自己献给了世俗的爱。

春天的回归让她想起了她那位热情的新郎；她恳求他推迟访问都柏林的计划。

"亲爱的，如果你愿意的话，为什么不和我一起去城里呢？"

克洛达赫夫人摇了摇头；她不会让全世界打断他们的爱。

"待在这儿，你为什么要去？"

"我有事,克洛达赫。你知道我很为难。我不能释放自己——"

"我所有的都是你的——"

"但这还不够,克洛达赫,"他温柔地笑了笑,"你不明白,亲爱的,我们的花销是——"

"的确,亲爱的。"她叹了口气,希望自己是个有钱的女人;没有人告诉她他是怎么赌博的,他欠了梅奥多少债,他在伦敦和都柏林有多少情妇。有什么用?她不会相信的。"我希望我有更多。"她哀叹道。

"你可以用德莫特庄园的钱。"

"我永远不会这样做。"克洛达赫夫人说。

"三年后他才成年,而我可以偿还——"

"托蒙德,我不能这么做。我发誓尊重德莫特的财产。"

"你对誓言了解多少,美丽的克洛达赫?"

"对你的所有誓言,我都遵守了。但对那个男孩——"

"他是个孩子——这么多闲置的财富,他打算做什么?"

克洛达赫夫人脸色苍白,她以前从来没有拒绝过他。

"我不能。男孩——以及逝者——都很信任我。"

她丈夫微笑着看着她;他彬彬有礼,但并没有让步。

"让我做孩子的监护人,"他说,"让我来管理一切——你的一切都给我了,为什么这件事要拒绝我呢?"

"这不是我能给予的。"

"一切都在你的能力范围内,所有的钱,你知道吗?"

"这就是为什么我不能碰它。如果我们这样做了,我们就会引来审判和地狱之火。"

"我的妻子,与这个孩子和他死去的父亲相比,你难道不是更爱我吗?"

"我太爱你了,托蒙德,我会把我所有的一切都给你。但这一点,不行。"

见她不为所动,他拥抱住她,告诉她,他只是在试探她的意志,并为她对男孩的忠诚鼓掌。不久,他就去了都柏林,很长一段时间,让她独守空房。

奥马利上尉的影响逐渐消散后,年轻的领主开始感到不安,他继父的那些故事,他现在比一年前更清楚了;他那些可耻的行径掩盖不了多长时间,德莫特发现他母亲做了她能做的一切;他也了解到了克洛达赫夫人的财产是如何被挥霍的。他严肃对待,处事老练,秘密地与他的家族成员商议起来。

"你母亲嫁了个恶棍,但她会坚持不让你受委屈。不要煎熬,要有耐心,等到三年后你就成为自己的主人。我们会关注你的利益,如果他敢碰你的一块石头,我们马上就会制造丑闻——但在法律面前,我们无能为力。"

这就是年轻的领主得到的答复，他心里非常不安，担心在接下来的这三年里，托蒙德·奥马利对他母亲软磨硬泡，不知道会发生什么。

趁着继父不在，他对母亲说：

"夫人，我的事可以说是一个巨大的负担和责任。虽然我的父亲，上帝保佑他的灵魂，把一切都托付给了您，但这对一个女人来说太辛苦了。如果您将所有的权力都转交给我父亲这边的家人，这样您不就解脱了吗？"

"你是担心我的丈夫吧，"克洛达赫夫人说，"他对你做过什么吗？"

"什么都没有。我觉得他太客气了，也许，我担心他是在阿谀奉承。"

"德莫特，你已经足够成熟了，怎么还这么多疑。"

"唉，许多人都给我忠告！"

"把你自己的感受说出来呀，德莫特。"

"至少，大家都知道他已经一无所有了，现在连您也一无所有了。"

克洛达赫很震惊，原来大家都这么说她的丈夫，但她仍然认为这是诽谤。

"我会把你的财产交给你的亲属托管的，一定会。"

男孩忧心忡忡地吻了吻她，满心遗憾；为什么她要离开杜埃？在那里她是安全的，不论她的灵魂、身体，还是他的财产，都在上帝的掌管之下。

托蒙德·奥马利回到阿格豪尔后,他的妻子告诉他,她打算把德莫特的监护权移交给他的亲属;令她深感高兴的是,她的丈夫当下就同意了,并表示愿意提供各种帮助。

"这会减轻你的负担,但也许将为我招来诽谤,因为他们会说我插手了那孩子的事。"

"这将证明他们是错的,托蒙德,我们不是真的一无所有了吧?"

"为什么这么问,没有,"他笑着说,"我们都很好,令我苦恼的困难都解决了。我已经找到了摆脱所有这些困境的办法。来吧,我们结婚一年了,你觉得这个会让你心碎的流氓有什么过错吗?"

"没有,啊,没有!"她的整个灵魂都在充满激情地肯定着他。

那天晚上,他帮她写信给德莫特的亲属。当这封信被吉尔湖快递送到斯莱戈城堡时,年轻的领主感到他所有的怀疑都消失了,奥马利上尉的魅力又一次显现出来,连他自己都认为,他喜欢这个人,不再相信任何流言蜚语,更不相信他本性邪恶。

他们友好地在阿格豪尔相处了几天,等待斯莱戈的答复。

当时正值德莫特父亲去世周年纪念日,那是初夏时节,天气晴朗;年轻的领主早晚都要骑马去修道院参加弥撒,为他父亲的灵魂祈祷,有时托蒙德·奥马利(重新进入神圣教堂)也会陪着他;但是,一天,乌云密布，天色骤然变暗，他没有陪年轻的领主，因为他说，吉尔湖的答复应该要到了，他迫不及待地想要知道答案，所以他留在克洛达赫家里，忙着制定重建遗孀房的计划。

下午，快信从德莫特的亲属那里送来，克洛达赫夫人跑着把信送给她丈夫看，但她一时没找到他。她心情激动，来到了他的私人更衣间，这里她从未来过，刚一敲门，门就自己开了。

他正在换衣服，扣上一件裙摆长背心的纽扣，克洛达赫退后一步，微笑着请求原谅她的莽撞，但两个奇怪的小细节有点把她弄糊涂了。

第一个是她丈夫在她走进时看她的眼神；当然，她冲动地走进他的更衣间（她知道他很挑剔）确实不对，但他也不至于眼里冒出黑色火焰，眉头皱得整张脸都要变形了。这是她第一次看到他的愤怒。

第二个就是她瞥见了一条细细的白绳，缠在他的衬衫外面，绕在他的腰上；对于一个穿着如此讲究的男人来说，这种束腰的方式实在太奇怪了。

但他扣马甲的速度飞快，笑容也来得太快，看到斯莱戈那封友好的感谢信，和她一起由衷地感到高兴，她也就把这些事情抛诸脑后了。

他换的是一套骑马服，尽管天色渐黑，他还是要到外面去呼吸点空气，锻炼身体。

"去见德莫特？"

"不，从另一个方向走，路好走些——这孩子一定想看到这封信！"

他笑了笑，吻了吻她，就走了；克洛达赫夫人当时是多么幸福啊，他的真诚、他的爱、他的荣誉和她儿子的未来都得到了保障！

然而，随着暮色越来越浓，她变得有点不安，因为德莫特以前从来没有这么晚归过。从修道院回来，他必须走一段山路，而出于女人的敏感，她觉得这条山路很危险。

她丈夫骑马回来后，责备她不要胡思乱想；夜幕降临了，他带领她的仆人去寻找年轻的领主。

天都快亮了，他们才把他带回这个疲惫不堪、焦急等待的可怜女人身边；他们用一扇门板抬着他，他自己的薄斗篷盖在他身上；他们找到他时，他和他的马都死了，脖子断了，就在一条陡峭狭窄的山路下，就是克洛达赫认为很危险的那条山路。

这是一次意外，是一次不难理解的意外——黄昏时分、紧张的坐骑、年轻的骑手、鸟或野兽的突然出现——个晴天霹雳、一次坠崖——任何人都不必再为年轻领主的未来担心了。

克洛达赫夫人因悲伤、恐惧，还有奇怪的悔恨，病倒了；然而她做错了什么，可怜的女人？这也许——就在她儿子躺在圣洁的草皮下，躺在他父亲身边的那天，她想（她的理智慢慢恢复）："如果是托蒙德呢？"

现在有一座坟墓埋葬着她所有的过去；她再也不需要与痴迷的激情抗争了；没有人来认领她为年轻的德莫特托管的广阔土地、金钱、城堡、湖泊和村庄。

"我的一切都是你的。"

儿子惨死不到三个月，她就把所有的财产都交给了丈夫，连一分钱都没有留给自己，她唯一的悲哀是她还没有其他子女。

她十分痛苦，决定去请教一位智慧的老妇人，她在康纳特全城都很受尊敬；因为对自己轻信迷信感到羞愧，于是她秘密出发，来到贝尔达姆一家居住的克莱尔岛。

因此，在深秋的一天，克洛达赫夫人打扮得像农妇一样，划着船穿过薄雾来到鲁纳，进入了智者的小屋，智者透过泥炭烟雾凝视着她。

"你来问的是关于你失去的儿子，还是关于你想要的儿子，克洛达赫·奥马利？"

"我失去的儿子已经在上帝的膝下承欢。这是个无法改变的离别。但我希望有一位继承人，延续克莱和克莱尔的海王尼因哈勒家族的血脉，可以吗？我真的爱我的君主，他也真的爱我，但因没有生养，我感到羞耻。"

"你应该有更深层次的羞耻感，克洛达赫·奥马利。你是一个傻瓜，你听不到周围的窃窃私语吗？你所爱的人已经把自己出卖给了撒旦。"

"我真的没想到会在这里听到无知的胡言乱语。"

"回家吧,谢天谢地,你没有给那个人生孩子。"

克洛达赫夫人吓得站了起来。

"除了这愚蠢的怨恨,你没有别的话可说了吗?"

"问问你家的仆人马蒂·奥弗拉特蒂,他知道一些事情。"

克洛达赫夫人逃离了那里;她回到阿格豪尔时,已经是傍晚了。黄昏时分,她派人去叫来奥弗拉特蒂,他在马厩工作。昏暗的房间里,她对他讲话,纱巾遮面。

"奥弗拉特蒂,你知道我想知道什么。"

"谁说我知道?"他咕哝着,心烦意乱。

"有人在我背后说话。我听说有人在窃窃私语。你知道些什么?"

"有些事我不希望您知道。"

"说吧。"

他不情愿地穿过那间巨大昏暗的房间,从口袋里掏出一根断了的白绳子给她看。

"我年轻的领主离世的那天,我发现山路上的一棵树干上绑着这个。谁敢说什么?黄昏时,一条绳子拦在他的必经之路上。所有的东西都被销毁了——奥马利上尉先到了那里。"

克洛达赫夫人把绳子抓在手里;那一刻,她看见魔鬼站在地狱的火焰中——他正扣一件裙摆背心的扣子,腰间缠着绳子;他的眼睛里充满了愤怒,他拥有迷人的面容,那张脸正是那个人,她常常陶醉在他怀里。

"她就这么接受了,"奥弗拉特蒂心想,"难道她知道?上帝保佑她。"

克洛达赫夫人一声不响地离开了,只留下奥弗拉特蒂心烦意乱地站在黄昏里。

她走到她丈夫的房间,他正借着精致蜡烛的烛光写信。"我今晚要去杜埃。"她说。

他抬起头,微笑着,看了看她,站起身来,不再微笑。

"这就是你想要拥有的一切?我的一切,他们的一切?上帝让我受诱惑,现在我必然被诅咒。"

她说话时一点也不激动,只是自然地表达了她极度的痛苦。

"你是那么有礼貌、善良、慈爱,一定是魔鬼给了你这一能力。而你根本不关心我。"

"为了我自己的利益,我对你的关心超出了我该给的范围。"托蒙德·奥马利表现得比任何时候都更为苦恼,但她没有意识到这一点,"我很清楚你,"他补充道,"你什么时候相信过我的那些传言吗?"

克洛达赫夫人对这个人已经无话可说了;她把她藏在背后的那截断绳放在两支蜡烛之间;她丈夫沉默了,她转身离开。

等到他问起她,他得知她带着两个仆人离开了阿格豪尔,去了戈尔韦。

于是,他拥有了一切,这个狡猾、诡计多端的人!如果人们再说他一定得到了魔鬼的帮助,你还会觉得这是个奇迹吗?

此时,他不再受任何约束;因为一个女人的愚蠢行为,死者和被谋杀的男孩的所有财产都落到了他的手中,他可以随心所欲;除了私下议论,没有人敢说一句他的不好。

克洛达赫夫人在一个修道院里,背叛了灵魂的虚弱的肉体备受折磨。

在阿格豪尔,奥马利上校举办了狂欢,把克洛达赫夫人在时他与之保持距离的朋友、食客、马屁精都招到他身边;享受着他很轻易就从妻子那里骗来的物质,他们都很快活,他们玩游戏、赌博、放各种放荡的音乐、舞蹈、戏剧,放纵一切肉体的欲望,非常奢华。

她的死讯传来时,她的房子里挤满了这些人,而他正在她的床上喝酒(因为她离开了他,所以他没有那么清醒)。

她孱弱的身体没多久就经受不住她的忏悔;上帝(修女们说)怜悯她的悔恨;她死在那一无所有的忏悔室里,穿着苦衣,但这一切对享受邪恶果实的托蒙德·奥马利来说算什么呢?

她给他寄了一封信,贴着黑色封条;他把它塞入口袋,继续享乐。

然后,在宴会进行中,当他们拿出骰子盒,点上更多的蜡烛时,他突然离开房间，上楼来到年轻领主的房间。

在那里，他点燃了一根蜡烛，环顾四周；一切都排列整齐；男孩的地球仪、书、手套和手杖；床上的帷幔折得十分平整，窗帘也小心地放好。

托蒙德·奥马利打开百叶窗，房间里很闷；但是，山那边的月亮照射进来，他赶紧把脸遮住，好像他害怕寒光会发现他想要隐藏的东西。

他靠着结实的床柱打开了她的信；他为什么要读它？

它只会包含一个致命的诅咒；他拥有她的灵魂、荣誉、儿子和财产；因为他，她死得很惨，据她自己估计应该是极不体面的，这深情的女人！

但他借着月光读了她的信。

他的同伴们想起了他；那些浪荡子和地痞流氓讲着俏皮话和笑话，上楼来喊他，请他回来演节目。

克洛达赫写道：

"因为你，我获得了所有我所知道的快乐和幸福。"

他中招了。

他听见他们兴高采烈地走上楼来，要拉他回到他们的恶作剧中去，他把门闩上了；为什么他必须对自己进行审判并接受宣判？

他不知道；他的那帮罪人们从锁着的门外退下，低声咕哝着走开了，他从口袋里掏出一根断了的白色绳子，他一直随身带着，他把它系成一个套索。

弗洛伦斯·弗兰纳里

弗洛伦斯·弗兰纳里漫不经心地四处张望着,只见满是灰尘的楼梯上有一摊水,按照生活常识,她抬头寻找天花板上潮湿或滴水的地方。昏暗的墙壁只会使楼梯间积聚更多的灰尘,成为邪恶之物出没的地方,弗洛伦斯噘起嘴来。"一个邪恶、肮脏的地方。"她说。她喜欢所有镀金的、金边的东西和镜子,这些都能反射天鹅绒椅子的影像,于是她轻蔑地将褶边裙子拎得高高的,快步走到楼上的房间。她的丈夫跟随着;他们结婚一个星期了,在他们放纵的激情之下,从未有过任何幸福。丹尼尔·舒特现在没有寻找任何人;他厌恶这又潮又脏的家庭生活,他想知道当初他为什么要娶这个女人,用不了多久他就会痛恨她了吧。

看着站在大卧室里的她,他感到厌恶;她那俗艳的美丽,曾经在他昏昏欲睡、头脑混乱时带给他愉悦,但在老房子这里,在德文郡清新的空气洗涤下,他的视线变得清晰了,她粗俗不堪,就像一朵八月末开败的罂粟花。

"你当然不喜欢它。"他冷嘲热讽地说,他的大肩膀靠在一根床柱上,大手插在米黄色紧身长裤的口袋里,一头金发,因赶路而变得凌乱,垂在他斑驳的脸上。

"这不是你吹嘘的地方。"弗洛伦斯回答道,但很懒散。她站在窗前,看着那些小小的铅制玻璃窗;秋日的阳光斜照在这面玻璃上,上面刻着一个名字:

弗洛伦斯·弗兰纳里

生于 1500 年

"看这里,"女人激动地喊道,"这应该是我的祖先!"

她摘下手上的一枚大钻戒,在这行字下面刻上今年的年份,"1800"。丹尼尔·舒特走过来,站在她身后看了看。

"这个读起来很奇怪——'生于 1500 年'——好像你要说死于 1800 年,"他说,"好吧,我想她和你没有任何关系,我的魔术师,但她给你带来了好运,因为记住了这个名字,才让我在别人喊你的时候注意到了你。"

他说话粗鲁,她也用同样的语气回答:"不要太高估你自己的价值,舒特先生。我敢发誓,有很多人等着我挑呢!"

他咧嘴笑着说:"充当护花使者的人可能很多,但没人想成为你的丈夫,不是吗?"

他无精打采地走开了,尽管他已经沉沦了,但他内心还是会感到刺痛,因为他娶了一个歌剧院的科里班特人,一个他所知道的没有地位、无家可归、没有姓名的人,他永远都不会相信"弗洛伦斯·弗兰纳里"是她的真名。

然而,这个名字总是吸引人的;这太奇怪了,他竟然遇到了一个真正的女人,名叫弗洛伦斯·弗兰纳里,他对这个名字最早的记忆就是他好奇地用手指在那块钻石般的玻璃上画着那个名字。

"你从来没有告诉过我她是谁。"舒特太太说。

"谁知道呢?三百年前,亲爱的。肯定是一些老太太的故事。"

他走出了那间大卧室,她固执地跟着他下楼。

"舒特先生,这是你漂亮的庄园吗?这是你高贵的领地吗?舒特先生,我在这里过得怎么样?我可是为你才离开了伦敦的欢乐时光。"

她的声音尖厉刺耳,随着他一起来到楼下,进入那间已拆除的大客厅,他们在那里停了下来,像被困在陷阱里的野兽一样看着对方。

他一无所有,被讨债者从伦敦撵了出来,天天用酒精麻醉自己。

之所以娶她，是因为他害怕独处，害怕孤独，他需要一个伴侣为他一杯接一杯的酒水买单。他是一个有着粗俗欲望的人，靠婚姻获得了他没有能力支付的东西。她之所以嫁给他，因为她已经是半老徐娘，看不到未来更好的选择了，她也爱上了做一名淑女，管理一座海边的大宅邸——这就是她对舒特庄园的期待。

它本是一座宏伟的宅邸，但丹尼尔·舒特却把它遗弃了二十年，把它变卖一空，抵押还债，现在它荒芜凄凉，空无一人，污迹斑斑，只有一个心中有爱的女人才能用它打造一个家；但弗洛伦斯·弗兰纳里的心中从来没有爱，只有贪婪和卑鄙。

就这样，这两个人面对面站在一间狭长的房间里，房顶挂着一盏巨大的枝形吊灯，外面裹着一个满是灰尘的棕色荷兰包，墙上挂着蜘蛛网，冬日的阳光苍白无力地照射在未抛光的木板上，那里厚厚的灰尘暴露无遗。

"我永远不要住在这里！"舒特太太叫道，声音里带着一丝恐慌。她抬起双手放在心口，那是一种女性表达悲伤的手势。

一阵突如其来的怜悯在男人心中油然而生；他自己也没想到这地方会如此破败。有个无赖中介一直在帮他照看，他以为他会为接待他而做些努力。

弗洛伦斯见他闷不作声，面露些许羞怯的表情，便极力坚持她的观点。

"我们可以回去，对吗？"她说道，声音低沉，这对哄骗很有效，"回到伦敦，回到贝克街的房子？所有那些老朋友和老乐趣，舒特先生，再开一辆时髦的小敞篷车在公园里转转？"

"该死！"他懊恼地回答，"我没有钱。弗洛，我没有那该死的钱！"她听到他声音中带着苦涩，道出真理，她肤浅的理解力一下无法接受他对她的残忍欺骗。

"你是说你没有钱，舒特先生？"她尖叫起来，"要生活在伦敦还不够，亲爱的。"

"我只能住在这个肮脏的谷仓里？"

"对我的家人来说这里已经够好了，舒特太太，"他冷冷地回答，"对我们家所有的女人，小姐，都是有身份的女人。这对你来说已经足够好了，亲爱的，你的巴塞洛缪市场也没一个是体面高雅的。"

她被逼问得哑口无言，有点害怕他；他在他们最后一次停下来给马喝水的地方喝酒，她知道他喝醉时会是什么样子；她记得她和他单独在一起，他是一个大块头。

于是她蹑手蹑脚地走了，走进宽敞的厨房，一位老妇人和一个女孩正在那里做饭。

看到这一点，舒特太太有点振奋；她穿着褶边塔夫绸衣裙，长长的卷发，坐在开放式大壁炉旁，移动双手，展示戒指上闪烁的火光，不断摆动衬裙，让女孩能欣赏到她的小羊皮鞋子。

"我要用热情来恢复我的力气，"她说，"我走了很长的路，但最后却受到了冷冰冰的欢迎，任何一个女人都会生气。"

老妇人笑了，因为她很了解她这种类型的女人；就算是在村子里，也有这样的女人。

于是，她给舒特太太拿来了一些丹森葡萄酒和一盘饼干，两个女人变得很友好，在厨房昏暗的烛光下闲聊，而丹尼尔·舒特在老宅子里闲逛，他童年玩耍的地方荒芜破败，道路杂草丛生，树木被胡乱砍伐，乔木林已关闭，喷泉干涸了，周围的田野都被陌生人围了起来，看到这景象，就连他那颗腐朽的心都感到一阵剧痛。

他走到老鲤鱼池的时候，十一月里的月亮已经高高挂在雾气弥漫的广阔天空。

枯死的野草缠绕在长满苔藓、摇摇欲坠的石头上，黑暗的水面上满是乱七八糟、黏糊糊的东西。

"鲤鱼估计都死了吧？"舒特先生说。

他没有意识到自己说话声音很大，听到有人回答，他吓了一跳。

"我相信还有一些，先生。"

舒特先生猛地转过身来，隐约看见一个坐在池塘边上的身影，他的双腿仿佛半悬在黑水里。

"你是谁?"丹尼尔·舒特很快问道。

"我是佩利,先生,负责看管场地。"

"你的工作做得很差劲,"舒特先生生气地说。

"先生,这地方很大,一个人实在忙不过来。"他的身体似乎弯得越来越低,好像随时都会滑进池塘;的确,在半明半暗的情况下,舒特先生觉得他好像已经有一半身体在水里了;然而,说话间,他动了动,原来他只是俯身在鲤鱼池阴暗的深处。

借着月光,只见他是一个身材平平、行动迟缓、毫无生气的人,一双慵懒的大眼睛在苍白的月光下闪烁着微弱的光芒;舒特先生有一种感觉,这眼睛似乎是长在他头的一侧,斜视着他,但很快他发现这是一种错觉。

"谁雇的你?"他尖酸刻薄地问道,对此人心生厌恶。

"特雷加斯基斯先生,那个房屋中介。"那人回话时似乎带着浓重的外国口音,或者声音有点缺陷,随后他便走到了冬天的灌木丛里。

舒特回到家里,满腹牢骚;在阴森的客厅里,特雷加斯基斯先生正在等他——一个红脸的康沃尔郡人,他对着栏杆后的老板咧嘴一笑。他知道舒特先生的恶习,也知道舒特先生的难处,他曾看到舒特太太在厨房里和蔡斯老太太以及那个白痴脸的女孩聊着各种家长里短,喝着乡村葡萄酒，聊得太过于投入，激动得手一抖，酒洒在她的塔夫绸裙子上。

因此，他装出一副老熟人的腔调，舒特先生太沉默寡言，不会在意；老乡绅最后剩的波尔图酒全被端了上来，两人喝得酩酊大醉。

当蜡烛燃尽，酒瓶空了，壁炉里只剩最后一根木炭时，舒特先生问他在鲤鱼池那边的佩利是谁。

特雷加斯基斯先生告诉了他，但第二天早上舒特先生想不起来他说了什么；在他的记忆中，整个晚上都有一种梦幻般的感觉；但他记得，中介好像说，佩利是一个被遗弃的水手，从普利茅斯漂流而来，是无偿从事这项工作的。他是一个怪人，住在他自己建的一间篱笆围起来的小屋里，靠自己双手抓住的食物过活。

按他自己的说法，他在这里等什么东西已经等了很长时间，而且还要等下去；特雷加斯基斯还说，他很有用，最好还是别管他。

舒特先生依稀记得这些，他躺在大床上，凝视着窗户上在苍白阳光下反射的那个名字，"弗洛伦斯·弗兰纳里"，下面画着两个日期。

秋天的早晨，时间已经很晚了，但他的妻子仍然躺在他身边，沉沉地睡着，浓密的栗色头发披散在枕头上，丰满的胸脯随呼吸上下起伏，圆圆的脸像被康乃馨染红了，坚硬的钻石在她丰满的手上闪闪发光，人造珍珠从她弯曲的喉咙上滑落下来。

丹尼尔·舒特坐在床上,低头看着她俯卧的睡姿。"她是谁?她从哪里来?"他想知道。他以前从来都不深究,但现在他对妻子所有的事情都一无所知,这使他很恼火。

他晃了晃她裸露的肩膀,她在沉睡中打了个哈欠。"你是谁,弗洛?"他问道,"你一定清楚你自己的身世吧。"

女人看着他,眨了眨眼,把绸缎睡衣拉到胸前。

"我在歌剧院,不是吗?"她懒洋洋地回答,"我从来没见过我的家人。"

"我想你是从孤儿院或阴沟里出来的吧?"他刻薄地说。

"也许吧。"

"你叫什么名字?"他坚持说,"'弗洛伦斯·弗兰纳里',那根本不是你的名字,对吧?"

"我从来没见过第二个叫这个名字的。"她冷冷地回答。

"你不是爱尔兰人。"

"我不知道,舒特先生。我去过许多国家,看到了许多奇怪的事情。"

他笑了;他听说过她的一些经历。

"你见识了那么多,去过那么多地方,我不知道你是怎么把这一切都融入你的一生的。"

"我不知道我是谁。这就像一场梦,最像做梦的是躺在这里看着我三百年前写的自己的名字。"

她不安地扭动着身子,从床上滑了下来——一个眼中满是忧愁的漂亮女人。

"是酒营造了梦境,亲爱的,"舒特先生说,"昨晚我梦见一个叫佩利的家伙,他是我在鲤鱼池旁遇到的。"

"你在客厅喝酒。"她轻蔑地还击道。

"你在厨房喝呢,亲爱的。"

舒特太太把一条流苏丝绸披肩披在身上保暖,这是一位印度富豪送给她的。她打着寒战,哈欠连天,坐在了一张温暖的沙发椅上。

"这个弗洛伦斯·弗兰纳里是谁?"她漫不经心地问道。

"我告诉过你,没人知道。我小时候听老太婆们八卦,她们说,是在佛罗伦萨出生的一个爱尔兰女孩。她母亲是美第奇家的女儿,亲爱的,男的是个车夫!她,一个妓女,和一个在意大利旅行的年轻的舒特家的男子来到这里——他把她接回了家,就像我接你来一样!"

"他没有娶她?"舒特太太漫不经心地问道。

"他更聪明,"她丈夫粗鲁地说,"我是我们家里第一个傻瓜。她是一条真正的毒蛇。约翰·舒特带着她去航海;他开着一艘船去探索。他们还在普利茅斯谈论,等船驶入普利茅斯高地后,她将坐在鹦鹉、香料、丝绸堆里。"

"啊，好幸福！"舒特太太叹了口气，"当男人还是男人的时候，他们为自己的快乐付出了昂贵的代价！"

"舒特太太，你已经得到你的全部市场价值了。"他回答着，在床上打了个哈欠。

"我宁愿做约翰·舒特的情人，也不愿做你的妻子。"她回答说。

"你对他了解多少？"

"昨晚我在后楼梯上看到了他的肖像。古蒂·蔡斯给我看了。一个有着清澈高尚眼睛的人，手臂壮硕，孔武有力。"

"他就用这双手臂把弗洛伦斯·弗兰纳里赶出去的，"舒特先生笑着说，"如果你说的有一半是真的。在他们的一次航行中，他们遇到了一个年轻的葡萄牙人，他对这位女子很感兴趣，她把他带回了舒特庄园。"

"结果呢？"

"我只知道她被赶出去了，因为我想把你赶出去，我的美人！"舒特先生突然狂躁起来。他的妻子笑了，不和谐地站了起来。

"我来讲述故事剩下的部分。她厌倦了她的新恋人，他不是葡萄牙人，而是印度人，或者有部分印度人血统，他的名字叫达利，这里的人们称他为戴利。在一次航行中，她告诉约翰·舒特关于他的事，于是他被限制在南海的一个孤岛上——他被绑在一个非常巨大的石头神像上,忍受热带艳阳的炙烤。那神像一定是鱼神,因为在那座岛附近除了怪鱼什么都没有。"

"谁告诉你的?"舒特先生问道,"蔡斯老太太,又在瞎编?我以前从没听说过。"

"这就是这个故事,"他的妻子接着说,"她最后一次见到他,是他的身躯被牢牢地绑在一座咧着嘴笑的神像身上,而她坐在船尾上——凤凰号——驶离了。他诅咒她,并请求神明让她一直活着,直到他来向她复仇——他属于那类神所喜爱的人,或部分属于这类人。弗洛伦斯·弗兰纳里害怕了,慌忙驶离——"

"古蒂·蔡斯喝醉了!"舒特先生冷笑道,"故事的结局是什么?"

"没有结局,"女人阴沉地说,"约翰·舒特把她甩了,因为他的气运越来越差,我也不知道她后来怎么样了。"

"这是一个烂故事,也是一个愚蠢的故事,"丹尼尔·舒特一边咕哝着,一边审视着格子窗外阴冷的天气,"下楼看看房子里有什么吃的,地下室里有什么喝的,如果那个无赖特雷加斯基斯在那里,就让他到我这里来。"

舒特太太站起身来,使劲地拉了拉那根长长的羊毛刺绣的铃绳,生锈的铃铛叮当声大作。

"酒都喝光了,好伙伴们把你的口袋都掏空了,你怎么办?"她大声责问,"你自己去叫吧,舒特先生。"

他骂了句经典的伦敦脏话,从床上一跃而起,他穿衣服的时候,她蜷缩在椅子上;等他离开之后,她绞着手,低声哭泣,直到蔡斯太太端来一杯加酒热牛奶,帮她穿好衣服。看到那些杂乱的行李箱,舒特太太恢复了一些精神;她饶有兴趣地拿出自己的皮衣和摆裙,向古蒂·蔡斯展示着巴黎和伦敦最新的时尚,让她惊叹不已,同时也勾起了她的美好回忆。

"也许你会很惊讶,舒特先生不是我的第一任丈夫。"她摇着头说。

胖老妇人眨了眨眼。

"夫人,如果我知道他是你的最后一任,我会更惊讶。"

舒特太太大笑起来,但她的情绪很快就低落下来;她跪在地板上,滑落的华服压在膝盖下,透过写着自己名字的窗户,凝视着窗外空荡的树枝,寒冷的天空,最后几片干枯的树叶上下翻飞。

"我永远也逃不掉,"她悲伤地说,"这个地方对我来说不是什么好兆头。蔡斯太太,我曾经在意大利一个被诅咒的沼泽地里患过疟疾,它影响了我的记忆;有很多东西我无法拼凑在一起,还有很多东西我只能回忆起破碎片段——梦境、狂热,蔡斯太太。"

"把这个喝了,夫人。"

"不,"跪着的女人恶狠狠地回答,"这些酒不是用来淹没那些梦和狂热的吗？我希望我能把我知道的一半事情告诉你——我脑子里有很多美好的故事，但我一开口，它就消失了！"

她开始来回摇晃，哀叹。

"想想我和喜欢的年轻人一起度过的美好时光，穿着拖鞋，开着巴黎的小敞篷车，喝着酒，祝我健康，在维也纳郊外的普拉特散步。你简直不敢相信，这是多么美好啊！"

"你会安定下来的，夫人，就像女人通常的那样。"

的确，舒特太太似乎试图"安定下来"，她竭尽全力想要接受目前的生活，显得有那么一丝可怜。有几间房间铺着褪了色水洗绿色丝绸，她把这间占为己用，命人打扫干净，摆上她从房子的其他地方搜集到的家具摆设——旧镀金洗脸盆、洛可可风格的椅子、破旧的挂毯、破损的萨克斯或伦维尔花瓶，一两幅受潮发霉的彩色肖像，以及她自己行李里带来的一些俗不可耐的小玩意儿。

她聘请特雷加斯基斯先生在普利茅斯出售她的大钻石，为她的卧室购买淡蓝色缎子帷幔，买带斑点的细棉布铺床，一条用玫瑰围成的地毯，一张花哨的梳妆台，以及各种瓶装的香水、香膏、香精、麝香，浓烈，火辣。她说这些可以驱散苦味和霉味。

安排这种俗气华丽的场面是她唯一的事情。孤独的山谷里没有邻居，舒特先生越来越忧郁，整日独自饮酒；如此生活令他痛苦不堪，感觉还不如让债务人抓进监狱里。但面对命运，他愤怒地诅咒着。他极其鄙视仍在他名下的那部分财产；特雷加斯基斯先生依旧管理农场的事务，那个叫佩利的男人打理着花园——他沉默寡言、孤僻、郁郁寡欢的形象，给舒特先生留下了不好的印象，但他不要钱，而且还做一些杂役，比如给屋里搬柴火，清理灌木丛、枯草和大片荨麻，并把这些剁成草垛。

舒特太太在鲤鱼池旁第一次遇见他。她当时穿着一件镶有毛皮边的白色缎子披肩，戴着一顶大帽子，一个人在荒废的小路上徘徊。佩利坐在鲤鱼池边上，聚精会神地盯着阴暗的池水深处。

"我是新来的女主人，"舒特太太说，"感谢你把这里打理得井井有条。"

佩利抬头，用苍白的眼睛看着她。

"舒特庄园已经不是以前的样子了，"他说，"还有很多工作要做。"

"你好像在水池边待了很久，"她回答，"你在这儿做什么？"

"我在等一个东西，"他说，"时间还没到，舒特太太。"

"我听说你是个水手？"她好奇地问。这个拖拖拉拉、不伦不类、穿着黑绿色衣服的人很难描述；他很奇怪，看上去好像没有骨头，既看不出肩膀，也看不出臀部，只是从一个斜坡滑入另一个斜坡，好像他松弛的肌肉下面没有骨骼支撑。

"我一直在海上，"他回答，"像您一样，舒特太太。"

她放声大笑起来。

"真希望我现在在海上，"她回答，"这里对我来说太可怕了。"

"那您为什么留下来？"

"我也想知道。我似乎无法逃脱，就像我一定会来这里一样，"说话间，她发出一声哀号，"难道我必须要等到舒特先生醉死吗？"

猛烈的风吹过池塘，平静的水面上涌起一道小浪。她，也是曾经的那个弗洛伦斯·弗兰纳里，被风刮得直发抖，于是转身，咕哝着沿着小路向那座破败的房子走去。

看到她的丈夫正在脏乱的客厅里和特雷加斯基斯先生玩比齐克牌，她冲着他们大发雷霆。

"你干吗不把那个叫佩利的人赶走？我恨他。他不干活——蔡斯太太告诉我，他一直坐在鲤鱼池旁边，今天我看见他了！"

"佩利没事，舒特太太，"特雷加斯基斯回答，"他干的活比你想象的要多。"

"他为什么留在这儿？"

"他在等一艘即将抵达普利茅斯的船。"

"把他打发走，"舒特太太坚持说，"你就知道呆坐着，难道这个地方还不够令人忧郁吗？"

她对那个男人的反感和厌恶近乎一种恐慌，她的丈夫酒喝多了，被她的恐惧感染，也有点怕了。

"这家伙什么时候来的？"他问道。

"大约比你早一周，他是从普利茅斯来的。"

"我们知道的都是他自己说的，"舒特先生酒醉后狡黠地回答，"也许他是那些该死的债主派来的一个卧底！你说得对，弗洛，我不喜欢那个混蛋——他看我时，我恨不得把他劈了！我要把他赶走。"

丹尼尔·舒特摇摇晃晃地从椅子站起来，这时特雷加斯基斯耸了耸肩，说道："这个人是无害的，先生；要说的话，就是愚蠢，但很有用。"

尽管如此，舒特先生还是穿上他的披风大衣，跟着妻子来到灰蒙蒙的花园。

鲤鱼池并不在房子附近，等他们到那里时，阴沉的暮色已经降临，空气变得寒冷而污浊。

参天大树现在光秃秃的，在凄凉的夜空中，黑色树枝的残影摇曳着；每一条小路、小巷，随处可见成片成堆的枯草；鲤鱼池边隐约可见一尊没有眼睛的雕像的轮廓，在死亡苔藓的重压下摇摇欲坠。

佩利不在那里。

"他应该在他的小屋里，"舒特先生说，"睡觉或者监视——那个丑陋的老魔鬼。我会把他送走的。"

舒特夫人跟随丈夫穿过噼啪作响的灌木丛，她外衣上死去的白牡蛎发出奇怪的光芒。

在浓重的暮色中，他们找到了那间小屋，那是一种由荆棘巧妙地交织在一起的奇怪建筑，里面什么家具都没有，只能起个防风防雨的作用。

佩利不在那里。

"我会把他找出来的，"舒特先生咕哝道，"即使我要在外面找一整晚。"

他那半醉半醒的头脑把这个陌生人当作他所有不幸的象征，是为他所有的恶行来报复他的。

他的妻子转过身，她的长外套被灌木丛缠住了；她闷闷不乐地朝鲤鱼池走去。

没一会儿，她厉声尖叫起来，舒特先生赶回到她的身边。她弯着腰站在那里，一只丰腴的手颤抖地指着池塘的阴暗深处。

"那个混蛋！他淹死了！"她大喊着。

见她吓得花容失色，舒特先生疲惫的神经一下紧张起来；他握紧她的手臂，凝视着她手指的方向；池塘较浅的一边有一个黑乎乎的东西，一个又大又黑的东西，一双苍白扁平的眼睛，闪着寒光。

"佩利！"舒特先生的呼吸变得急促。

他惊恐地弯下身去,随后爆发出颤抖的笑声。

"这是一条鱼,"他宣布道,"一条老鲤鱼。"

舒特太太现在终于看清楚水中的怪物是一条鱼;她能辨认出它宽大的下巴,在黑暗中隐约可见的背鳍,以及土黄色和暗白色的斑驳皮肤。

"它在看我,"她喘着气说,"杀了它,杀了它,这个可恶的坏蛋!"

"它——它——太大了。"舒特结结巴巴地说。他捡起一块石头却不敢砸;大鱼似乎意识到了他的意图,一下溜进了池塘阴暗的深处,在水面上留下了一道缓慢的涟漪。

丹尼尔·舒特这会儿才缓过神来。

"只是一条老鲤鱼,"他重复道,"我要把这东西抓住。"

舒特太太哭泣起来,绞着手。她的丈夫粗暴地拉着她回到屋里,把她留在那里,拿了一盏灯笼,在特雷加斯基斯先生的陪同下回来寻找佩利。

这一次,他们发现他坐在池塘边他惯常的位置上。舒特先生突然改变了主意,不想把佩利打发走了;他有一个模糊的想法,他希望有人能监视着这个池塘,那么这个人除了佩利还能有谁呢?

"看这里,伙计,"他说,"池塘里有一条大鲤鱼——一条非常大的黑色老鲤鱼。"

"它们活了几百年,"佩利说,"但这条并不是鲤鱼。"

"原来你知道是吧?"舒特先生问道。

"我知道。"

"好吧,我要你抓住它——杀了它。抓不住就一直在这儿盯着——我讨厌它!"

"盯池塘?"特雷加斯基斯先生提出抗议,他拿着灯笼,语气冰冷,愤愤不平,"该死,先生,这东西能干什么?它离不开水。"

"我,"舒特先生咕哝道,"并不这么认为。"

"你喝醉了。"特雷加斯基斯粗鲁地说。

但舒特坚持自己的观点。

"看着池塘,佩利,日夜看着它,直到你抓到那条鱼。"

"我会看着的。"佩利回答,依旧保持着蜷缩的姿势。

两个人回到了那座破旧的房子里。舒特先生摇摇晃晃地来到楼上,他发现他的妻子点着半打蜡烛,用俗气的薄纱帘把大床围了一圈,此刻她正蜷缩在这纱帘之中。

她紧握着一枚念珠,嘴里含混地喊着什么,不时将念珠举到嘴边。

舒特先生扑倒在床侧。

"我都不知道你还是一位信徒,弗洛。"他冷笑着说。她抬头看着他。

"这个故事触动了我,"她低声说,"那个被绑在鱼神身上的男人——诅咒——他跟着她——追了三百年,直到她回到他们曾经相爱的地方。"

丹尼尔·舒特发觉她喝酒了，便坐到椅子上。

"又是古蒂·蔡斯的八卦，"他打了个哈欠回答，"还有那条该死的丑鱼。我已经安排佩利去抓了——让他看着池塘，直到抓住那条鱼。"

她瞥了他一眼，似乎松了一口气。

"不管怎样，这跟你有什么关系？"他接着说，"你又不是那个把他留在岛上的荡妇！"他放肆地大笑。

舒特太太躺在枕头上。"只要有人看着池塘，"她喃喃地说，"我不担心。"

但夜里，她神志不清地翻来覆去，气喘吁吁，嘴里说着载着奇怪商品的大船，说着熊熊燃烧的大海中的孤岛、直插天际的巨大石头神像，说着一个遭受着折磨和诅咒的男人追踪一个女人。她的丈夫摇醒她后，便独自一人到沉闷的客厅的沙发上去睡了。

第二天，他找蔡斯太太谈话。

"你的那些新鲜事和谎言已经令你的女主人晕头转向了。天哪！她就像个疯子，满脑子都是你那一大堆蠢事！"

但古蒂·蔡斯抗议说她什么也没和她说过。

"那个故事是她讲给我的，先生，她说她是在一本旧书中看到了这个故事。对弗洛伦斯·弗兰纳里我能了解多少？你小时候多次问过我关于她的事，除了她是一个令舒特庄园蒙羞的贱人，其他我一概不知。

我能知道些什么？"

听了这些，丹尼尔·舒特言辞激烈地询问他的妻子，她到底是从哪里得到了她胡言乱语的故事？但那女人郁郁寡欢，闷不作声，什么也不肯告诉他。她一整天都这样，但当冬日几个小时的白昼过后，她又陷入了无休无止的恐惧之中，像失去理智了一样胡言乱语，捶胸顿足，亲吻着念珠，嘴里咕哝着西班牙语："我的罪过，我的罪过，我的罪过！"

舒特先生本人无论如何都无法忍受这种事情；他留下妻子一人，和特雷加斯基斯一起睡在另一个房间里。

冬天把荒凉的乡村冰封了起来；佩利依旧守在池塘边，舒特夫妇依旧在这所破旧的房子里过着他们无法忍受的生活。

白天，舒特太太稍稍清醒一些时，她甚至会穿着华丽的衣服，在熊熊燃烧的火堆旁与蔡斯太太闲聊，但夜晚她就会被恐惧占据，因怯懦，吓得直发抖；她梦魇般恐惧的对象正是她在池塘里看到的鱼。

"它离不开水的。"人们告诉她。

但她总是回答："来这里的第一天晚上，我看到楼梯上有水渍。"

"我的上帝，我的上帝！"丹尼尔·舒特说，"这就像和被判死刑的人生活在一起。"

"从普利茅斯请位医生过来吧。"特雷加斯基斯建议。

但舒特不同意，因为他害怕有人将他的行踪透露给那些债权人。

"与其死在弗利特河上,不如在这里腐烂。"他愤愤地说。

"那就把她带走——别再让她碰酒瓶。"

这两件事,这个可怜的丈夫都做不到;他没有钱,对舒特太太也没有影响力。他的确对她的痛苦漠不关心,只不过这些痛苦对他也产生了影响,他逐渐习惯了她崩溃的样子;他知道,像她这样的女人在这样的情况下崩溃并不奇怪,他的生活已经如此悲惨,他根本不在乎它继续变得恐怖。

他开始在佩利这个人身上找到一种特殊的安慰,他沉默寡言,行动迟缓,举止古怪,但仍在工作,盯着池塘,毫不懈怠,令人钦佩。

在一个一年中最黑暗的晚上,也就是圣诞节前的一个漆黑的夜晚,舒特太太的尖叫声引得她丈夫上楼查看。

她的房门没有锁,只见她坐在床上,在他手里握着的小蜡烛的烛光中,他看到她胳膊上有一些红色的痕迹。"让他杀了我,就此了断吧。"她喋喋不休地说着。

特雷加斯基斯先生推门进来,粗暴地抓起她的胳膊。"她自己干的,"他喊道,"这些是她自己牙齿的印记。"

但舒特太太可怜地叫道:

"他扑通扑通走上楼梯,把门闩弄坏了;他跳上了床!哦!哦!哦!这不是那张床吗?就是我当时睡的那张床——约翰·舒特不在的时候,他不是经常偷偷钻进这个房间吗?"

"还在想着那条该死的鱼,"特雷加斯基斯先生说,"我相信你们两个人谁都没看见,先生——佩利一直在那儿盯着,他什么也没看见。"

舒特先生咬着指甲,低头看着妻子扭动的身影。

"把所有的蜡烛都点上,可以吗?"他说,"今晚我要和这个可怜的傻瓜待在一起。"

见特雷加斯基斯先生遵从指示,他走到门口,高举着他的小蜡烛向外看去。

在布满灰尘、无人在意的楼梯上,有一摊一摊的湿泥浆和一长串黏液。

他呼喊特雷加斯基斯先生。

"啊!"这个康沃尔郡人惊呼,"这是古蒂·蔡斯水缸里的。"

第二天早晨外面刮着风,舒特先生走出去,在刺骨的寒风中瑟瑟发抖,他来到鲤鱼池。

"我不想再出现像昨晚那样的情形。"他说。

"你今晚睡在我妻子的门对面——她以为那条可恶的鲤鱼在追她——"

说完,自感这话太过荒谬,他痛苦地笑了起来。"这是我演的一出漂亮哑剧。"他咕哝道。在可怕的好奇心的驱使下,他上楼去看望他的妻子。

在拖拉的薄纱窗帘之中,她抱住膝盖坐在摇摇晃晃的床上;一团不怎么旺盛的火在这间大屋子寒冷的深处不断闪烁着;一阵风快速刮过,一直吹到窗户周围,正是那扇窗户上写着弗洛伦斯·弗兰纳里的名字。舒特先生颤抖着。

"我一定要把你带走,"他说,心里不由得害怕起来,"这个该死的地方——看来,舰队似乎比这里好点。"

她看着他,双眼毫无光泽。"我走不了的,"她痴痴地说,"我来这里是要死的,你没看见窗户上写着'死于1800'吗?"

他穿过房间,凝视着玻璃上的划痕。确实有人在最后一个日期前加上了"死亡"这个词。

"这些都是疯子的把戏,"他紧张地说,"你认为只有一个弗洛伦斯·弗兰纳里吗?"

"你认为有两个吗?"她严肃地说。

她蜷缩在床上,披散着头发,看上去很可怕,她曾经丰满的脸庞,如今两颊深陷,脏兮兮的绸缎长袍披在身上,露出她起伏的胸脯,她整个人包括表情都是痛苦的、恶毒的、可怕的。丹尼尔·舒特赶紧用手捂住眼睛,仿佛要抹去某种毫无由来的恐怖幻象。

他被一种头晕目眩的幻觉震住了;他似乎进入了另一个世界,在这个世界里，许多奇怪的事情都成为可能。

"你是什么？"他不安地问道，"他追了你将近三百年？你受的惩罚还不够吗？"

"哦，哦！"女人呻吟道，"别让他进来！别让他进来！"

"今晚我让佩利守着门。"舒特先生低声说道。

他蹑手蹑脚地走出这可怕的房间；他现在不觉憎恶起他的妻子，但不知何故，他又觉得有必要把她从不可战胜的愤怒中拯救出来，这些愤怒正以某种可怕的方式追着她。

"她是个疯子，"特雷加斯基斯先生粗鲁地说，"你得把她关在那间屋子里——她过的生活，这个地方，以及名字的巧合，都不难解释。"那天晚上，降下了一年中的第一场雪，忧郁的雪花在舒特庄园四周肆虐的风中挣扎。

在最后一缕阳光中，佩利来执行他的任务。死气沉沉、沉默寡言，倾斜的肩膀、不起眼的衣服，他慢慢地走上楼，在舒特太太的门外坐下。"他似乎知道路。"丹尼尔·舒特说。

"你不知道他在家里工作吗？"特雷加斯基斯先生反驳道。

这两个人像往常一样睡在客厅，睡在硬马毛沙发上，那里放有枕头和毯子；晚餐的残羹冷炙就摆在桌子上；他们睡觉前给炉火里堆了一块大圆木。舒特的神经状况不允许他冒险在黑暗中醒来。

风停了，柔和的雪花平稳降落，填满了苦夜的黑暗。

祖父的大钟敲了三下，丹尼尔·舒特坐起来，对他的同伴喊道："我一直在梦中思考，"他说，牙齿咯咯作响，"是佩利还是戴利？你知道那个人名叫达利。"

"闭嘴，你这个傻瓜。"中介凶狠地回答。一声嘶哑而刺耳的尖叫，打破了寂静，接着又传了一阵外语的叫喊声，他随即用胳膊肘一撑坐起身来。

"疯女人。"特雷加斯基斯先生说。但丹尼尔·舒特却只是把衣服拽起来，塞进抖得咯咯作响的牙齿之间。

"我不上去，"他咕哝道，"我不上去！"

特雷加斯基斯先生穿上裤子，把毯子披在肩上，在火堆中点起一根蜡烛，走上破败的楼梯，来到舒特太太的房间。借着蜡烛的微光，他看到在肮脏的楼梯木板上再次出现潮湿的痕迹。

"古蒂·蔡斯带着她的蜜糖罐和牛奶甜酒，"他低声说，然后大声喊，"佩利！佩利！"

舒特太太的门开着，门外并没有人。特雷加斯基斯先生进来了。

曾经是弗洛伦斯·弗兰纳里的她，平躺在她俗气的沙发上，身上深深的伤口似乎是被牙齿凶残地撕裂的；她看上去老极了，干瘪不堪，令人厌恶。

舒特先生从黑暗中匆匆跑上楼时,特雷加斯基斯先生已经退出房间,来到楼梯口,烛光在他四周摇曳。

"佩利走了。"特雷加斯基斯先生低声说。

"我看见他走了,"舒特先生语无伦次地说,"我借着火光壮着胆走到门口,一条大鱼,嘴上沾满鲜血,哧溜哧溜滑走了。"

凯克西

两位年轻的绅士从坎特伯雷骑马而来，兴高采烈，醉醺醺的，沿着蜿蜒的道路穿行在丘陵地带。他们摇摇晃晃地坐在马鞍上，大喊大叫，高声吟唱。

头顶的天空昏暗，笼罩着这片开阔地带，一边是大海，一边是肯特郡的田野。

沟渠里生长着茂密的报春花，树篱上满是山楂新鲜嫩绿的枝条，还有新长的灰色的鹅掌楸和金银花的叶子，长长的灰色枝条上长着坚挺的黑色花蕾，柳树新抽的嫩黄枝条上挂着柳絮，榛子树和桦树则垂着一个个红色小花穗。这两个年轻人对这些完全不感兴趣，他们对这里太熟悉了，这可是他们自己的地盘。尼古拉斯·贝塔普望着远处的紫色小山，眨巴着眼睛，咒骂着正在积聚的雨云。"还有十英里的荒原，"他咕哝着，"一场大风暴正在向我们袭来。"

内德·克雷顿喝得多些，昏昏沉沉，笑着说道："我们就在路上找一间农舍，尼克，你看，我还从来没和一个农户同床共枕过呢！"

他唱起歌来：

"古老的磨坊里有一盏灯，巫婆做法变美女；黑暗的房间里，你睡在我的怀里。魔法、诡计、咒语送你来到我身边，我拥有你，拥抱你，好好地爱你！"

乌云像一支行进的军队，很快便追上了他们；紫色的天空显得危机重重，路边的绿色被映衬得青一块紫一块的，鸟儿们都安静无声。

"这雨休想淋到我，"年轻的贝塔普咕哝着说，"内德，从你的这些乡巴佬里找一家避避。该死，怎么都是谷仓！"

"我们很快就要到班奈尔农场了，还是我们已经路过了？"克雷顿困惑地回答，"这有什么？像你这样胆大的鸟，还怕几滴雨不成？"

"我的肺没你的强壮。"贝塔普回答说。他确实体格比较纤细，穿着大衣，裹着围巾，非常小心。

"但是你的喉咙一样宽呀！"克雷顿笑着说，"上帝保佑你，别像个老妇人一样捏着嗓子讲话——醉得像一只剃了毛的鹦鹉。"

"哗啦啦,甜心,哗啦啦,五月,如果我错过此次会面,我还会再来。"

他的同伴完全没在意他的胡言乱语,他正靠那仅存的感知力,敏锐地搜寻庇护所。就凭他仅存的洞察力,他也能够感知到即将来临的暴风雨将是多么猛烈,而这片广阔的原野上,唯一的人家似乎就是那些远处田野里的简陋小屋。

他一改刚才玩笑的态度,随着第一滴刺骨的冰雨落下,他用从坎特伯雷来时路上喝酒的酒馆里学会的那些话,肆无忌惮地咒骂。

他们催促着疲惫的马匹,他们登上了一个小山丘;正前方是一棵被橡树炸毁的银灰色的残骸,像打磨光滑的骨头,竖在一小潭死水边(当时雨水少,东风紧),几只发抖的母羊蜷缩在一起,躲避即将到来的暴风雨。

再过去,一座简陋的小屋从光秃秃的田野里冒出来,黑色的木料,白色的灰泥,高耸的茅草屋顶。更远的地方,山顶覆盖一片榛树林,孤独地显露于云层之上,云层以下较低的地方一直斜插入沼泽。

"我们可以在这里躲避一下,尼克。"克雷顿喊道。

"这地方很肮脏,这家人的名声也不好,"庄园主反对道,"有些人说从古蒂·博伊尔家的窗户里看到魔鬼现身——但只要你高兴,你脆弱的心灵能接受,我没意见。"

他们翻身下马,推开腐朽的大门,牵着马穿过坚硬干燥的牧场,用鞭子敲着农舍的小门。

灰树下的灰羊看着他们，虚弱地咩咩叫；雨开始下了，像阴暗的云层中射出的飞镖一样。

开门的是一位衣着整洁的妇女，一双洗刷过的大手，恐惧不安地看着他们；因为如果她的名声不好，他们的名声也好不到哪去；庄园主是一个有名的玩闹派，无拘无束，他无所事事，便和博迪亚姆的尼古拉斯·贝塔普爵士一起四处游荡享乐，很快就挥霍光了一大笔钱财。

两人都没少参与流血事件；至于荣誉，早就被剥夺了，就像小水塘旁那棵被炸毁的橡树，光秃秃的，没有一片树叶。

此外，他们俩现在跟往常一样，喝醉了。

"我们需要地方躲雨，古蒂·博伊尔，"克雷顿大声说，一边把缰绳扔给她，一边挤了进去，"把马牵到马厩里去。"

女人无法拒绝那个能让她瞬间无家可归的男人；她嘶哑、含混地喊了一个名字，一个粗鄙的男孩走了过来，把马牵走了。两个年轻人东倒西歪地走进了小屋，他们高高在上的身份使小屋变得矮小。

内德·克雷顿是一个精致的年轻人，虽然难免傲慢、放肆，但他仍然保有光鲜的外表，他那圆润的脸型、温暖的肤色、卷曲的金发，他身着缀着外国蕾丝花边的蓝色袍子、鹿皮马裤、筒马靴、法国佩剑、金戒指、金表链，也不怕这一身行头会招来什么样的危险。

尼古拉斯·贝塔普爵士肤色较深，更柔弱一些，他体质瘦弱，从他脸上也看得出；他的衣着华丽浮夸，举止更加傲慢威风。

两人中，他的名声更差；他还没有结婚，恶行不断；而克雷顿有一个年轻的妻子，他以自己的方式爱着她，她制止了他的一些行为，降低了一些伤害，在经历了五年悲惨的婚姻之后，她仍然崇拜他，对他非常忠诚，就像其他一些女人一样。

雨下得很大，农舍的小玻璃窗上沾满了水。

古蒂·博伊尔把圆木放在火上，用风箱鼓风吹火。这是一间简陋的白色房间，里面除了几个木凳、一张桌子、一个捕鳗叉外，什么也没有。

桌上摆着两只大蜡烛。

"这是干什么用的，古蒂？"克雷顿问道。

"为死者准备的，先生。"

"你死在房子里了？"尼古拉斯爵士靠在壁炉旁暖手，大声问道，"你想把这里的死人怎么样，你这个笨蛋？"

"这不是我家的死人，我的主人，"那女人恶狠狠地说，"死的是一个在这里避雨的人。"

"可恶的女巫！"克雷顿咆哮道，"你听到了吗，尼古拉斯！来这里——死了——现在你要给我们施咒语了，你这个丑陋的荡妇——"

"我没有施咒，"女人平静地回答，搓着她干净的大手，"他病了很久，死于这里的一场疟疾。"

"是谁带来的疟疾？"克雷顿醉醺醺的，严肃地问，"又是谁派他来的？"

"也许就是送我们来的那只命运之手。"尼古拉斯爵士笑着说，"尸体在哪里，古蒂？"

"在隔壁房间——我这只有两个房间。"

"两间，不少了——你只需要一捆柴和一卷引线就可以点燃它了——彻头彻尾的女巫，坏透了，"克雷顿咕哝道，他摇摇晃晃地从凳子上站起身，"尸体在哪里？我看看他是不是自然死亡。"

"你不先问问是谁吗？"女人打开内室的门闩，问道。

"我为什么要在乎？"

"是谁？"尼古拉斯爵士问道，他虽然喝多了，但头脑还算清醒。

"罗伯特·霍恩。"古蒂·博伊尔说。

内德·克雷顿一下子清醒了，盯着她。

"罗伯特·霍恩，"尼古拉斯爵士说，"他终于死了，你妻子会为此高兴的，内德。"

克雷顿面带愠色，冷笑了起来。

"我已经把他击垮了——她不用再害怕一个迷茫的可怜虫，被丢弃在沼泽地里，死于疟疾。"

但尼古拉斯爵士却听到了不同的说法；甚至内德自己也告诉过他，安妮·克雷顿在罗伯特·霍恩的追求下吓得直哆嗦，她会在黑夜中醒来，像个迷路的孩子一样，因为害怕而大哭。在她结婚前，他就向她求过爱；在她结婚后，还不断疯狂大胆、傲慢自负地追求她，他最终受到了公正的裁决——他被放逐到沼泽地，断了前程。

"好了，先生们，"古蒂·博伊尔略带外地口音，细声说道，"夫人现在可以睡个好觉了，罗伯特·霍恩再也不会打扰她了。"

"你认为他曾经打扰过我们吗？"克雷顿粗声粗气，信誓旦旦地说，"我扔他出去，就像扔一条在门槛上扭动的蝰蛇——"

"内德，真奇怪，他竟然没有给你传播疫病。他有一些可怕的手段，对邪祟之法深有研究。"

"一个术士。上帝保佑我们。"女人补充道。

"魔鬼果然不是个好主人，"克雷顿笑着说，"他既不能帮助罗伯特·霍恩赢得安妮的青睐，也不能阻止他在花季的年龄躺在这冰冷的床上。"

"魔鬼，"尼古拉斯爵士微笑着说，"他太忙了，内德，帮你讨那位女士的欢心，还给你一张温暖的床。你才是魔鬼更喜爱的弟子。"

"哦，贵族老爷们，你们能不能少说些疯话？屋子里还有一个迷失之人的尸体，他的灵魂还在暴风雨中飘零。"古蒂·博伊尔乞求道。她又锁上了内室的门。

此刻,农舍里一片漆黑;透过雨水拍打的窗户,一道道阴影掠过丘陵,淹没了山谷。在雨水冲刷的田野里,可怜的母羊们蜷缩在水塘旁光秃秃的橡树下,水塘原本的死气沉沉现在被急促的雨点打破了;一声低沉的雷声从地平线上传来,一道从天而降的可怕闪电,将所有绿色植物映照得格外青翠。

"我要见他,"内德·克雷顿大摇大摆地说,"我要看看这个快乐的追求者,穿着人生最后一件罩衫的样子!——这样我就可以向安妮发誓,他确实带着他那多情的微笑去见蚯蚓了。"

"随便你怎么看,"尼古拉斯爵士回答,"睁大眼睛好好看——"

"但是,先生们,你们应该还记得,他是一个古怪的人,死得很古怪,没有牧师或神父为他祈祷减轻痛苦,也没有人驱赶站在他头上和脚上的恶魔。"

"你看见那些恶魔了吗?"内德好奇地问。

"不要质疑我看到了什么,"那女人咕哝道,"你自己也会看到的,克雷顿先生。"

她再次打开内室的门闩,内德这才弯腰低头走了进来。

"你好,罗伯特·霍恩,"他嘲笑道,"我们上次不欢而散,但你欠我的债现在还清了,我向你问好。"

死者躺在一张窄小的硬床上，上面覆盖着一张白色粗布床单，大致能看出他的样子；他的头靠着窗户，在雨水冲刷的田野和阴暗的天空映衬下，窗口一片茫然；这间凄惨的房间里，灯光冰冷，不带任何色彩地照射在白色的床单上。

尼古拉斯爵士在门口闲荡；他不怕死人，只怕自己死。他站得那么远，还是有一点恐惧。

"看看是不是罗伯特·霍恩，"他催促道，"还是这个恶婆娘在撒谎。"

克雷顿把床单翻了下来。

"是罗伯特·霍恩。"他说。

死者下巴翘起，金色的头发披散在粗糙的枕头上，五官显得尖刻、可怕。内德·克雷顿战胜了他，开着下流的玩笑，有关于爱情的，有关于死亡的，他嘲笑这位伟大的追求者，他曾为爱情而疯狂，被欲望驱使，现在却无能为力。

尼古拉斯爵士在门口听着，大笑着，还不忘补上一些恶毒的嘲笑；他们俩都恨罗伯特·霍恩，因为他是一个违抗他们的人。

但古蒂·博伊尔用手捂住耳朵悄悄离开了。

这两个人羞辱够了，便把床单盖在死者脸上，回到了外面的房间。内德要喝杯酒，他说古蒂·博伊尔是一个有名的酒贩子，有一个藏满好酒的地窖。

于是那个粗鄙的小男孩端上来了几杯白兰地和一瓶法国葡萄酒，这两个人坐在火炉边，大口喝着；古蒂·博伊尔为这杯酒找了个借口，说罗伯特·霍恩临死前给了她两枚金币（不是削得很薄的硬币，而是又厚又重的），作为他的葬礼的费用和款待那些来参加他葬礼的人。

"他能指望哪些哀悼者呢？"内德·克雷顿笑了，"乌鸦，甲虫，还是死神卫蜘蛛？"

但古蒂·博伊尔告诉他，罗伯特·霍恩在沼泽地放逐期间交了朋友；毫无疑问，他们都是诡异，甚至可怕的人；在罗伯特·霍恩下葬之前，他们决定今晚要来陪他坐坐。

"那么，古蒂，是谁将罗伯特·霍恩的死告知了这群恶魔的信众？"尼古拉斯爵士问道。

她回答说，罗伯特·霍恩病了不是一天两天，他已经和沼泽热斗争了很长一段时间。每次疟疾发作之前，他都像个好人一样，他的朋友们会来看他；前来询问他状况的信使是托拉，一个怀抱紫罗兰的埃及女孩。

暴风雨现在变得狂暴不已，低声咆哮着，阴沉地绕着小屋转，雨越下越大。

"罗伯特·霍恩死亡的过程很缓慢，"尼古拉斯爵士说，"那时候他说了些什么？"

"一个女人，先生。"

"我妻子！"内德喊道。

古蒂·博伊尔愣愣地摇了摇头。

"我对此一无所知。他叫她安妮，甜美的安妮，并发誓要占有她——就说了这些，非常直白。"

"但他死的时候一败涂地，"内德在凳子上摇摇晃晃地说，"他会在外面的圣地里腐烂。"

"他们会把他葬在'逝者之地'，那里到处都是旧骨头，没人耕种，也没有羊会去那里吃草，"女人回答，"我得去看看瘸子乔纳斯，他答应把坟墓挖好，但这场雨可能要耽搁了。"她精明地看着他们，补充道，"就是说，先生们，你们需要和罗伯特·霍恩的尸体单独待在一起。"

"我只当他是一只死狗。"内德·克雷顿回答。

女人走后，在法国白兰地的作用下，他想到了一个粗俗的恶作剧。

"为什么罗伯特·霍恩会得到这么多荣誉，不管是来自流氓还是埃及人？让我们愚弄一下他们，我把尸体扔进牛棚，我躺在床单下面，一下子坐起来，把他们都吓一跳，还以为撞见魔鬼了！"

尼古拉斯爵士盛赞这一提议，他们蹒跚地走进内室，北边一片巨大的云层挡住了窗户的光线，内室变得非常黑暗。

他们从罗伯特·霍恩身上扯下床单，发现另一张床单从下巴开始包裹着他的身体；两人把他抬到后门，在暴风雨中搜寻着扔掉尸体的隐秘地方。

内德·克雷顿看到一片野芹地，叫喊道："把他扔到凯克西里去。"凯克西是野草的乡下名字。

他们把尸体扔进野芹里，野芹的高度不足以藏住他，也无法遮掩洁白的床单，于是他们从榛树丛中折下树枝，把他盖上，然后笑着回到小屋，从前窗向外张望，看到古蒂·博伊尔在雨中艰难前行，内德赶紧脱下帽子、外套，摘下佩剑，把它们堆放在床下，接着尼古拉斯爵士把他裹在床单里，一直裹到下巴，然后让他躺在枕头上，再把另一张床单拉到他身上盖好。

"你要是睡着了，不要打呼噜。"尼古拉斯爵士说完，便回到炉火旁，点燃他那装满弗吉尼亚烟草的长烟斗。

古蒂·博伊尔头上披着湿披肩走进来，身后有两个衣衫褴褛的家伙，他们恶狠狠地盯着这位穿着鲜艳、留着深色卷发的绅士，只见他懒洋洋地躺在火炉旁，看着烟斗里冒出的烟圈。

"克雷顿先生已经骑马回家了，"他说，"但我不想冒这个险。"

他又呷了一口白兰地，冲他们笑了笑。因为知道他是什么样的人，两人咕哝了点什么，便走进了死囚室，蹲在小床前——尼古拉斯爵士刚刚把内德·克雷顿安置在床单下面。

不久，又来了一些人，埃及人、捕鳗人和其他捕鱼者、被流放的人以及流浪汉，他们悄悄走到尸体旁边看着。尼古拉斯爵士紧跟在他们后面，就等着看死者抛开裹尸布坐起来，大家发出恐惧、受惊的尖叫声。

但是守夜一直持续到夜幕降临，两支蜡烛也点燃了，内德·克雷顿仍然没有任何动静，也没有在床单下打鼾或呕吐，尼古拉斯爵士有些等不住了，这时雨已经停了，他也厌倦了这里污浊的空气和怪诞的人群。

"那个傻瓜，"他想（因为他即使还在喝也能保持清醒的头脑），"已经醉醺醺地睡着了，忘记了那个恶作剧吧。"

于是他挤到床前，把床单翻了下来，低声说：

"这个恶作剧时间越长就越没意思了。"

但话到嘴边，他愣住了，因为他看到一张死人的脸。听到他的喊声，人们都围了过来，叽叽喳喳地询问起来，他将他们计划的恶作剧和盘托出。

"但这一定是魔鬼的作为，"他补充道，"因为尸体又回来了，或者说内德·克雷顿死后尸僵，变了一个样子——"他迅速地把床单拉起来，盖住那一张萎缩的脸和那一头金发。

"你对罗伯特·霍恩做了什么，你这个无耻的恶魔？"一个老流浪汉问道。

年轻的贵族老爷并没有在意他恶毒的言语，只见他嘴唇苍白，回答道："我们把他扔到了那片野芹菜地上。"

人们冲进黑夜里，小男孩拿着灯笼。凯克西地里什么都没有……内德·克雷顿的马也不在马厩里。

"他喝醉了，"尼古拉斯爵士说，"肯定是我在外屋时，他忘了自己的角色，所以逃走了。"

"就那么一分钟，他一个人把罗伯特·霍恩抱进来，还把他裹得那么整齐吗？"古蒂·博伊尔问道。

"我们进去吧，"另一个女巫说，"把尸体脱光，看看是谁——"

但尼古拉斯爵士已经跨上马鞍。

"算了吧，"他狂叫着，"今晚的事够可怕的了——躺在那里的是罗伯特·霍恩——就这样吧——我要回克雷顿庄园去了——"

他骑着马走出田野，然后飞快地沿着漆黑的道路走下去。白兰地的气味已经从他的脑子里消失了，他看得很清楚，心里害怕极了。

在一个十字路口，惨白的月亮突然从云层中挣脱出来，他看到内德·克雷顿在前面疾驰，于是大声喊道："喂，内德，看看你对这个恶作剧做了什么！这样说来，这不过是一个愚蠢的胡闹。"

"不管是开玩笑还是认真，现在又有什么关系？"另一个回答，"我终于可以骑马回家了。"

尼古拉斯爵士赶上他；只见他没戴帽子，穿着一件破旧的斗篷，骑在马上被风吹得卷在一起。

"你为什么不穿自己的衣服呢？"尼古拉斯爵士问道，"却喜欢你从罗伯特·霍恩那儿抢的这块破布——"

"如果克雷顿能偷他的裹尸布，也能偷他的斗篷。"内德回答。他的同伴不说话了，他认为内德酒喝多了，再加上刚才的恶作剧，神志有点混乱。

月亮明亮而寒冷，光环上带着一点淡淡的污点，像残留的血迹；树木被吹向海边的大风弯曲了枝干，两人骑马进入克雷顿庄园的大门时，树上的雨水倾泻在他们身上、地上。

时间比尼古拉斯爵士预计得还要晚（暴风雨之后，时间对他来说已经模糊了），除了楼上窗户上的一盏昏暗的油灯外，没有任何灯光。

内德·克雷顿不等安放踩脚凳，便从马鞍上翻了下来，上前就按响了铁铃，铃声像愤怒女人的咆哮一般，响遍了房子。

"怎么了，内德，怎么回家也这么惶恐？"尼古拉斯爵士问道；但是对方没有回答，而是又按了铃。

屋内传来脚步声和铁链的嘎嘎声，侧窗一个声音问道：

"谁在那儿？"

克雷顿扯着门铃尖叫道：

"我！主人！"

门开了，一个老仆人站在那里，穿着睡衣，脸色苍白。

内德·克雷顿从他身边走过，站在楼梯旁，看上去精疲力竭，但仍十分机警。

"派人去把马牵走，"尼古拉斯·贝塔普说，"你家老爷喝醉了——我和你说，马修斯，他今晚看见罗伯特·霍恩死了——"

内德·克雷顿大笑；灯光远远地照着，只见他面色苍白，容貌憔悴，头发蓬乱，披风下的衬衫破烂不堪，腰间插着一束萎缩残败的野芹。

"送给安妮的一大束凯克西。"他说。那些原已入睡的仆人现在都起来了，走进大厅，惊愕地看着他。

"今晚我就躺在这里，"尼古拉斯爵士说，"把灯带到客厅来，我不想睡觉。"

他脱下帽子，手摸了摸佩剑，不安地瞥了一眼楼梯旁拿着凯克西花束的人影。

一个身影出现在楼梯口，那是安妮·克雷顿，她举着蜡烛，身穿灰色的绸缎睡袍，头戴蕾丝飘带帽子，飘带一直垂到胸前；她从栏杆处向下看了看，烛台上的一些热蜡滴到了橡木地板上。

"安妮，我给你准备了漂亮的花束，"克雷顿抬起头，伸出野芹，"安妮，我被剥夺了财产，但我终于回家了。"

她一言不发地退了回去，灯光在楼梯平台上闪烁着；克雷顿跟在她后面，人们听到关门声。

客厅里，灰炭重新燃起了火焰，又添了些新柴，尼古拉斯爵士烤了烤他冰冷的双手，他和老马修斯说起（对他来说是一种冷静下来的方式）他们本想给古蒂·博伊尔和沼泽地里那些古怪、可怕的人开个玩笑的故事，故事的怪异结局，以及内德·克雷顿的奇怪之处。与仆人交谈或和别人讨论他流浪的放荡行为，这些都不是他通常的风格，但今晚他似乎需要陪伴，努力想留住这位老人。老人倒也不介意留下来，尽管他讨厌在克雷顿庄园的壁炉前看到尼古拉斯·贝塔普的黑脸和鲜艳的着装。

这两人有一句没一句地说着话，仿佛他们要填补安静的房子里所有沉默的空白，这时传来了一个女人的哭声，绝望但又压抑。

"是克雷顿太太，"马修斯沮丧地说，"他虐待她了？"

"上帝保佑，他会用皮带扣住她，尼古拉斯爵士。"一声声颤抖的尖叫不断从楼上传来，令人不由心生"怜悯"。

尼古拉斯爵士是一个死不悔改的恶人，但是他从不以残忍野蛮地对待女人为享受；他会伤害她们的灵魂，但决不会伤害她们的身体。

于是他来到房门口，听了听。老马修斯从没有像现在这样喜欢这个年轻人,因为他看到了那张瘦削的黑脸上此时的表情。她的第三次尖叫传来,人们惊奇地发现一个人一口气竟能拖这么久;然而,叫声随即被捂住了,好像有人用手捂住了她的嘴。

老人的额头上出汗了。

"我以前从未见过她抱怨,先生,"他低声说,"对老爷来说,她就是一只非常可爱的狗,默默地忍着鞭子的抽打——"

"我知道,我知道——当他的手抚摸或拍打时,她很喜欢他的手——但今晚——如果我能读懂一个女人的音调,那就只是一种憎恶的音符——"

他跑上楼梯,老人夺过一盏灯,气喘吁吁地跟在后面。

"哪一间是她的房间?"

"这里,尼古拉斯爵士。"

年轻人用剑柄撞击着厚重的橡木门。

"夫人,克雷顿夫人,你哪里不舒服?"门内传来她的呻吟。

"把门打开,我叫几个女佣过来——开门——"听到她的哭声,他们的血液都凝固了。

"见鬼去吧,"尼古拉斯爵士愤怒地喊道,"出来吧,内德·克雷顿,否则我就把门撞开,冲进去了。"得到的答复是一阵狂笑。

"要么夫人疯了,要么老爷疯了,"马修斯喊道,从房门处退后了几步,"门上肯定又有一阵响动——"

门铃声再次叮当作响,屋外响起了喧闹声;马修斯走过去打开门,尼古拉斯爵士借着月光望向楼下,那是一辆脏兮兮的农用车,一匹汗流浃背的马,以及在古蒂·博伊尔的小屋里守夜的那伙人。

"我们把克雷顿先生送回家了。"其中一位说道。其他人从车上抬下一具尸体,在昏暗的月光下抬着他前进。

尼古拉斯爵士下楼来,而老马修斯除了乞求怜悯之外什么也做不了。

"是内德·克雷顿,"捕鳗人拖着脚步走进大厅,重复道,"除了外套和帽子,其他衣服都穿上了,床底下还有表、表链、他的印章和口袋里的文件——看样貌,毫无疑问是他了。"

他们把尸体放在桌子上,他以前经常坐在那里嬉戏,吃东西,喝东西,咒骂;尼古拉斯爵士举着灯台凝视着。

内德·克雷顿——现在完全可以肯定,尽管他的脸因突然死亡的痛苦而扭曲。"我们一直找不到罗伯特·霍恩。"其中一个送葬者咕哝着,把他那肮脏泥泞的破布拖到火堆附近,他弯曲的手伸向火焰。

马修斯跪下来,试图祈祷,但不知说些什么。

"楼上的人是谁?"尼古拉斯爵士用可怕的声音问道,"和那个可怜的女人在一起的人是谁?"

他盯着她丈夫的尸体。

马修斯从小就爱着她，此时开始胡言乱语，呻吟起来。

"他不是说过要得到她吗？你们两个大傻瓜不是跟他换了位置吗？哦，上帝，哦，上帝，他这是来接替他的位置吗？"

"但是罗伯特·霍恩死了。我看见他死了。"尼古拉斯爵士一边结结巴巴地说，一边放下灯台，因为他的手不住地颤抖，火焰也跟着抖动。

"啊，"老马修斯尖叫着，穿着睡衣跪在地上，"难道不是魔鬼为了达成他的目的，把他的尸身借给他了吗？"

人们看了他一眼，发现他突然发疯了；尼古拉斯爵士跑上楼梯，其他人紧跟在他后面。他握着剑，踏得楼梯咚咚响，在安妮·克雷顿的房门外，一脚踢在门上，大喊一声。

那些肮脏、泥泞、灰头土脸的送葬人群蜷缩在楼梯上，叽叽喳喳；大厅里炉火只剩余烬，老马修斯蜷缩着，呜咽着。

卧室的门开了，罗伯特·霍恩走了出来，站在那里，冲着他们微笑。怒气冲冲的年轻人吓得直往后退，手中的剑哗啦一声掉在地上。

罗伯特·霍恩是个白人，此时这具尸身上身赤裸，腰以下穿上了丧服；破烂的黑斗篷下，是那围在脖子上的裹尸布；他赤裸的胸膛上闪烁着白茫茫的露珠；涂着蜡的脸颊凹陷，腐烂斑块中清晰可见；他走下楼梯，当这具肮脏苍白的尸身经过时，所有人都把脸藏了起来。

尼古拉斯爵士跌跌撞撞地走进卧室。月光下，安妮·克雷顿倒在床上，死了，她胸前放着那束野芹，瞪大着眼睛，张着嘴巴，双手紧抓床帘。

送葬者骑马回来，他们在凯克西地里找到了罗伯特·霍恩的尸体，并怀着极大的敬意将其埋葬在这邪恶的土地上，因为魔鬼曾满足了他极大的欲望。

招牌画师和水晶鱼

  这座房子建在河边。到了晚上,落日倒映在昏暗的水面上,在浓荫之中划出一道刺眼的红色。已是暮色时分,那道长长的深红色涟漪随着河水在高楼间无力地荡着。

  房子旁竖着一根饱经风吹日晒的木桩,顶部已经干燥皱裂,底部长满恶心的绿色、白色的真菌苔藓。木桩上拴着一只破烂的小船,船边残缺的缓冲垫任由水花肆意撩拨,细细观察似乎还能看出它原本的深红色。有时,这艘可怜的小船会被张牙舞爪的浪花扔到柱子上,难受得吱呀吱呀地呻吟。

  房子对面是一座狭长的花园,两侧是阴森的屋宅,一直通到水边那几级摇摇欲坠的台阶处。

花园里长满了一排又一排高大油亮的杂草,一棵开着白花的小树病恹恹地立在中间。这座花园的主屋早已人去楼空,运河沿线的所有房子也是一样的寂寥无人,但有一栋例外。那栋房子顶楼的窗户后面,卢修斯·克兰菲尔德穿着破旧的红外套正坐在那里,瑟瑟发抖。他咬着手指,目光越过河面望着那棵树,树上苍白的花朵疯狂地敲着它旁边紧闭的百叶窗。

房间里一无所有,破败不堪,蜘蛛网随处可见,从屋顶的大梁上一直垂到地面,爬满了每一处角落的灰泥墙。

窗户上没有玻璃,百叶窗的铰链也断掉了,松散的窗叶不时拍击着平整的砖墙,劈啪作响。卢修斯·克兰菲尔德打了一个冷战。

有时他的目光会离开那棵孤零零的树,瞄一眼手里那面擦拭得很干净的圆镜子。这时,他都会看见一张苍白的脸,顶着一头杂乱的棕色直发,嘴唇已不再丰润,双眸暗淡无光,布满了血丝,像块奇怪的石头。

水面的红色一点点被黑暗吞噬,楼梯上传来嘎吱嘎吱的脚步声,那道摆设似的破门被推开,詹姆斯·方丹勋爵走了进来。

他不紧不慢地穿过满是灰尘的地板,身上紫罗兰色的丝绸华服在昏暗的房间里显得格外耀眼,头发卷得很精致,涂得很白,相比之下,显得他面如土灰。为了提升气色,他在脸颊和嘴唇上涂了厚厚的胭脂,在额头和下巴搽了增白的粉底。但是精致的妆容并没有令他的皮肤粉润光滑，只是一张搽了胭脂的蜡黄的脸。他的耳朵上挂着长长的珍珠耳环，左眼下面有一大块斑。他的眼睛和鼻子挤在一块，鼻孔向上翻，薄薄的双唇微笑着。

他拄着一根挂着血红色流苏的手杖，背心上绣着各式绿色花朵，有祖母绿的，有水绿的。

"你是画招牌的，是吧？"他点着头说道。

"是的。"窗边那人答道。他别过头去不看詹姆斯勋爵，目光越过昏暗的水面，望着对面那棵孑然独立的树。废屋荒宅上方的天空变成了湿冷的灰色。一群乌鸦飞过去，在烟囱周围停留了一会儿，又飞走了。

"你能给我设计一块牌子吗？"詹姆斯勋爵微笑着问道，"我在城里置了一处新宅，要做得喜庆又不失尊贵。"

"我的工作室在楼下，"卢修斯·克兰菲尔德头也不回地说，"你上来做什么？"他放下镜子，搓了搓冰冷的手指。

"我按了门铃，无人来应，敲了门，依旧没有动静，所以我直接推门进来了，不可以吗？"詹姆斯勋爵目光热切地盯着那位招牌画师，笑了笑，然后把云纹手杖的手柄倚在下巴上。

"哦，不可以吗？"卢修斯·克兰菲尔德重复道，"这儿只不过是一个做喜庆又不失尊贵的招牌的破地方。"

他转过头来，惨白的双唇向上噘着。

"我看到门外挂着一幅精妙绝伦的画作，"詹姆斯勋爵平静地说，"我从未见过如此细腻的笔触和如此鲜明的色调，这是你画的吗？"

"嗯，是我画的。"招牌画师漠然地应道。

"给我做个像这样的招牌。"詹姆斯勋爵说。卢修斯·克兰菲尔德松开了搓在一起的手。

"一样主题的吗？"他问道。

詹姆斯勋爵好奇地眯了眯眼。

"这些主题很奇特，"他回答道，"你是怎么想到画这些东西的？"

"源于生活，"招牌画师盯着破窗框上残缺的蜘蛛网说，"源于我的生活。"

这位客人明亮的黑眼睛闪烁着，从右到左扫视了一圈房间。他向窗边走近了一些，尽管暮色越来越浓，那身紫罗兰色的丝绸外衣仍像水波般浮光流动。

"你的生活真奇怪，我可不想在我的牌子上看到这些东西。"他冷笑道。

"你看到了什么奇怪的画面？"卢修斯·克兰菲尔德问道。

"正面是一个身着艳丽长袍的人吊死在绞刑架上，那人的脸和你长得一模一样；背面是一条鱼，透明的，但又五彩斑斓……画得十分巧妙，就好像鱼是在水中游似的……"

招牌画师的脸上掠过一丝不易察觉的不安和惊觉。

"你见过这样的鱼吗?"他问道。

詹姆斯勋爵板起脸来。

"从未见过。"他急忙说。

卢修斯·克兰菲尔德缓缓起身,动作僵硬。

"世界上只有两条,"他自顾自地说,"我终将找到另一条,之后万物回归正道。"

"除非你先失去你自己的那条。"詹姆斯勋爵一本正经地说。

"你怎么知道我有一条?"招牌画师厉声问道。

詹姆斯勋爵笑了。"哦,你疯了,我的好朋友!你难道不觉得你只能在这所穷酸的老房子里孤独终老吗?"

卢修斯·克兰菲尔德跟跟跄跄地靠在墙上的一个碗橱上。"我的腿疼得要命!"他喃喃道,"疯了?"他的脸上露出狡狯的表情,"不,就算我有一条水晶鱼,在我找到另一条鱼的主人之前,我也不会发疯。"

黑夜里,他们几乎看不见对方,但那贵族的华服仍在黑暗中闪耀着明亮而冷冽的光。

"不过这的确令人疯狂,"他平静地说道,"这条鱼能看到一切,曾经的青春美丽、荣华富贵、名流佳人……仇人的谎言是如何把你父亲送上绞刑架的，又是如何让你身败名裂……"

"但我的仇人也死了。"卢修斯·克兰菲尔德说。他从碗橱里拿出一支积满蜡油的蜡烛和一只锈迹斑斑的打火匣。

"他的儿子还活着。"詹姆斯勋爵回答道。

一股黄色的火焰猛地冲开浮尘。

"我真希望我把他们两个都杀了，"招牌画师说，"但我一直找不到他的儿子……这蜡烛真难点！"

他用火绒去点那根冰冷的蜡烛，一点微弱的火舌随风飘摇。

"你可真是个疯子！"詹姆斯勋爵笑道，"你也没有杀过人……你的血液因痛苦而冰冷，身子因穷苦而虚弱，但你永远不会去杀人的。"

蜡烛燃旺了些，照亮了房间，只见詹姆斯勋爵的大白手托着他尖削的下巴，身上的钻石在烛光映照下像星星般一闪一闪。

"劳您下楼挑选招牌的设计吧。"卢修斯·克兰菲尔德说道，浑身打战，"小心台阶，上面可都是灰。"

他拖着脚步走到门口，举着灯，照亮歪歪扭扭的楼梯。墙上的灰泥已经干裂脱落，潮湿的地方布满绿色霉斑，橡子萎缩扭曲，有一处的扇形真菌已经蔓延成大片斑驳的橙色霉点。

詹姆斯勋爵小心地跟在招牌画师后面，从楼梯上向下张望。

"真可怜，"他笑道，"一个高贵的绅士居然住在这种地方……你也曾是位绅士，克兰菲尔德先生。"走在前面的那人回头瞥了他一眼。

"得鱼之日，荣位将复，仇敌将死——魔咒就是这么说的。"他答道。楼梯腐烂发脆，火光闪烁不定，他们小心翼翼地下了楼，詹姆斯勋爵把他长长的手指轻轻地搭在积满灰尘的栏杆上。

"你不觉得这里的生活苦闷不堪吗？"他问道。

画师红色的身影佝偻着，断断续续地回答。

"不……我画画……我还做伞。"

"做伞！"詹姆斯勋爵冷笑一声。

"还有阳伞，你要不要给你的妻子带一把回去，詹姆斯·方丹？"

"啊，看来你认识我。"

"我知道你叫什么，"卢修斯·克兰菲尔德说，"这儿就是我的工作室，所有的设计都在墙上了，请随意挑选。"

詹姆斯勋爵咧嘴一笑，小心翼翼地穿过黑暗的走廊，向他指引的那道门走去。那是房子深处的一个低矮的房间，房间里有两面窗户：一面朝向河流，另一面朝向街道。

卢修斯·克兰菲尔德把蜡烛放进桌上的一个绿色瓶子里，指了一圈挂在墙上的画布、木板和画纸，上面的图画千奇百怪——山幔、龙、奇形怪状的贝壳和植物、怪兽、扭曲变形的花朵，形状可怖但画风精细。角落里堆着皱巴巴的碎锦缎，还有一些精心雕刻的伞柄和丝带缠绕的木棍。

詹姆斯勋爵戴上单片眼镜，环顾四周。

"所以你知道我是谁。"他背对着卢修斯·克兰菲尔德认真地说道。卢修斯佝偻着身子站在桌子的另一边，两眼无神，一动不动地注视着前方。

他并没有回答，詹姆斯勋爵轻轻地笑了起来。

"你画得很好，克兰菲尔德先生，但我相信一定有比这些更令人激动的东西。"他用华丽的手杖指着墙上的这些设计，说，"门口招牌上的那条鱼，真是美丽灵动呢。"

招牌画师低号一声，把手插进他那堆凌乱的棕色头发里。

"我不能再画那鱼了。"招牌画师说道。

"那就把那个牌子卖给我吧。"詹姆斯勋爵连忙说道。

"不行……我把它挂在外面，好让人们都能看到……说不定哪一天另一条鱼的主人也会看到……然后……"

"你可真是个疯子！"詹姆斯勋爵喊道，"就算另一条鱼的主人来了，之后呢？你打算怎么办？"他敏锐地眨了眨黑眼睛，咧开嘴唇。

"那我便找到我的仇人了。巫师是这么说的……"

"但你可能活不到那个时候。"

"不，咒语灵验之前我都不会死。"卢修斯·克兰菲尔德颤抖着说，

"也不能失去这条鱼。"

詹姆斯勋爵把手揣在背心口袋里。

"你这儿的光线太暗了，"他说，"我看不太清，但我好像看到了一把紫色的阳伞——"

另一个人抬起头来。

"做伞真的很有趣。"

"你能给我看看那把伞吗？"

卢修斯·克兰菲尔德慢悠悠地挪向房间的另一角。

"这把伞是在我父亲被吊死的那天晚上开始做的……缝花边的时候，我的脑子里全是仇人可憎的脸，我恨他们恨得牙痒痒。我杀了其中一个的那天晚上，伞完工了，还装上了象牙雕刻的玫瑰手柄。"

"你也成了一个罪人。"詹姆斯勋爵咬紧牙关。他从口袋里抽出一只手，背在身后。

"我罪大恶极。"招牌画师说。

他从角落里拿起那把紫色的阳伞，抖动着撑开它艳俗的伞面。

"我买了。"詹姆斯勋爵斜倚着桌子，旁边绿色瓶子里昏黄的烛光映着他艳丽的外套，像宝石般熠熠生辉。

"这把阳伞不卖，"卢修斯·克兰菲尔德面色凝重地盯着那把伞，"你为什么不去挑选你的招牌式样？挑好赶紧离开这儿。"现在屋内屋外都已漆黑一片,浪花凶狠地咆哮着,月亮不知所踪,昏黑朦胧的天空中,一颗星星闪烁着,招牌画师黯淡无光的双眸从蜡烛的火焰上移开,望向夜空。

"你在看什么?"詹姆斯勋爵好奇地问,轻轻地走到画师身后。

"一颗星星,它在一棵孤树上闪耀,那棵树的树枝总是敲着旁边紧闭的百叶窗……"画师答道。

詹姆斯勋爵把背着的手放到腰前。

"但是它们永远不会同时出现,"招牌画师继续说道,"当星星在夜空中闪耀,树就会被黑夜淹没;而只有当星星归巢……"

詹姆斯勋爵细嫩的手缓缓地抬起来,又迅速落下。

卢修斯·克兰菲尔德闷声扑倒在地上,微弱的烛光透过他的双肩,映在沾满鲜血的匕首上。

詹姆斯勋爵退后一步,面带微笑,久久地凝视着地上那人,招牌画师抽搐了一会儿便躺在满是灰尘的地板上不动弹了。

屋外的河水在死寂的夜晚里越发张狂;詹姆斯勋爵把招牌画师的尸体翻了过来,掀开红色外套;此时,那神秘而喧嚷的水声好像要把整个房间吞没。

詹姆斯勋爵从外套内袋里掏出一样东西,那东西外面裹着一块蓝色绸缎。

水晶鱼。它是那样的清透无瑕,却又五彩斑斓;像水一样透亮,如气泡一般耀眼,精雕细刻的鳍和鳞片栩栩如生,捧在手心里轻盈又冰凉,纯净的光在詹姆斯勋爵的双眸中闪动。

詹姆斯勋爵起身吹熄了蜡烛。

他站在那里,听着屋外猛烈冲击的水声,似乎还有桨橹拍浪的声音。

他走到窗前,透过星星和手中水晶鱼的光芒,看到河上并无行船,原来只是拴在烂木桩上的空船发出的声响。

他会心地笑了,身上的丝带、钻石和那双邪恶的黑眼睛在微光中闪烁。当他出神地望着黑色的河水时,水晶鱼开始在他的手里疯狂地扭动。它反抗着,挣扎着,最终挣脱他的手指,跃入黑暗的河流。

詹姆斯勋爵双眼紧紧盯着水晶鱼,适才的微笑变得狰狞。水晶鱼像铁栓一样沉入河中,不过想到河水深不见底,他松了口气。

他走回桌旁,眼睛很快适应了漆黑的环境。他拿起挂着血红色流苏的手杖,戴上镶着金边的黑色礼帽,披上翠绿的斗篷,向招牌画师的尸体飞了一个吻,随后走出房间。他悠闲地穿过走廊,推开装饰夸张的前门,走在寂静无人的街道上。

他抬头看了看画着水晶鱼和受绞者的招牌,戴上了手套。

忽然间,他想起了那把紫罗兰色的阳伞,转身原路返回。

他轻轻地回到工作室,河水的声音已悄然平息。尽管四周一片漆黑,他还是能看到老鼠在房间里上蹿下跳，嚣张地啃食卢修斯·克兰菲尔德的尸体。他小心翼翼地踮起脚，以防踩到老鼠的尾巴。

他弯腰捡起横在死者身旁的紫色阳伞，那些老鼠叽叽尖叫着，生气地露出了牙齿。

詹姆斯勋爵向它们点了点头，夹着阳伞离开了。

花园一直延续到房子前那条笔直的公路，房子后面的河流将游乐场和草地隔成两处。

花园和公路之间种着一排整齐的黄杨树篱，又高又宽。树篱后花团锦簇，路边杂草丛生。

詹姆斯勋爵坐在里程碑上，同一个独眼吉卜赛人玩法罗牌。

夏日的夕阳照在尖顶屋的赤色山墙上，詹姆斯勋爵的衣服泛着深红和蓝色的波光，时而金光闪闪，时而银光灿灿。

那个年轻的吉卜赛人相貌丑陋，空眼窝上罩着一块绿色的眼罩。他时不时饶有兴致地听着山谷里回荡的教堂钟声，那里的村民正在为詹姆斯勋爵的婚礼紧锣密鼓地准备着。

两人安静地玩着法罗牌，红的黑的卡片散落在长满欧芹花的草地上。詹姆斯勋爵把帽子、手杖和斗篷放在碑旁，将马拴在从花园里斜伸出来的一根粗壮的月桂树枝上。

"怎么老是你赢。"吉卜赛人说。

詹姆斯勋爵笑了笑，然后咳嗽起来，脸上的粉抖落在他的领结上。

"再来一局。"他说，顺手洗了牌。

话音刚落，一位女士从树篱那边看过来，朝两人皱了皱眉头。

她高高盘起的白色卷发上系着鲜亮的粉蓝色细丝带，脖子上戴着一条钻石项链，那身黑色天鹅绒紧身胸衣的前面别着一长串茉莉花，涂了口红的嘴唇轻蔑地撇着，一双碧眼隔着树篱紧紧盯着詹姆斯勋爵。

他抬头看向她，朝她挥挥手，站了起来。

"你迟到了。"她冷漠地说。

"我一直在打牌，我可以把你介绍给我的朋友吗？"他指着那个吉卜赛人说道。

"不可以。"她说完便转过身去。

吉卜赛人黯然一笑。钟声在金色的黄昏中此起彼伏。

"把我的马牵去马厩。"詹姆斯勋爵对着吉卜赛人咧嘴一笑，从草地上拾起了帽子和斗篷。

"我讨厌那些钟声！"那位夫人暴躁地叫道。

"过了明天它们就不会再响了，亲爱的。"詹姆斯勋爵说着迈进了花园。

她噘着嘴瞥了他一眼，她那夸张的裙摆上点缀着白玫瑰的装饰，挤满了狭窄的花园小路，撞折了路边的青蒿。她的手放在绣着深红色康乃馨花环的黑色天鹅绒撑裙上，裸露的脖颈上有一块月牙形的斑，粗糙的脸颊上有一块星形的斑；脚踩一双红色高跟的黑色扣鞋。她的名字叫作瑟琳娜·桑顿。

"我的阳伞坏了，就是你带给我的紫罗兰色的那把。"她望着泼洒在山墙上的金红色余晖说道。

"能修好。"詹姆斯勋爵答道。

他走上前去，吻了她一下。

"嗯，我今天刚把它送去修理。"她说。

詹姆斯勋爵笑了起来："这儿可没人能修好那把阳伞，你得把它给我，瑟琳娜，我带到城里去修。"

他们沿着碎石路散步，詹姆斯勋爵走在前面，瑟琳娜的裙摆太大，无法与他并排。

花园小巧精致，香石竹、玫瑰、月桂、紫杉、黄杨，各种植物遍布在纵横交错的小路旁，最后通向那座房子。

"村里有个做伞的人昨天来过这里。"瑟琳娜夫人说道。

"啊？"詹姆斯勋爵满脸疑惑，回头看了一眼，她接着说："我听说他正在做一块叫'山羊和罗盘'的新牌子，他还为买家做了一把漂亮的蓝伞，所以我把阳伞送到他那里去修了。"

詹姆斯勋爵涂脂抹粉的俊脸上闪过一抹浅绿。

"你也太不小心了，竟把伞弄坏了。"他轻声嗔怪道。

瑟琳娜夫人耸耸肩。

"我又不是故意的，知道伞是怎么坏的吗？"

他们走到一块黄杨树篱环绕的方形的草坪，尽头立着一面低矮的石墙。草坪中央是一座中规中矩的喷泉，清澈的水中游着金红色的锦鲤。

"怎么坏的？"詹姆斯勋爵问，薄薄的嘴唇贴在手帕上，抬头望着日落。

"这些烦人的钟声到底什么时候才能停！"瑟琳娜夫人喊道。

"它们在为我们明天的婚礼排练呢，亲爱的。"他笑着说。

他们并肩走在宽敞的草坪上，她直直地看着前方，他则四处张望，苍白刺眼的落日，柔金色的余晖，粉红色的珊瑚，还有山墙上鸽子的翅膀。

"两天前我在河边散步，手里拿着那条水晶鱼。詹姆斯勋爵，你还记得吗？你进城之前我给你看过的。"瑟琳娜夫人说。

"啊，记得，一个可笑的玩具。"他答道。

"黄杨的味道真是沁人心脾啊！"瑟琳娜夫人柔声喃喃道，"我沿着河岸一边散步一边想你，当我望向水面时，我看到了一条鱼——它浮在水面，像是在游——哦，它跟我手里拿着的那条鱼一模一样！就在游向我的时候，它被水草缠住了。"

"这跟你的阳伞有什么关系?"詹姆斯勋爵说。

"我用伞去勾那条鱼——就是你那个黑人男孩带给我的新阳伞——结果伞柄断了。"

詹姆斯勋爵苍白的脸转向她:"你把鱼勾上来了吗?"

"嗯,跟我手里那条一模一样。"她从挎在胳膊上的白色天鹅绒小包里抽出一条绿色的丝带,丝带末端挂着两条栩栩如生的水晶鱼,清澈透亮又五彩斑斓。

瑟琳娜夫人用她喷了香水的食指摸了摸其中一个。"这就是我找到的那条。你看,它的侧面有一块清楚的血红色斑点。"

"的确,"詹姆斯勋爵戴上单片眼镜,"真不可思议,你竟然找到了。我记得你说你那条是一个巫师给你的,是吧?"

"是的,"她有些不悦地说,"她告诉我,另一条鱼的主人是我的真命天子,他在找到我之前只能活在无尽的痛苦之中。"她蓝色的眸子转向詹姆斯勋爵。

"真希望那条鱼原本是你的。"她说着,把鱼收回包里。

余晖渐渐褪了颜色,他们向房子走去。

"我昨晚玩法罗牌赢了三千英镑,给你买了些礼物。"詹姆斯勋爵说。

他把手伸进口袋,掏出一串紫水晶。

"我不喜欢这个颜色。"瑟琳娜夫人说着,把它推开。

"你戴这个颜色一定很美。"他说。

她莞尔一笑,接过项链,把它系在纤长雪白的脖颈上。

他们迈上三级浅台阶,穿过敞开的大门,走出金色的夕阳余晖,随后消失在渐暗的大厅之中。

华丽的餐厅中放着两份精致的晚餐。餐具是玛瑙和银制的,酒杯上装饰着乳白色的曲线。桌上摆着六支高高的蜡烛,上面印着香石竹和勿忘我的花环,烛光摇曳在白色的桌布上。

"我想试试我的婚纱,你能等我吗?"瑟琳娜夫人说。

"在婚礼前穿上婚纱可不吉利。"詹姆斯勋爵答道。

她闷不作声地离开了。

阳台的玻璃门大开着,门外汹涌的波涛威胁似的咆哮着。詹姆斯勋爵坐在桌旁,面前的酒杯和银器闪闪发光,蜡烛心形的火光在他苍白的脸上晃动。

他知道这就是水晶鱼跃入的那条河。当夜晚擦去夕阳的最后一抹余晖,银盘般的月亮挂在树梢,倒映在潮起潮落的河面,为一道道水浪勾上一条银边。

过了一会儿,詹姆斯勋爵站起来,踱步到窗前,盯着眼前的这条河,摸着下巴,黑色的眼睛闪着光。

当他再次转过身时,卢修斯·克兰菲尔德正站在门口看着他。

恐惧如电流般贯穿了他的全身,不过他很快就冷静下来。

"晚上好。"他平静地说道。

"晚上好。"卢修斯·克兰菲尔德回应道,向詹姆斯勋爵鞠了一躬,"我把修好的阳伞带来了———一把女士阳伞,紫罗兰色,象牙玫瑰手柄的。"

他们站在餐桌两边,隔着烛火面面相觑,詹姆斯勋爵拉长了脸,显得更加狡猾。

"我应该付你多少钱呢,克兰菲尔德先生?"他问道。

"很多,"招牌画师摇着头说道,"哦,你根本想不到!"

他微笑着,把阳伞靠在一把椅子上。他的眼睛不再充血,面颊也不再苍白,头发梳得整齐利落。他依然穿着那件红色外套,肩部中间有一处金线缝补的口子。

"多少钱?"詹姆斯勋爵重复道。

卢修斯·克兰菲尔德笑了。

"真不敢相信你还活着,那些老鼠没把你啃光吗?"詹姆斯勋爵搓着双手,讥笑道。

"你听到河水的声音了吗?这是同一条河。"招牌画师低语道。

詹姆斯勋爵朝餐桌走去。

"我明天会付你工钱的。"他指着修好的阳伞。

"你不必为此付钱,这是为房子的主人瑟琳娜·桑顿夫人代劳的。"

卢修斯·克兰菲尔德答道。

"她是我的未婚妻,我明天付钱给你——"詹姆斯勋爵说。

"不,过了今晚她就不是了。"

招牌画师笑了笑,走了过去。

"水晶鱼已经不在你手里了。"詹姆斯勋爵喃喃地说,他咬着食指,环顾着漆黑寂静的房间。

"有人找到了它。"

"不,它已经沉入河底了!"詹姆斯勋爵愤怒地咆哮道。

话音刚落,卢修斯·克兰菲尔德向前一步,一把扼住仇人的喉咙。詹姆斯勋爵惊恐地嘶吼着,死命地挣扎着。招牌画师把仇人的脑袋用力一拧,把他连同那堆华服丢在打过蜡的地板上。

他转身面朝敞开的窗户,轻轻地吟唱。

此时河面上已风平浪静,卢修斯·克兰菲尔德来到露台上,朝着月光下波光粼粼的河水走去。

他的脚步声在寂静的房间刚一消失,瑟琳娜·桑顿夫人便提着衣裙走了进来。

她穿着缀满珍珠的纯白色婚纱,紧身胸衣上镶着一圈钻石,高高的发髻上簇着白玫瑰,旁边飘动着两根柔软的羽毛。她的脖子上还戴着詹姆斯勋爵送给她的那串紫水晶。

她站在门口，丹唇惊讶地张着，深蓝的眸子盯着地板上一动不动的未婚夫。

她回过神来，走上前去看了看，然后坐在桌旁的椅子上，大口喘着粗气，右手按在紧身胸衣光滑的锦缎上。一种奇怪的神色慢慢浮现在她的脸上。她瞥了一眼那把紫色阳伞，它正静静地躺在詹姆斯勋爵刚刚坐过的位子上，然后起身向远处那条河流走去，河水在月光下泛着涟漪，如同她的婚纱一般洁白。

她听到远处招牌画师的歌声，叹了口气，闭上了眼睛。

六支蜡烛继续燃烧着，给餐桌和倒在地上的死者盖上了一层朦胧的阴影，詹姆斯勋爵艳俗的外套上绣着的花朵和桌旁女人的珠宝在烛光里闪闪发光。

壁炉上的黑色钟表敲了十下，与之交相呼应的是教堂的钟声，在山谷里回荡。

瑟琳娜·桑顿夫人转身上楼，宽大的裙撑蹭过两边的栏杆，高跟鞋敲击着抛过光的台阶。

她走进房间，在梳妆台上点了一盏小银灯。

房间朝河一边的窗户开着，河水静静地流淌，她还能听到卢修斯·克兰菲尔德的歌声。

她慢慢地取下卷发上的羽毛、缎带和花朵，放在雕刻着郁金香的妆台上。然后摘下发箍，把头发放下来，用梳子梳掉上面的香粉。她几乎快要忘记自己头发原本的颜色了——那是一种红宝石般的金棕色，像桂竹香的颜色。

她解开紧身胸衣，把珠宝扔在一边，脱下裙撑和丝绸外套，盯着镀金的椭圆形镜中的自己。

随后她在金盆里洗掉了脸上的脂粉，用红丝带把头发系起来。她摘下长长的耳环、手镯、戒指以及詹姆斯勋爵送给她的紫水晶。那条项链像一缕紫色的水流从她的指尖滑落，在打了蜡的地板上闪烁着，仿佛一堆小星星。

她穿上一件简洁朴素的棕色衣裙，从天鹅绒手包里取出那两条水晶鱼，挂在脖子上。她又看了看镜子里的自己，谁还能认出她来呢？就算詹姆斯勋爵本人从空无一人的餐厅地板上站起来，走上宽阔的楼梯来盯着她，也未必认得出来。

她把灯吹灭，一缕微弱的烟迹为洒满房间的月光蒙上一层烟雾。她侧耳倾听着平静的流水声和招牌画师的歌声。水晶鱼在她的胸口颤动着，闪耀着蛋白石色的光。

她轻轻地走出房间，穿过黑暗，回到餐厅里。

六支花环蜡烛的火光仍在酒杯和银器间跳动，她悲伤地瞥了詹姆斯勋爵一眼，拿起修好的阳伞。

此时，教堂的钟声再次响起——村民们又在为她的婚礼排练了。

瑟琳娜·桑顿夫人笑了，她几乎追寻着卢修斯·克兰菲尔德的足迹穿过长长的房间，来到露台上。她慢慢地向河边走去，月光下的河水不停息地流淌着。钟声很响，但河水上飘扬的歌声更具穿透力——

"闲云绕树，折枝打露；眠者晓梦——牌随心动！

云破雨落，燃为花火；眠者拆梦，苦海觅牌！"

钟声戛然而止，招牌画师背对着瑟琳娜夫人，站在水边。

"胜败皆空，风日如旧，世间烦冗，顺水东流。"

他的面前停着一艘小船，在银色的水面上摇动着。瑟琳娜夫人走上前，招牌画师正好弯下腰去，一转身便看到了她。

"晚上好。"瑟琳娜夫人说。他握住她的手，在她的脸颊上吻了一下。河水的声音在他们的耳边回荡。

"我找到你的鱼了。"她耳语道。

他点了点头，拉着瑟琳娜夫人的手上了船。船舱里铺着紫罗兰色的丝绸，香气扑鼻。

"村民们的排练算是白费功夫了。"瑟琳娜夫人说。卢修斯·克兰菲尔德松开了系在柳树上的绳子，他们顺着河流向小镇漂去。

"我们要去一个长着一棵开花的树的房子，那棵树的树枝总是敲着旁边的百叶窗。"他说。

"我知道。"她答道。

她坐在他的对面,向后靠着,膝盖上放着那把紫色的阳伞。夜晚的微风吹起了她棕色的长袍,露出了里面的亮面绿色衬裙。棕红的头发在她身后飘扬,胸前的水晶鱼随着她的呼吸时起时落。

他们注视着彼此,咧开嘴笑了起来。船在高堤下行得更快,借着月光,只见光秃秃的河岸上有两个人坐在一块圆石旁打牌。

卢修斯·克兰菲尔德抬起头来看向他们,打牌那两人霎时间脸色发白,那正是独眼吉卜赛人和詹姆斯勋爵。

"晚上好,"招牌画师朝他们点了点头,"真不敢相信你还活着,啊,你的身体几乎是透明的!"

"还认识我吗?"瑟琳娜夫人嘲讽道。

船沿着蜿蜒的河流驶走了。

詹姆斯勋爵听着黑暗的水面上飘扬的阵阵歌声。

"胜败皆空,

风日如旧,

世间烦冗,

血债血偿。"

"他们永远都别想到那儿,"詹姆斯勋爵咧嘴一笑,"我明天就去看看,去看看那艘倒挂在紧闭的屋门外的空船。"

"你已经没有明天了，"吉卜赛人说，"一小时前你的脖子被拧断了……我们这会儿就在回去的路上……你发牌……"

詹姆斯勋爵长叹一口气，一团大乌云瞬间遮蔽了月光。

吉卜赛人洗牌时，突然双目发红，开始刺耳地歌唱。

"胜败皆空，

风日如旧，

世间烦冗，

顺水东流。"

朦胧月光中，河流下游闪过了那艘船最后的影子，而后消失在一片浓荫之中。

素　材

　　林利是一名事业有成的出庭律师。工作之余，他喜欢把有趣的案件整合成他所说的"素材"。有一天他突发奇想，既然"素材"已经积攒了不少，不如做一名记者或是传奇小说家，虽然此前他从不把这些鼠雀之辈放在眼里。几年之后，他如愿以偿，所有的素材包括场景、片段、人物、对话、描述、修饰，林林总总，包罗万象，拿来写任何故事都顺理成章，然而他对这些"玩意儿"（这是他的原话）的兴趣和热情，已经变成了厌恶与无奈。现在的那些职业作家，想象贫乏到令人发指，读者花了钱，却几乎看不到什么令人震撼、动人心弦的故事。他自己——罗伯特·林利已经不知道花过多少次冤枉钱了。

"什么都没有，"他气恼地说，"一点生活经历都没有。"

"鬼故事怎么样？"我说。

他轻蔑地一笑。"当然，关于鬼的经历我可太多了，见过鬼的人、自认为见过鬼的人、还有真正的鬼……"

"好吧，"我问他，"你有没有听过正统的圣诞鬼故事，就是我们看来老掉牙的那种？人们每年都要一遍一遍地讲，年复一年，听得耳朵都起茧子了。你想过在这方面做点创新吗？"

林利思虑片刻，接受了这个任务。"我有些不错的素材！"他欣喜若狂，"卡奇普尔兄妹和乌苏拉·比恩阿姨的故事，看看这些素材，啊，真是应有尽有，喜剧的、悲剧的、冲突的、讽刺的、滑稽的……"

"慢着！"我喝住了他，"尽可能言简意赅地跟我讲讲就行了，我想要的是一个圣诞鬼故事，你知道如果你的故事是些八竿子打不着的东西，我们会很失望的。"

林利换了个舒适的坐姿，保持律师一贯的作风，用词严谨、转折恰当地给我们讲述了乌苏拉·比恩阿姨事件的来龙去脉。当然，姓名和地名都已更改。在他开始讲述之前，林利向我们保证这素材绝对新奇。听完之后，我们所有人（少数有幸坚持听完的人）都承认故事的确别出心裁。

他是在工作中接触到乌苏拉·比恩阿姨（如他所称）案件的。在律师眼中，这个案子平淡无奇，尽管案件后续被报纸大肆渲染，贴上了惯用的"耸人听闻"的标签，但律师和公众都认为，对乌苏拉·比恩女士的调查是始作俑者。用林利考究的辞藻来讲，案子是这样的：

"乌苏拉·比恩女士突然死亡，享年七十五岁。据时常照看她的医生所述，她是一位精力充沛、身体健壮的老妇人。他认为老人死得蹊跷，所以拒签死亡证明。据尸检，乌苏拉·比恩女士死于砷中毒。事实已明，随后进行了调查，情况如下。

"乌苏拉·比恩女士在英国伦敦佩卡姆莱镇的一所小房子里生活了四十年，屋主曾为其父亲和祖父。这所房屋建成时，佩卡姆莱还是另一番景象。她与她的侄子詹姆斯·卡奇普尔和侄女露易莎·卡奇普尔同住。兄妹两人皆未婚，也不曾远游，且经过详尽的调查，并未发现两人的任何劣迹。他们曾从腰缠万贯的商人父亲那里得到一小笔年金。据调查，詹姆斯年逾花甲，做了多年的职员，据他所述是一家大型茶叶公司的'机要文书'。他的薪资可观，再过一两年退休之后还有养老金保障。他的妹妹，露易莎·卡奇普尔小姐，不比他小多少，五十多岁。她也有一份足以自给的工作，在一家杂志社做记者。其社行文低调，提倡避世，追求美德，不过那种月刊现在已经不怎么流行了。在她偶尔创作的短篇小说里，男主人公总是一名牧师，女主人公则无所畏惧。她每周还写写随笔，我记得叫作'花园冥想'。这些文章刊登在月刊的头版，旁边还配着坐在柳条椅上的病人盯着一只知更鸟的剪切画。在这些千篇一律的随笔中，露易莎·卡奇普尔小姐月复一月，年复一年，用她坚韧不拔的精神和乐观的生活态度，影响着读者们，还用格言鼓励他们，比如'品格比命运更强大''一个人只有相信自己才会坚强'，她喋喋不休地谈到春天万物复苏的奇迹，还引用了不少二三流诗人的诗句等。

"这些背景并不能解释为什么乌苏拉·比恩阿姨与这对兄妹同住；其实，他们三人是这个不知名的家庭里最后的延续。丈夫去世后，乌苏拉阿姨便辞掉了工作，搬进父亲的老房子。露易莎则从小跟随乌苏拉阿姨一起生活。三人在佩卡姆莱的房子里相依为命过了四十年，没人想过把他们彼此分开。在这四十年里，詹姆斯每天出门上班，露易莎写她的文章和故事，两人一起照顾看着他们长大的乌苏拉·比恩阿姨。一家人的生活起居都要靠兄妹俩的收入，由于没有房租之忧，他们的日子过得倒也舒坦，用詹姆斯的话说，相当滋润。除了为兄妹两人提供居所，比恩太太一开始还给他们三十先令，后来随着生活成本的上涨，她每周给他们两英镑，还称这是'她的存款'。什么？你可能会问，还有什么能比这个故事更平淡无奇？请耐心听下去，接下来的故事可以说是扑朔迷离。人们口口相传，乌苏拉阿姨是一个坐拥万贯家产的守财奴，因为已故的比恩先生生前非常富有，卡奇普尔兄妹以为他给他的遗孀——乌苏拉·比恩阿姨留下了一大笔钱，并希望在她死后顺理成章地继承这笔财产，算是对他们忠善的报答。但那个比恩太太是一个彻头彻尾的吝啬鬼，多年来对这笔遗产守口如瓶。经调查证实，这流言并非空穴来风。乌苏拉·比恩太太的律师作证，她已故的丈夫曾是一名烟草商，四十年前去世时给她留下了一笔数目可观的遗产，共计一万五千英镑，全数进行了安全投资，直到五年前都从没有人动过这笔钱。比恩太太则靠她父亲留给她的每年大约一百五十英镑的小钱生活。因此，正如我适才所述，在头三十五年里没有人动过这笔遗产，而这笔钱也增值到了近五万英镑。律师也承认这位老妇人的确非常吝啬，任凭如何巧言花语、软硬兼施都休想让她从遗产里掏出一分钱，她对这笔钱绝口不提，也不愿立遗嘱来处置这笔钱。律师当然对此秘而不宣，他知道卡奇普尔兄妹可能猜到了这笔积蓄的存在，但并不清楚具体数额。在老妇人去世的五年前，她在没有对律师做任何说明的情况下提取了全部积蓄，共计四万八千英镑。有一天，她把钱装在一个黑色的包里，从律师的办公室所在的林肯大楼乘出租车离开了。随后这笔钱就像沉入莱茵河的尼伯龙宝藏，神秘莫测、杳无音信。卡奇普尔兄妹一口咬定他们对老妇人如何处置她的积蓄一无所知。我想她决不会把钱存入某家银行，她一定是去兑换了支票，或者买了债券，而后以某种方式藏在了佩卡姆莱的那所小屋里。而仔细搜查了房子的每一个角落之后我们只找到了一张五英镑的纸币，银行账户里也只有

她最后一季度分期付款的年金，就像露易莎激愤地说的那样，'这些钱还不够请医生、付丧葬费呢。'

"情况就是这样：这位老妇人死时几近赤贫；五年前那笔钱不知所踪；而她死于砷中毒。通常的解释或说法，随你怎么讲，是她生前一直在服用含砷的药物，很可能因服用过量而导致了死亡。家里给老狗吃的粉末兽药含砷，还有含砷的粉末除草剂——詹姆斯一直悉心照料斜向公共草坪的那一处花园。这位老妇人或许是自杀，也可能误食了这些粉末。但更多人怀疑，是卡奇普尔兄妹谋杀了从小照看他们的乌苏拉阿姨。退一万步讲，就算这件伤天害理之事的确为卡奇普尔兄妹所为，唯一合理的解释就是他们知道那笔遗产的存在，并企图占为己有。不过这已经无以为证了。我曾简要地看过卡奇普尔兄妹的案子，冥冥之中总感觉那笔遗产定有猫腻，而这或许是这篇令人沮丧的故事里唯一引人注意的点。但我认为把任何可疑之处都与卡奇普尔兄妹挂起钩来着实不合逻辑。他们与乌苏拉·比恩阿姨一起过了四十年波澜不惊的日子，为什么突然决定谋杀她，而不再等几年，等乌苏拉阿姨自然去世呢？他们的行为举止也令我印象深刻。比如，他们不像大多数的罪犯那般装腔作势，只是看起来有些迷惑，但很冷静，给人的感觉就是两个老实本分的平头百姓。我甚至可以理解，连他们自己都觉得这桩案件令人匪夷所思。然而判决却出人意料，乌苏拉阿姨的死原本已经认定是一场不幸的意外,而判决书却称'死于砷中毒,非自行服用。'这已经是我们在英格兰能够拿到最接近'证据不足'的苏格兰判决书了,我对此愤懑不平,因为在我看来实在没有任何必要将卡奇普尔兄妹列为嫌疑人。当然了,他们仍保有人身自由,也没有任何罪证直接指向他们。事实上,根据那位医生方方面面的描述,这位老妇人就是俗话所说的'麻烦精',而两兄妹则对老妇人关怀备至。接受调查之后他们表现依旧良好,还是那样困惑又无奈。当我听说他们险些因涉嫌谋杀的指控而被捕时,我想,兄妹两人当时肯定没有意识到自己所处的不利境地。结案后,他们一次性结清了所有调查费用,詹姆斯有些得意地告诉我他们有'存款'。我对此十分感兴趣,兄妹两人是那么的温和淳朴、平凡内敛、和蔼可亲、相亲相爱。倘若不是律师的证词,几乎没人相信那个神秘宝藏的存在。我曾询问兄妹俩关于这笔钱的相关事宜,但他们似乎毫不关心。两人虽然一直都知道乌苏拉阿姨很有钱,但他们猜老妇人并不想把这笔钱留给他们,因为她总是谈钱色变。他们觉得老人生前很有可能把这笔钱藏了起来,抑或是已经销毁掉了。实际上,除了将钱花在实处,她什么都干得出来,比如烧成灰烬,埋入地底,或者沉底大海。毫无疑问,她的脑子肯定不正常。

"'那她几年前就应该被确诊了。'我说。

"詹姆斯·卡奇普尔摇摇头,'还没有严重到那个地步。'他无奈地说。

"为了那笔钱,他们做牛做马,辛勤付出了四十年,我想,他们也勇敢地承担了所有损失。

"作为老妇人的近亲他们回到了佩卡姆莱的小屋。那点少得可怜的年金就是乌苏拉阿姨在安置完她的财产后留给兄妹俩的全部遗产。詹姆斯和露易莎还是得靠他们自己的工作谋生。"

说到这里,林利停了下来,问我们有没有从他的故事中感受到强烈的戏剧冲突,还一脸得意地称他的故事"实际上可以写一部完整的小说"。

"嗯,如果再加入一些奇思妙想或许算得上一部小说吧,但就你刚刚所讲的故事来说似乎就只是一篇沉闷的流水账,结尾也不怎么出彩,毕竟没有惊心动魄的谋杀,那个老妇人八成是不小心服药过量了,重点是圣诞鬼故事到底在哪儿啊?"我说。

"莫急,莫急,你会听到的。方才讲到我对卡奇普尔兄妹很感兴趣,我甚至还去拜访过他们一两次。在我看来,他们就像现成的'活档案'——那两张茫然无知的面孔让我忍不住去深入研究一下。我知道他们淳朴善良的外表下隐藏了更深层的东西——欲望和希望,只不过目前为止,他们伪装得很好。露易莎说她十分思念乌苏拉阿姨,甚至花大价钱在老妇人的墓前安置了一块精致漂亮的墓碑,在偌大的伦敦公墓里都称得上大气显眼了。詹姆斯则对老妇人尊敬有加,仿佛她死后成了圣人。

"每次我都不厌其烦地问他们是否有那笔钱的消息,但无一例外得到的都是否定的回答和一抹略带无奈的微笑。他们坚信五年里,乌苏拉阿姨已经把那四万八千英镑销毁得一干二净,这些钱销毁起来并不困难,毕竟大部分都是一百和一千英镑面额的纸币。而且我们把房子和院子翻了个底朝天,仍是一无所获。"

"她是足不出户吗?"我插话道。

"哦,卡奇普尔兄妹说不是的。正如我先前所讲,她是一位精力充沛、身体健壮的老人,在那五年里她每年都要花两周的时间徒步,不是由露易莎就是由詹姆斯陪同。她曾行至海边,也曾借宿农家,无论哪里她都有可能借机处理掉那笔钱。因此我们去她曾借宿的小屋甚至连邻近的村落都搜查过了,却都失望而归。

"'你也看到了,先生'詹姆斯对我说,脸上带着他一贯温和而平静的微笑,镜片后那双浅蓝色的眼睛闪闪放光,'她对谁都很苛刻。'

"一年之后的冬天,我一时兴起,再次登门拜访了这两个奇怪的样本。他们手里正拿着占卜板,双眼圆睁,盯着纸上横七竖八的卜文。詹姆斯气定神闲地告诉我,他们在学习'招魂术'。露易莎小姐用她清脆的声音解释,说这样他们就会得到'善报'。

"兄妹俩还说他们基本上没花什么工夫就把乌苏拉·比恩阿姨的魂

魄'召回'了，而且现在与她一直保持着联系。'既然如此，但愿她告诉你们那笔钱的下落了。'两人愁眉苦脸，说那个老太婆是只狡猾的老狐狸，听从她的建议只会让你南辕北辙，摸不着头脑。她还总是一副凶神恶煞般的嘴脸，任凭他们如何软磨硬泡都没能从她嘴里套出半点有用的线索。但与此同时，他们又胸有成竹，坚信早晚有一天能够破解老太太的秘密。

"在那之后，我对他们的兴趣荡然无存。像卡奇普尔兄妹这样的人一旦开始相信魂灵之说，便再也不是'活档案'了。就在我打算放弃他们的时候，收到了露易莎小姐的加急邀请函，她恳请我参加他们的'招魂'活动，而且说乌苏拉阿姨会在活动中现身。

"佩卡姆莱的那所小屋里的陈设、壁纸，甚至连感觉，都与四十年前别无两样——准确地说，到现在已经四十一年了。'招魂'当天除了一位灵媒之外就只有我和两兄妹三人到场。我们围坐在桌旁，一开始那位灵媒和善得有些做作，随后便以惊人的速度进入'通灵'状态，接着'招魂'开始了。

"本来我不以为然，后来心生厌恶，到最后我发现这场活动简直离谱，我居然被一群江湖骗子拉入了一场不明所以的闹剧之中。那位巫婆先是发出古怪的呻吟和吱吱的叫声，然后向露易莎和詹姆斯高声问好（大约是模仿已故的乌苏拉阿姨的声音），之后又提到了一瓶毒药，一会儿交口称赞，一会儿骂骂咧咧。她在屋子里飞快地四处敲打，上蹿下跳，聒噪但有节奏，似乎在演奏某种招魂乐。后来她突然把我们中间的桌子敲得咚咚直响，那声音就好像乌苏拉阿姨穿着沉重的靴子站在上面跳舞。詹姆斯和露易莎并排而坐，双手紧握，面无表情地听着这些荒诞的声响。椅子上的椅罩也未能幸免，这间惨不忍睹的小屋就是它们的最终归宿。白色的碎布条在我们头上飞来飞去，这场景若不说可怕至极那就是可笑至极了。我知道许多灵媒都有这种所谓的招魂力，但这其实并没有那么玄秘——我是说，所有种种都有其合理的解释，而非通过'通灵'而实现。我感到如坐针毡，在这里的每一秒对我来说都是一种煎熬。我恳求卡奇普尔兄妹让这位灵媒快点结束，毕竟老太太已经没有什么话要说了。詹姆斯一本正经地用耳语告诫我不可以打断通灵。随后'乌苏拉·比恩阿姨'开始吟唱一首赞美诗，但音调极为难听，简直比任何噪音都令人感到刺耳，不过我总算见识到了乌苏拉阿姨是一个多么令人讨厌的人。吟唱结束后，她开始诅咒卡奇普尔兄妹，那声音简直不堪入耳，像是未开化的女人骂街。'招魂'进行到此我实在忍无可忍，冲上前去使劲把巫婆摇醒。而露易莎和詹姆斯似乎并不在意我的所作所为，他们吃着饼干喝着茶，一门心思地分析刚刚从'那一边'回来那人的言行。

"自那以后，卡奇普尔兄妹便再也没有邀请我参加任何活动。说实话我差不多已经把他们忘得一干二净了,因为我后来又办了许多更有趣的案件,有了更多研究对象。但说来也巧,有一天我外出办事,正好路过佩卡姆莱的那座小屋。照理说我没有任何理由故地重游,可我那按捺不住的好奇心再次将我引向那里。房前的栏杆上挂着两三家房屋中介'可租'和'待售'的牌子。家里显然没人,我便去邻家询问情况。这种小地方的人总觉得外地人图谋不轨,害得我遭了不少冷眼,不过我还是打听到了一些消息。卡奇普尔兄妹于六个月前搬离这里,没人知道他们的下落。到此我还是不死心,按牌子上的地址,找到了一家房屋中介询问更多细节。这所房子的价格并不高,但是似乎并没有成功吸引到买家,直到现在那些牌子还原封不动地挂在那里。就连房屋中介也承认这片社区已经没有以前那样'抢手'了。当然乌苏拉阿姨之死也给这座灰泥建筑笼上了一层不祥之气,让人避而远之。至于卡奇普尔兄妹,那位房屋中介也不知道他们究竟去了哪里,他所知道的只有一家银行的地址,这显然也与我的问题搭不上边。线索到此中断,我也没打算花工夫继续深入下去。"

"素材是挺不错的,这点值得肯定,不过情节还不够吸引人。"

林利付之一笑,饶有深意地瞥了我们一眼。

"小说家都喜欢先抑后扬,请继续听我讲。

"五年后,我去威尼斯过圣诞节,不知道为何,我对反季节景点情有独钟。冬季的威尼斯雾霭朦胧，运河上还结着一层薄冰，多么令人心旷神怡！如果你有幸碰上暴风雪，那就再好不过了。比起艳阳高照，圣马可在雪花的折射下更加熠熠生辉，散发着蓝青色的光芒。总而言之，我身处威尼斯，对于这里如画的美景我就不多加赘述了。我在这里怡然自乐，享受着难得独处的时光。说实话，我对这座城市了如指掌，而且每次都入住同一家旅店。旁边那座气宇轩昂、雍容华贵的宫殿式建筑已然完工。原来，这座我向往已久的建筑被一位美国富豪买下了，并花重金修缮装修，但一年住不了几天。跟其他美国富豪一样，他砸钱只是为了跟风炫耀，自己却在全球各处享乐。有一两次，我看见这个美国人身披一件相当夸张的异域斗篷，懒洋洋地乘坐着贡多拉（一种威尼斯尖舟）四处游乐。他年事已高，留着灰白的络腮胡，即使在冬天，依然戴着一副蓝色墨镜。威尼斯的冬天气候怡人，我喜欢坐在阳台上沐浴冬日暖阳。有两次，他的船从下方经过，我能感觉到蓝色镜片后的那双眼睛敏锐地盯着我，那种感觉似曾相识。作为一名律师，我接触过的人数不胜数，但就算我记忆力超群，也很难立刻认出某个人来。我所住的那家旅馆从不举行吵闹不堪的节日欢庆活动，这也是我选择这里的原因之一。人们沉浸在一种诗意的忧郁中，在这座美丽的城市里与冬雪相伴，与自己相处。我独自坐在房间里，享受一方清静，好不容易从令人焦头烂额的工作中抽出身来，自然要好好放松。就在这时我收到了一条口信,一条十分古怪的口信:住在隔壁那座豪宅里的美国人——海登先生很想见我。他经常看到我在阳台上看书,知道我的姓名和职业,想邀请我过去坐坐。好奇心作祟,我立刻接受了邀请。十分钟后,我来到了这座向往已久、装饰一新的豪宅。宅邸里的陈设十分讲究,定是出自顶级设计师之手。海登先生并未立即下楼,管家告诉我他现在卧病在床;出于礼貌,我即刻表示非常愿意登楼拜访。不一会儿,我被领进了他的房间。房间布置得十分华丽,仆人们训练有素,我想,这个美国人一定富得流油。当然,谁都知道这些奢靡的享受在威尼斯所需的花费。这栋豪宅的主人倚着枕头靠在床上,依旧戴着那副蓝色墨镜,老式的丝绒窗帘半拉着。我猜他可能畏光,不过他似乎可以毫不费力地看到我,并示意我走近他的床边。与此同时,他摘下墨镜,床边那张古董书桌上的台灯清楚地照亮了他的脸庞。我立马反应过来,我此刻低头望着的正是詹姆斯·卡奇普尔那迷离又柔和的浅蓝色双眸。

"'什么风把你吹到威尼斯来了?'他笑着对我说,'真没想到能在这儿碰到你,我记得你一直对我们的案子很感兴趣,其实寻宝之旅早就告一段落了,所以姑且算是给这件事画上了句号吧。我想,你也许想听听事情的结局。'

"我强装镇静同他寒暄,但在心里却不敢相信自己的眼睛。我从没想过能够再次与詹姆斯·卡奇普尔见面,而此时他已病入膏肓。他请我扶他起床，平静地告诉我他知道自己的时日不多了。

"'露易莎小姐呢？'我问道，'你妹妹还好吗？'

"'去年过世了，'他说得云淡风轻，'我想可能是因为她太不节制了，毕竟那四年她过得相当滋润，不过没关系，至少她自己心满意足。'

"话已至此，我忍不住发问：'你们找到她的遗产了？'

"詹姆斯·卡奇普尔捋着胡子，没有过多解释。

"'钱从来就没丢过——那笔钱一直在我们手上。'

"'在你们手上？'我深感疑惑。

"他点点头，回答道：'不错。'

"'你们俩？'我再次确认。

"他再次点点头：'完全正确！'

"'多亏露易莎说服了那个老太婆去提钱，'他天真而平静地说，'不得不说，她可真是个彻头彻尾的吝啬鬼，非要把钱攥在自己手里才安心，所以若是藏钱的话，她肯定会藏在壁炉或者床垫里，这样她随时可以拿到。我们觉得她死了，我们找钱就容易了。她生前那么喜欢流浪猫和基督徒，谁也不知道她这样的人会在遗嘱里写些什么。我们认为她一定会拿钱出来欣赏把玩，只要我们足够耐心，一定能得到这笔钱。'

"他看了我一眼，带着一丝讽刺的微笑继续说道：'我们就那样找了四十年，你以为我们对这笔钱没有精打细算吗？其实我们先前都订过婚，但是露易莎的未婚夫还有我的未婚妻都等不起这漫漫几十年……我们查了很多资料，还列了一张单子，写着我们想要什么，想去哪里。我们还买了一大摞旅游指南，你可能以前在我们的书架上看到过——有一本就是介绍威尼斯的。平日里，露易莎写她的文章，我上我的班，日复一日，你以为我们甘愿就这么过下去吗？'

"'我明白了，'我迟疑了一下，'所以那场不幸的砒中毒意外发生之后，你们也不想再提起那笔钱了，是吗？'

"'傻子才会急着找钱，先生，不是吗？'詹姆斯嘴角一扬，'老太太死后我们肯定会被重点怀疑，所以行事必须小心谨慎，还好没有受到牵连。等风波稍稍平息了，就抓紧时间大肆挥霍，一年花个一万英镑也不足为奇，从头到脚都是顶级奢侈品……时间不等人啊，先生，我们年纪都不小了，留给我们享受的时间也不多了，所以我们整天只管花钱，相信我，先生，只要还能呼吸，我们就不停地花钱。'

"他顿了一下，若有所思地继续说道：'还好我们动手了，要不然还得等到七十多岁才能去周游世界；不过话说回来，那个老太婆也许能活到一百一十岁呢。'

"'你是说你们——？'我压低声音问道。

"'不过是动动手指的事儿，'他笑道，'往她的牛奶里滴几滴老狗的兽药……'

"我一直对杀人犯颇有研究。我试着打探詹姆斯·卡奇普尔的杀人动机、他的感受,可曾懊悔自己的罪行,但他似乎并没有任何情感……

"'你从没有后悔过吗?不害怕乌苏拉阿姨九泉之下的愤怒,或是其他报应吗?'

"他用尽全身的力气,坚定地回答我:

"'这几年我过得非常好,唯一后悔的事情就是我们没有早点下手。'

"我感到疑惑不解,兄妹俩看起来善良淳朴,到底是什么让他们痛下杀手?

"'我现在已经没多久可活了,'詹姆斯·卡奇普尔说,'天命已尽,钱也花光了。医生告诉我下一次心脏病复发将会致命,我已经尽力让这一刻赶紧到来,我不能再回到那一穷二白的日子里了。'

"'这些东西你打算怎么办呀?'出于职业习惯我问了一句,打量着这间富丽堂皇的房间。

"他对我笑了笑,在我看来是一种同情。

"'我还没老糊涂呢,'他说,'别看我现在什么都有,但这些东西还不够还我一半的债。我敢保证,所有东西都物尽其用了。毕竟辛辛苦苦熬了几十年,这是我的权利,不是吗?'

"'那占卜和招魂是为了什么?'我问道,'让我们放松警惕吗?'

"'当然不是,'他对我的问题显得有些失望与吃惊,'那可没有半点弄虚作假,我们做了很久的思想斗争才决定去找她,看看她是怎么想的。

"'所以她怎么想?'我惊讶不已。

"'她说我们就是两个笨蛋,应该早点下手才是。'

"'慢着,卡奇普尔先生,这玩笑开得可不太合适。'

"'我是认真的,'他眼神坚定,'再过几分钟我也要去见那个老太婆了,没必要哄你。再说,她在桌子上跳舞那天晚上你自己也听到了,不是吗?她说她以前就是个完完全全的傻瓜,现在已经"想通了"。她说如果我们或者其他任何人得到了那笔该死的钱却没有好好享受荣华富贵,她做鬼也不会放过我们。先生,一开始我们也很难为情,不想花那笔钱。我们本打算把它藏起来,之后,一切如旧。但她在占卜板上划拉,说我们是蠢货。你也听到了,她讲了许多难听的话,还说"现在钱已经到手了,还犹豫什么,花了它!""我要同你们一起享受好生活"——她也的确这么做了,相信我,先生。她常常和我们一起坐在桌旁,满意地嘬着香槟;她很喜欢喝香槟,餐桌上有多少她就能喝多少……她去爵士舞厅跳舞,到剧院的包厢里听歌剧,坐在劳斯莱斯柔软的坐垫上竞速狂欢……懊悔?怎么会。我告诉你,我们给了那老太婆多年前她本能享受的生活。'

"'得了,得了,詹姆斯·卡奇普尔,'我说,'你神志不清了,我

最好去把医生叫来。'

"他朝我既同情又有些鄙夷地笑了笑。

"'你是名聪明的律师,'他说,'但还有很多事情你不明白。'

"他一边说着,一边缓缓闭上了眼睛,我觉得我应该去把医生找来。当然了,他适才所讲的故事我一个字都不信——很可能他根本没有毒害乌苏拉·比恩阿姨,只不过编造了一个故事来吓唬人。但是不可否认,他的确发家致富了,豪宅、仆人、家具都是有力的实证。

"'怎么样,素材不错吧?想想你能拿它写多少畅销书!'

"我下了楼,打电话给一位我认识的英国医生,但那晚是平安夜,他不在家。我不知如何是好,呆呆地站在宽大的楼梯下。这时,我看到一具死尸般的老妇人缓缓地爬上了楼,她的脸兴奋得皱成了一团——乌苏拉·比恩阿姨——没错——那是乌苏拉·比恩阿姨!我看得真真切切,甚至都能数出她黑色袖子中间的针脚。我赶紧追上前去,但她先我一步打开了詹姆斯·卡奇普尔的房门。等我走到床前,他已经没有了呼吸,嘴角还挂着一抹满足的微笑。

"看到了吧,平安夜的鬼魂!当然了,只是一种幻象,所有的一切都可以解释。这就是我的故事,里面内容太丰富了,都是很好的素材,嗯,随你们如何拼凑都没问题。"

我们都点头称赞。

图书在版编目（CIP）数据

暮光故事／（英）玛乔丽·鲍文著；魏兰译. -- 上海：上海文艺出版社，2023
（域外故事会科幻小说系列）
ISBN 978-7-5321-8837-6

Ⅰ. ①暮… Ⅱ. ①玛… ②魏… Ⅲ. ①幻想小说-小说集-英国-现代 Ⅳ. ① I561.45

中国国家版本馆 CIP 数据核字 (2023) 第 160397 号

暮光故事

著　　者：[英] 玛乔丽·鲍文
译　　者：魏　兰
责任编辑：胡　婕
装帧设计：周艳梅
责任督印：张　凯

出　　版：上海文艺出版社
出　　品：上海故事会文化传媒有限公司
　　　　　（201101 上海市闵行区号景路159弄A座3楼 www.storychina.cn）
发　　行：上海文艺出版社发行中心
　　　　　（上海市闵行区号景路159弄A座2楼206室）
印　　刷：上海中华印刷有限公司
开　　本：889毫米x1194毫米　1/32　印张9.875
版　　次：2023年10月第1版　2023年10月第1次印刷
ISBN：978-7-5321-8837-6/I.6964
定　　价：35.00元

版权所有·不准翻印

上海故事会文化传媒有限公司　出品（01160）www.storychina.cn
想看更多精彩故事？扫码下载故事会APP

上海故事会文化传媒有限公司所有图书可办理邮购，免收邮费（挂号除外）
汇款地址：上海市闵行区号景路159弄A座2楼206室（201101）
收款人：上海故事会文化传媒有限公司出版发行部
联系电话：021-53204159
如发现本书有质量问题，请与印刷厂质量科联系 T:021-60829062